KB213145

覇君 패군

설봉 新무협 판타지 소설

FANTASTIC ORIENTAL HEROES

패군 2

설봉 新무협 판타지 소설

초판 1쇄 찍은 날 § 2009년 6월 17일
초판 1쇄 펴낸 날 § 2009년 6월 26일

지은이 § 설봉
펴낸이 § 서경석

편집장 § 문혜영
편집 § 서지현

펴낸곳 § 도서출판 청어람
등록번호 § 제1081-1-89호
등록일자 § 1999. 5. 31
어람번호 § 제2-1766호

주소 § 경기도 부천시 원미구 심곡2동 163-2 서경B/D 3F (우) 420-822
전화 § 032-656-4452 팩스 § 032-656-4453
http://www.chungeoram.com
E-mail § eoram99@chollian.net

ISBN 978-89-251-1842-0 04810
ISBN 978-89-251-1840-6 (세트)

FANTASTIC ORIENTAL HEROES

설붕 新무협 판타지 소설

覇君

패군

②

무정무(無情武)

청어람

目次

第八章

씨움, 씨움

1

슈웃! 파앙!

두꺼운 철판이 등짝을 후려쳤다.

계야부는 불상을 껴안고 부들부들 떨었다.

무엇에 얻어맞았는지 모르겠지만 정신이 하나도 없었다. 눈앞이 빙글빙글 돌고 속이 뒤집혀 구역질이 치밀고……. 분명한 것은 이토록 거센 충격을 받아본 기억이 없다는 것이다.

슈웃!

공격이 재차 가해졌다.

계야부는 피하고 싶었다. 이번에 한 번 더 타격을 당하면 살아남기 힘들 것 같았다.

하지만 이번에도 피하지 않았다.

말똥구리들은 고육지책(苦肉之策)을 즐겨 사용한다. 일부러 체포되어 고문도 받고 죽음 직전까지 치몰리기도 한다. 그러면서도 답답할 정도로 많이 잡힌다.

적에게 잡혀 있는 것은 아는데 어디 있는지 모를 때, 그들은 자신 스스로 투옥되는 길을 택한다.

계야부도 같은 생각으로 모험을 시도하고 있다.

사약란은 불상 안에 있다. 식사까지 날라주는 것을 봤으니 틀림없이 있다.

정말 있을까?

그는 아니라고 생각했다.

이들은 자신이 올 것을 알고 있었다. 법당에 숨어 있는 것도 알고 있었다. 그렇기에 불상 뒤로 밥을 나르면서 곁눈질도 하지 않은 것이다. 상식적으로 생각해 보라. 법당에서 불상 뒤로 밥을 나르는 승려가 어디 있겠는가. 그런 해괴한 행동을 하면서 주위조차 살피지 않는다는 게 말이 되는가.

승려는 분명히 허점을 보였다.

계야부가 승려의 행동을 조금만 더 세밀히 살폈다면 함정을 눈치챘을 게다.

그때 그는 온 신경을 사약란에게 쏟고 있었다. 그래서 승려가 허점을 드러냈는데도 알아보지 못했다.

그들은 불상 뒤, 협소한 공간으로 들어서기가 무섭게 공격을 가해왔다. 도검으로 찌른 것도 아니다. 뒷벽이 순식간에 네모나게 잘라지며, 잘라진 벽이 냅다 밀쳐왔다.

절묘한 기관 장치다.

원래 그는 피할 생각이었다.

다른 사람은 피하기 어렵겠지만 그만은 피할 수 있었다. 그에게는 세공단의 효험이 있고, 세상에서 가장 빠른 신법인 사전투광신보가 있다. 더군다나 금강반야선공을 가미하여 무당파의 비전 신법보다 훨씬 빠르게 운용한다.

그 순간, 계야부는 사약란이 불상 안에 없을 수도 있겠다는 생각을 했다.

완벽한 함정을 파놓은 사람들이 진짜 먹이까지 미끼로 내놓을 필요가 있을까?

그는 뒷벽의 공격을 고스란히 등으로 받아냈다.

퍼엉!

"켁!"

그는 불상을 껴안고 넘어지며 거친 신음을 토해냈다.

압사(壓死)라는 게 이런 것인가?

쇠로 만든 거대한 불상과 뒷벽 사이에 끼어 오장육부가 뒤집히는 충격을 받았다.

그는 뱃속이 뒤집히는 아픔을 느꼈다. 동시에 입으로는 피를 토해냈다. 그리고 일시 정신을 놓아버렸다.

"일, 이, 삼, 사 초(哨)가 다 뚫렸다! 놈이 여기까지 오는 동안 아무도 알지 못했어! 너희들, 눈뜬장님이냐!"

거센 고함 소리가 아련하게 들려왔다.

"급보(急報)가 없었다면 놈이 잠입하는 것도 몰랐을 것 아냐! 도대체 정신들을 어디다 놓고 다니는 거야!"

"죄송합니다. 정말 오는 걸 못 봤습니다. 어디로 침투한 거지……."

"시끄럿! 앞으로 한 번 더 이런 일이 생기면…… 그때는 경고 대신 목숨을 취하겠다. 알았나!"

"넷!"

일단의 무리가 우르르 달려나갔다.

그즈음, 계야부는 정신을 수습했다.

손과 발이 꽁꽁 묶여 있어서 운신할 수가 없었다. 사위는 칠흑같이 어두워 자신의 모습조차 볼 수 없었다.

잠시 후, 덜컹 하며 문 열리는 소리가 들렸다.

"어떻게 된 건가? 계야부가 왔다고?"

"어떻게 알고 왔는지는 모르겠는데, 일단 잡아뒀습니다."

"순순히 잡힐 놈이 아닌데 용케 잡았군."

"불상포착(佛像捕捉)을 이용했습니다."

"잘했어. 상옥(像獄)에 있나?"

"네."

"잠시 더 놔두지. 보고를 올렸으니 곧 대답이 올 걸세."

대화는 거기서 끊겼다.

계야부는 자신이 상옥에 갇혀 있음을 알았다.

상옥(像獄)…… 형상으로 이루어진 옥이라는 뜻이니 불상 안이다.

그는 소리가 어디서 들리는지 알았다. 바로 법당이다. 밖에서 말한 소리가 불상을 통해 안으로 전달되고 있었다.

'부처님 뱃속에 들어 있다니…… 그러니 이토록 어둡지.'

그는 감각을 극한까지 끌어올려 인기척을 살폈다.

살아 있는 인간이라면 숨소리를 흘릴 것이다. 기절해 있어도 숨은 쉴 것이다.

불상 안에서는 아무 소리도 들리지 않았다.

사람이 내뿜는 숨소리는커녕 쥐새끼가 부스럭거리는 소리조차 들리지 않았다.

역시 사약란은 불상 안에 없었다.

그는 조급해하지 않았다.

이곳은 안선과 연관있는 곳이다. 그것만은 분명히 확인했다.

하면 사약란도 이곳에 있다. 어디에 있는지 모르지만 같은 장소에 있으니 만나는 것도 시간문제다.

어렵게 그녀를 찾아 나설 필요가 없다. 시간이 되면 이들이 스스로 연결시켜 줄 것이다. 묘하게도 인간은 죄인은 죄인끼리 모아놓고자 하는 습성이 있다.

팔부군을 통해 수차 확인한 사항이니 믿어도 좋다.

그는 마음을 편히 하고 금강반야선공에 몰입했다.

탄탄한 내공심법과 타의 추종을 불허하는 내공, 거기에 용도가 각기 다른 두 가지 신법이 있고, 타고난 천재적 반사 신경이 있다.

뛰어난 검법, 도법을 알지 못해도 몸의 움직임 자체만으로도 훌륭한 무공이 된다.

그는 자신의 능력을 조화시키는 데 최선을 다 쏟아 부었다.

                    *   *   *

"계야부가 자산에 있다는 말인가?"

차를 마시던 노인의 손길이 뚝 멎었다. 두 눈을 부릅뜬 것으로 보아 상당히 놀란 듯했다.

"그자가 어떻게 자산을 알았을까?"

"배후에 배수가 있었습니다."

"배수?"

"얼마 전부터 서신이 날치기당하는 사건이 종종 발생했습니다. 서신 내용이야 밀마(密碼)로 기재되어 있어서 보안이 샐 우려는 없습니다만 누군가 전문적으로 서신만 노리고 달려든다는 인상을 지우지 못했습니다."

"그게 배수였다?"

"네. 현직 환수가 두 명, 전직 환수가 한 명. 소장인까지 가세되어 있었습니다."

"그놈들은 어찌했는고?"

"지금 처분을 여쭙고자 합니다."

"다시 한 번 말해보자. 배수가 서신을 날치기해서 계야부에게 줬는데, 계야부가 그걸 해독하고 자산에 왔다는 말 아닌가? 하면 서신이 새어나간 게지. 안 그래? 뭐가 보안이 샐 염려가 없어?"

"죄, 죄송합니다."

"아냐. 그나마 빨리 손썼으니 이 정도에서 그친 게지. 수고했네. 허! 밀마에서 자산을 찾아내?"

노인의 눈에 살광(殺光)이 어렸다.

그에게는 말 잘 듣는 노예가 필요한 것이지 말썽만 부리는 사고뭉치는 필요없다.

계야부는 말썽만 부린다.

아직은 일을 시켜보지 않아서 얼마나 말을 들을지 모르지만 친혈육이나 벗을 해치라고 하면 제 목숨 아까운 줄 모르고 칼을 거꾸로 들 놈인 것만은 분명하다.

계야부 단속을 확실히 해둘 필요가 있다.

안선은 능력보다 보안이 우선이다.

아무리 걸출한 놈이라 해도 안선을 위태롭게 한다면 가차없이 제거되는 게 이 세계다.

"그래도 제 생명은 아까울 거야. 후후!"

그는 미리 단정 내리지 않았다.

계야부는 죽인다는 협박에 못 이겨 자신을 증명한 위인이다. 아무 이유 없이 수십 명을 죽였다. 공격할 테니 막아보라는 한마디에 무자비한 살육을 저질렀다.

시키는 대로 일을 하지 않으면 죽이겠다고 했다. 그러자 일을 했다. 이궁에 가서 사약란을 납치해 왔다.

그는 그런 위인이다.

목숨이 중한 줄 아는 인간이다.

그자가 어떤 마음으로 말썽을 부리는지 직접 확인해 봐야 한다.

사약란의 미모는 중원 천하가 알아주는 바이니, 그사이 홀딱 반했을 수도 있다.

"그자는 내가 직접 만나보지. 그때까지 놔두고…… 그 배수라는 자들, 깨끗이 처리하게. 이번 일은 용서하겠지만 처리 과정에서 서신 한 장이라도 유출된다면 그때는……."

"목숨을 내놓겠습니다."

무인이 부복했다.

*   *   *

자라 보고 놀란 가슴, 솥뚜껑 보고 놀란다고 했다.

심장에 칼이 박혀 죽음 직전에 이른 기억은 오목을 세상에서 가장 조심스러운 인간으로 만들었다.

그는 자신이 있어야 할 자리에 다른 자를 세워놓았다.

"아무라도 산에서 내려오는 자가 있으면 이 활을 쏘아 올려. 그럼 끝이야."

"이거면 정말 은자 두 냥이오?"

"정말이라니까."

"위험하거나 뭐 그런 것 없소?"

"위험해 보이나? 그냥 소식만 전하는 건데?"

"서, 선불로 주면……."

"흠! 그럼 한 냥은 먼저 주지. 오늘 해가 저물 때까지 충실히 지키면 나머지 한 냥을 주고."

"좋소."

사람을 세워놓는 것은 쉬웠다.

촌구석에서 하루 품삯으로 은자 두 냥을 준다고 하면 죽은 자도 일어설 것이다.

그는 산을 본다. 자신은 그를 본다.

아무런 일이 없다면 그는 은자 두 냥을 번다. 시골 촌구석에서는 흔히 만날 수 없는 횡재를 하는 셈이다. 일이 생긴다면 목숨을 잃는다. 이 부분은 모르고 있다. 죽는 순간에도 자신이 왜 죽어야 하는지 영문을 모를 게다.

차라리 그런 게 낫다. 알고 죽는 것보다 모르고 죽는 게 덜

억울할 것이다.

이러니 세상에는 공짜라는 게 없는 법이다. 분에 넘치는 대가가 주어질 때는 반드시 이면을 살펴야 한다.

안선은 주도면밀하다.

일을 벌인다면 당사자는 물론이고 지켜보는 눈들까지 모두 제거할 것이다.

그래서 그는 땅속으로 들어갔다.

땅을 팠다. 나무를 엮어 덮개도 만들었다. 그리고 그 위에 풀과 흙은 뿌렸다.

그는 손가락 하나만 간신히 들락거릴 정도의 작은 구멍을 통해 그를 지켜봤다.

날이 어두워진다.

'오늘도 안 내려오네?'

이건 뭔가 이상하다.

계야부는 벌써 이틀째 소식 두절이다. 산 밑에서 기다리는 사람이 있는 줄 알면서 소식을 전해오지 않았다는 건 뭔가 불상사가 생겼다는 뜻이 아닐까?

하루만 더 기다려 보자.

오고 가는 사람이 없으니 하루쯤…….

쒜에엑! 파팟!

순간, 오목은 움찔거렸다. 너무나 크게 놀라서 자신도 모르게 소리까지 지를 뻔했다.

무엇인가가 번개처럼 스쳐 갔다. 그리고 방금 전까지만 해도 멀쩡하던 촌부가 목 잃은 시신이 되어 비틀거린다. 머리는 데구루루 굴러 땅바닥을 뒹굴고, 머리 잃은 목에서는 붉디붉은 피가 분수처럼 솟구쳐 나온다.

오목은 숨을 죽였다. 자신의 손을 들어 코와 입을 막았다. 코에서 뿜어지는 뜨거운 김까지도 밖으로 새어나갈까 봐 전전긍긍했다.

이윽고 두 명의 죽립인이 모습을 드러냈다.

한 명이 사람을 죽이는 동안 다른 한 명은 주위를 경계하고 있었다. 사람이 오나 안 오나 망보는 것이 아니다. 살인 현장을 목도한 목격자가 있는지 살펴보는 거다.

그중 한 명이 땅에 뒹구는 머리를 집어 몸통 위에 던졌다.

"더 이상 없지?"

다른 자가 고개를 끄덕였다.

말한 자는 품에서 작은 병을 꺼내 시신 위에 뿌렸다.

치이이익……!

시신이 급속하게 쪼그라들었다.

살 타는 냄새가 지독했다. 머리카락도 타고, 뼈도 녹았다.

그들은 촌부가 한 줌 잿물로 녹아든 것을 본 후 자산을 향해 걸어갔다.

그들이 사라진 후에도 오목은 숨은 곳에서 나오지 못했다.

나가는 즉시 누군가가 나타나 목덜미를 낚아챌 것 같았다.

'그놈들…… 그놈들…… 죽으면 안 돼! 어떻게든…… 살아!'

오목은 다른 곳을 지키고 있는 지기를 떠올렸다.

그는 안선의 위험을 누누이 이야기했다. 자신처럼 만반의 준비를 갖춰도 부족한 감이 있다고 말했다. 제발 그들을 무시하지 말라고, 발각되지 않았다고 안심하다가는 큰코다친다고 설명했다.

그들은 겁이 너무 많다며 웃었다.

아아! 그들은 어찌 되었는가.

자신처럼 준비를 갖춰놓지 않았다면 이미 이승 사람이 아니리라.

그렇게 봐야 한다. 그토록 신신당부했지만 그들은 자신의 말을 귓가로 흘려버렸다.

사실 자신도 준비를 하기는 했지만 안선에 발각될 것이라는 생각은 추호도 하지 않았다.

어떻게 그런 일이 일어날 수 있는가. 배수짓 하는 현장을 한 번이라도 들켰어야 의심을 하지.

결국 일이 이렇게 되었다.

'그럼 계야부 형님도 잡혔다고 봐야겠지? 승룡사…… 내가 찾아가 봤자 도움도 안 될 것이고…….'

그의 머릿속에 떠오른 사람이 있다.

엽위상과 부사영이 천리사를 따라오고 있다.

그들은 앞으로도 이삼 일 후에나 자산에 도착할 것이다. 그리고 그들이 도착할 즈음에는 사약란은 물론이고 계야부까지 사라지고 없으리라.

이제는 그들에게 말해야 한다.

부사영은 겉멋만 질질 흐르는 사내지만 엽위상은 무림에서도 알아주는 사내다. 그라면 안선 무인들을 제치고 계야부와 사약란을 구해줄지도 모른다.

'한 시진…… 딱 한 시진만 더 숨었다가…….'

한 시진이 후딱 지나갔다.

이제는 시간도 늦었다. 밤이 깊어서 자정을 향해 치달리고 있다.

그래도 오목은 숨은 곳에서 기어나오지 못했다.

배수의 세계에서 환수라는 소리까지 들으려면 손놀림도 빨라야 하지만 돈을 읽는 능력이 뛰어나야 한다. 기껏 전낭을 훔쳤는데 알맹이가 텅 비었다면 무슨 망신인가.

돈이 있다 없다를 알기 위해서는 사람을 읽을 줄 알아야 한다.

돈 많은 사람과 돈 없는 사람을 외양(外樣) 이외의 것에서 찾아내야 한다.

처음에는 눈으로 찾는다. 돈 많은 자는 어떤 특색이 있을까

두리번거린다. 그러다가 환수 정도 되면 굳이 눈에 의지하지 않아도 된다. 보기만 하면 직감이 딱 온다.

지금이 그렇다. 나가면 안 될 것 같다는 직감이 든다.

그의 마음은 일 호흡에도 열두 번씩 바뀌었다.

한시라도 빨리 가서 엽위상을 만나자는 생각과 이왕 늦은 것, 날이 밝을 때까지 기다리자는 생각이 팽팽하게 줄다리기를 했다.

결국 그는 날이 밝을 때까지 나가지 않았다.

꼬끼오!

마을에서 장닭이 목청을 돋웠다.

날이 밝고 새 하루가 시작된다. 산길을 지켜보던 자는 흔적도 남기지 않고 감쪽같이 사라졌다. 죽립인들이 이 세상에 살았던 흔적까지도 지워 버렸다.

그는 날이 밝아오자 비로소 마음이 놓였다.

'이제는 나가도……'

그는 밖으로 나가기 위해 덮개를 만졌다. 그때,

"더 이상은 없을 것 같군."

"괜히 날밤 새웠잖아. 좌우지간 조심성 한번 알아줘야 한다니까. 이런 놈들, 뭐 그리 조심할 게 있다고."

"그만 가지. 오늘 아침은 절밥으로 때워야겠어."

뒤쪽에서 두런거리는 소리와 함께 죽립인 둘이 모습을 드러냈다.

그들과 오목과의 거리는 불과 십여 장. 엎드리면 코 닿을 곳이다.

밤을 꼬박 밝히는 동안 아무도 없다고 기지개라도 크게 켰으면 큰 낭패를 볼 뻔했다.

그들이 산을 향해 걸어갈 때, 오목은 두려움에 질려 오들오들 떨고 있었다.

이제는 아무도 없다. 정말 아무도 없다. 나가도 된다.

온갖 생각이 머릿속을 맴돌아도 두 다리가 뻣뻣하게 굳어서 움직여지지 않았다.

2

어느 순간, 그는 정신이 번쩍 들었다.

'오목!'

지금도 부릅뜬 눈으로 산을 지켜보고 있을 그가 생각났다.

잊고 있었다. 그는 완벽하게 숨겨진 자이기에 안심해도 좋다고 생각했다.

주지 승려는 '급보'가 없었다면 침입자가 있다는 사실조차 몰랐을 것이라고 했다.

아주 중요한 말이었는데, 무심히 귓가로 흘려버렸다.

누가 어떤 급보를 보내왔단 말인가.

내용은 보나마나고, 누가 보냈는지는 모르지만 안선 사람인 것은 분명하고, 중요한 것은 '어떻게'이다.

그는 어떻게 자신이 침입한 것을 알고 급보를 보낼 수 있었을까?

단연코 자신이 자산에 온 사실을 아는 사람이 없다. 있다면 오목을 비롯하여 그의 지기들뿐이다.

그렇다. 거기서 구멍이 생겼다.

오목과 그의 지기들이 안선에 노출되었다.

자신이 잡혔으면 그들은 어떻게 될까? 죽는다. 입장을 바꿔놓고 생각하여 자신이 안선 사람이라면 가차없이 죽여 버릴 것이다.

그는 잠시 갈등했다.

그들을 구해야 하나, 이들이 사약란에게 안내해 줄 때까지 기다려야 하나.

전자는 시급하고, 후자는 언제 일어날지 요원하다.

시급해도 보통 시급한 게 아니다. 벌써 어떤 사단이 벌어졌을지도 모른다.

다행스럽게도 하늘이 그에게 약간의 도움을 베풀었다.

"헉! 컥! 왜……?"

"으으윽!"

갑자기 절 곳곳에서 얕은 비명이 터지기 시작했다.

비명은 곧 끝났다. 일다경(一茶頃)도 안 되는 짧은 순간에 겨우 네다섯 번 이어졌을 뿐이다.

누가 승룡사를 습격했다.

치이이익……!

기분 나쁜 소리와 매캐한 화약 냄새도 맡아졌다. 그리고 곧이어 천지가 무너지는 굉음과 함께 지축이 뒤흔들렸다.

전각들이 무너지고 있다. 절이 초토화되고 있다. 침입자들은 승려들을 도살했을 뿐만 아니라 기와 한 장 남겨놓지 않기로 작심했다.

누가 이런 일을 할 수 있을까?

'안선…….'

그는 이궁에서 사약란을 데리고 나왔을 때, 그를 마중해 주어야 할 장원이 시신과 화염으로 뒤덮여 있었던 사실을 상기했다.

장원은 이궁에 발각되었다.

그 대가는 전원 몰살과 초토화였다.

승룡사가 발각되었다. 많은 사람들이 승룡사가 안선과 밀접한 연관이 있다는 것을 안다. 우선 자신이 알고, 오목이 알며, 그의 지기들이 안다. 또한 며칠만 있으면 엽위상과 부사영도 알게 될 것이다.

안선은 승룡사를 제거하기로 결심했다.

그렇다. 지금 절을 초토화시키는 자들은 다름 아닌 안선에서 온 자객들이다.

'오목…….'

계야부는 장난기 가득했던 오목을 떠올렸다.

그에게 행운이 있기를 기원한다. 살겁에서 무사히 벗어났기를 간절히 바란다.

자신이 어쩌기에는 이미 늦었다.

승룡사가 초토화되는 마당이면 그 외의 것들은 이미 제거되었을 것이다. 밖에 것들을 정리한 후에야 자신의 손발을 자르는 것이 순서 아니겠는가.

덜컹!

자그마한 구멍이 열리며 희미한 빛이 스며들었다.

묵직하게 힘 실린 음성이 들려왔다.

"나와라."

승룡사는 흔적도 없이 사라졌다.

전각이 있던 자리에는 무수한 돌무더기만 쌓여 있을 뿐이다.

여기저기 사람이 쓰러져 있는 모습도 보인다. 그가 지켜봤던 공양주도 그 속에 있다. 공양주와 같이 밥상을 들었던 어린아이도 한쪽 구석에 피를 흘리며 널브러져 있다.

복면을 한 사내들이 다가와 그의 눈에 안대를 채웠다. 그리고 두 명이 그의 어깨를 양쪽에서 낚아채어 질질 끌고 갔다.

"머리 낮추고 들어가라."

사내가 그의 머리를 짓눌렀다.

그는 가마인 듯싶은 곳으로 기어들어 갔다.

'흠!'

그는 여인의 냄새를 맡았다. 숨소리도 귀에 익다. 미약하며, 규칙적이지 않다. 잔잔하다가도 갑자기 격렬하게 호흡한다. 폐가 안 좋기 때문이다.

생각했던 대로 이들은 자신을 사약란에게 안내해 주었다.

"소저?"

"계…… 야부? 당신이에요? 당신이 어떻게 여길?"

"후후후! 가서 기다린다기에 멀리 간 줄 알았더니 몇 보 움직이지 못했군."

계야부가 툴툴 웃었다.

"빨리 찾아오셨네요. 한참 걸릴 줄 알았는데. 안대부터 좀 벗겨주실래요?"

"하하! 그랬으면 좋겠는데, 나 역시 잡힌 몸이라……."

"잡힌…… 몸…….""

사약란의 음성에서 실망이 배어 나왔다.

그녀는 계야부가 눈치채지 않을 만큼 아주 작은 감정만 실었다. 속으로 숨기려고 했지만 실망이 너무 커서 미처 숨기지 못한 부분이 말속에 묻어 나왔다.

계야부는 그런 부분을 놓치지 않고 읽었다.

"산 사람은 어떻게든 사는 법이오. 이자들, 우릴 죽일 생각은 없는 것 같소. 당분간은 안전할 것 같으니 마음을······."

"절 왜 납치한 줄 아세요?"

"······?"

"절 위해서라면 목숨도 아끼지 않는 분이 계세요. 아무래도 그분을 노리는 것 같네요."

'무총 총주!'

계야부는 고개를 갸웃거렸다.

사약란의 말을 이해하기 어려웠다.

무총 총주가 사약란을 위해 목숨을 내놓는다?

이게 가능한 일일까?

그가 무총 총주라는 신분만 아니라면 사약란의 말을 믿는다. 조금도 의심을 하지 않는다. 세상에는 자식이나 손자, 손녀를 위해서 목숨을 내놓는 사람들이 많다.

그게 혈육의 정 아닌가.

하나 무총 총주는 개인의 몸이 아니다. 무총이라는 문파를 이끄는 총주다. 그의 말 한마디에 수십, 수백 명의 무인이 목숨을 내놓고 검을 휘두른다.

군으로 말하면 장군이다.

그런 장군이 손녀가 위험하다고 하여 수많은 병사들을 내동댕이치고 목숨을 내놓을 수 있을까?

말도 안 된다.

그럴 때는 누구라도 친혈육보다는 대의(大義)를 쫓게 되어 있다.

장군이라면 혈육이 눈앞에서 사지가 찢겨 죽어도 피눈물을 흘리며 지휘봉을 잡아야 한다.

계야부는 사약란의 말에 반박하지 않았다.

지금 그런 것은 아무런 도움이 되지 않는다. 그녀를 납치한 이유는 달리 있을 터이지만, 그것 또한 그녀를 구출하는 순간 생각할 필요도 없는 게 된다.

"말은 나중에 하고 길을 찾아봅시다."

계야부는 손발을 묶고 있는 밧줄을 어떻게든 풀어보려고 애썼다.

진기를 불어넣기도 하고, 각이 진 곳에 대고 긁기도 했다.

밧줄은 꿈쩍도 하지 않았다.

"밧줄이 안 끊어지죠? 경근(鯨筋:고래 힘줄)과 독각사(獨角蛇)의 사피(蛇皮)를 꼬아서 만든 거예요. 질기기라면 단연 으뜸이어서 끊어지지 않을 거예요."

그녀가 계야부의 움직임을 짐작하고 말해왔다.

"그렇소?"

그는 건성으로 대꾸했다.

그녀가 뭐라 하던 자신의 행동에는 변함이 없을 것이다. 아무리 질긴 밧줄이라도 계속 할퀴어대는 데는 견디지 못한다. 결국 아픈 비명을 지르며 끊어지리라. 또 반드시 그래야 한다. 안 되더라도 그렇게 만들어야 한다. 그렇지 못하면 탈출하지 못한다.

한데 갑자기 두 손에 힘이 빠졌다. 아니, 전신이 무력해졌
다. 공기를 들이마실 때 뭔가 찜찜한 냄새가 맡아진다 싶더니
좌곤산을 들이켠 것 같다.

'좌곤산…… 빌어먹을!'

천하의 그도 좌곤산 앞에서는 맥을 추지 못했다.

그는 힘을 잃고 축 늘어졌다.

"몸은 좀 어때요? 많이 상했었잖아요. 다리 상처는요?"

그녀가 물어왔지만 대답조차 하지 못했다. 의식은 있는데
사지가 무력해져 움직이지 못했다. 정신은 또렷한데 입을 열
어 말을 하지 못했다.

"왜 그래요? 대답도 하지 않…… 훗!"

말을 하던 그녀가 격한 호흡을 토해냈다.

좌곤산은 계야부에게만 뿌려진 게 아니다. 마차 안에 고루
퍼부어졌다. 단지 계야부에게 먼저 집중되었을 뿐이다.

그녀는 더 이상 말을 하지 못했다.

좌곤산의 약효가 그녀의 육신을 빠르게 무너뜨렸다. 급격
하게 낮아지는 호흡으로 느낄 수 있었다.

가마가 심하게 흔들렸다.

계야부와 사약란은 흔들리는 대로 몸을 맡길 수밖에 없었
다.

이동은 오래 걸렸다. 꼬박 하루를 치달린 것 같다.

어디를 어떻게 왔는지 모르지만 상당히 험한 길을 택한 듯 요동이 무척 심했다.

덜컹!

가마 문이 열렸다.

"조심…… 천천히…… 천천히 옮겨."

사내들이 사약란을 옮겼다.

목적지에 도착한 것일까?

"기다리고 계신다. 한 시진 안에 도착할 수 있도록!"

"넷!"

계야부는 몸이 들썩이면서 위로 쑥 올라가는 느낌을 받았다.

'이런!'

그는 당황했다.

가마가, 가마가 움직인다. 그녀를 떨어뜨려 놓고 알지 못할 곳으로 간다. 이래서는 안 되는데……. 목적지에 같이 떨어뜨려 줘야 하는데 그녀만 남겨놓고 간다.

그는 가마의 속도에 의식을 집중했다.

쒜에엑! 쒜에에에엑!

가마를 스쳐 가는 바람 소리가 매섭다.

가마 안에 있다. 눈에 안대를 가린 상태다. 좌곤산에 신경까지 마비되었다.

가마를 멘 자들이 어느 정도 빠르기로 달리는지 알아내기가 힘들었다. 어떤 때는 무척 빨리 달리는 것 같다가도 어떤 때는 기어가는 것처럼 느껴지기도 한다.

달리는 속도만 알면 그녀가 어디쯤 내려졌는지 짐작할 수 있을 텐데. 자신이 내려진 곳에서 한 시진 거리를 역으로 추산하면 반경이 넓기는 하지만 아무것도 모르는 것보다는 나을 텐데.

'후우!'

그는 큰 숨을 쉬었다.

그녀와 잠시 만났지만 얼굴도 보지 못한 채 헤어졌다. 그리고 이제는 도저히 찾지 못할 곳으로 숨어버렸다.

인정하고 싶지 않아도 인정해야 한다.

이번 구출 작전은 실패다.

차라리 그때 법당에서 저항했어야 한다. 승려들을 제압해 놓고 절을 샅샅이 뒤졌으면 찾을 수 있었을지도 모른다.

'안선'을 너무 의식했다.

승려들은 죽을지언정 입을 열지는 않을 것이라고 지레짐작했다. 안선이 사람을 숨겨놓았다면 절대 찾을 수 없을 것이라고 속단해 버렸다.

불상 안에 갇혀 있을 때라도 손발을 묶은 밧줄이 범상치 않은 물건이라는 것을 깨닫고 대책을 강구했어야 하는데, 바깥 동정만 살폈을 뿐 무심히 시간만 죽였다.

그는 아무것도 하지 않았다.

오목과 그의 지우들이 위험에 처하고, 사약란이 지척에서 도움을 갈구할 때, 그는 다 익은 밥을 그릇에 담아 입 안에 넣어주기만 기다리고 있었다.

절반 이상의 승수를 안겨다 준 고육지책이 이번에는 실패했다.

'이렇게 되면 오기로라도 구해야 하는 건가. 사약란…… 꼭 구한다.'

그는 피식 웃었다.

덜컹!

가마 문이 열리며 밝은 햇살이 쏟아져 들어왔다.

시원한 바람도 느껴진다. 비릿한 물 냄새와 드넓은 초원을 거치며 실어온 짙은 풀냄새가 한데 배어 있다.

"풀어주게."

계야부는 이 음성을 기억한다.

'만변천자!'

안대가 풀렸다. 그리고 손발을 묶고 있던 밧줄도 풀렸다.

"아주 인상적이었어."

청수한 용모의 중년 선비가 그를 향해 씩 웃으며 말을 걸어왔다.

"……?"

"나를 모르겠나? 섭섭하군."

계야부는 그제야 사람들이 그를 왜 만변천자라고 부르는지 알게 되었다.

그는 자신에게 세공단을 건네준 바로 그 만변천자다. 칠순 노인이었으며, 곱게 늙은 얼굴이 인상적이었다.

지금은 그런 모습이 온데간데없다.

많이 봐줘야 갓 쉰을 넘겼을까 말까 한 글방 선비가 칠순 노인의 음성으로 말을 건네왔다.

"무엇 때문에 서군사에게 집착하는지 모르겠군. 납치할 때는 언제고 또 구하려는 건 뭔가? 그녀와 자네, 서로 용무가 끝나지 않았나? 그동안 새로운 정분이라도 싹튼 건가?"

계야부는 손발을 움직였다. 고개도 끄덕여 보고 허리도 돌려봤다. 사지를 움직이는 데 불편함이 없나 살폈다.

좌곤산이 풀렸다.

잃었던 신경이 제자리로 돌아왔다. 그 밖에 다른 제약도 느껴지지 않는다.

"그녀에게 약속했소, 구해주겠다고."

"그것뿐인가?"

"그렇소."

두 사람의 눈길이 마주쳤다.

그 순간, 두 사람은 본능적으로 느꼈다. 서로 양립해서는 안 될 사이임을.

사약란에게 반한 게 아니다. 약속 그 한마디에 모든 행동을 걸었다. 목숨까지 담보로 했다. 이런 놈은 두고두고 말썽만 부릴 뿐, 회유시켜 써먹을 수 없다.

"안타깝군. 자넬 귀히 쓰려고 했는데."

"그녀를 내주시오."

서로 할 말을 했다.

다시 한 번 상대를 확인한 것이다. 상대의 마음이 어떤지 확실히 알게 되었다.

계야부가 두 손을 깍지 껴서 손가락 관절을 풀었다.

"가만 놔둬도 한 달 후면 죽을 목숨인 걸 아나?"

"알고 있소."

"한데 그때까지도 살려둘 수 없구먼. 자넨 많은 걸 알아."

"포섭하거나 죽이거나. 이게 당신 생각 아니오?"

"알면서 대드는 건가? 슬쩍 묻어갈 수도 있었을 텐데?"

"그런 건 성격상 맞지 않아서. 마음에 안 드는 사람과 손발을 맞춘다는 게 얼마나 비위 틀리는 일인지 아쇼?"

"후후후! 내가 아무렴 아무런 대책도 없이 자네에게 세공단을 줬겠나. 이 갑자 내공이면 태산을 들었다 놓을 수 있는데, 그런 선물을 대책없이 줬겠냐 이 말일세."

"생각이 있든 없든 나와는 관계없는 일이지. 내가 달라고 했던 것도 아니니까."

"허허허!"

만변천자가 뒷짐을 지며 너털웃음을 터뜨렸다. 순간!

쒜에에엑!

계야부가 사전투광신보를 펼쳐 빠르게 다가갔다.

그야말로 눈앞에서 번쩍 불빛이 터지는 순간 턱 앞까지 짓쳐왔으니 빠름의 절정이라 아니 할 수 없다.

슈욱!

그의 주먹이 만변천자의 안면을 노리고 달려들었다.

계야부는 본능적으로 만변천자를 물리치지 않고는 이 자리를 벗어나기 힘들다는 걸 깨달았다.

오랜 시간 적을 대면해 온 경험이 짙은 살기를 말해준다.

그럴 바에는 차라리 선공을 취하자. 십교사와 싸워봐서 아는데 결코 이 갑자 내공이 능사가 아니다. 절대무인과 싸워본 경험이 너무 없어서 간단한 노림수에도 당하고 만다.

"허허허!"

만변천자가 웃으며 가볍게 상체를 젖혔다.

계야부는 신법을 즉시 시구각보로 변환시켰다. 무릎을 약간 굽히고 힘껏 도약했다. 그 순간, 그의 손은 무려 삼십여 차례나 휘둘러지고 있었다.

"좋은 연환수(連環手)!"

만변천자가 감탄은 터뜨리며 네다섯 걸음을 물러섰다.

"개뿔!"

계야부는 잠시도 틈을 주지 않고 달려들었다.

그는 연환수가 뭔지도 모른다. 본능적으로 허점이 보이기에 주먹을 휘두른 것뿐이다. 그런 걸 가지고 무림에서는 연환수라고 부르는 모양인데, 미친…… 이거면 어떻고 저거면 어떤가.

쉐에엑!

권각(拳脚)이 동시에 터졌다. 사전투광신보와 시구각보가 적절히 섞여 나왔다. 어떤 때는 섬광처럼 다가섰고, 어떤 때는 흔적도 없이 사라졌다.

"괜찮군. 쓸 만해. 하나 이 친구야, 사전투광신보는 내게서 받았다는 걸 생각했어야지."

만변천자가 가볍게 한 걸음 물러섰다.

그는 지금까지 권각조차 마주치지 않았다. 공격해 오면 딱 적당한 거리만 물러섰다. 한데도 계야부의 모진 공격이 모조리 허공으로 흘러 버렸다.

"잘 구경했네. 그만 끝내세."

만변천자는 말을 끝내기가 무섭게 양손을 뻗어냈다.

쉭! 쉬쉭! 쉭쉭……!

권력(拳力)이 미치기도 전에 권풍(拳風)부터 몰아쳤다. 그의 주먹은 순식간에 십여 개의 창이 되어 틀어박혔다.

파파파팟!

계야부는 반사적으로 주먹을 뻗어냈다.

자신에게는 이 갑자 내공이 있다. 만변천자는?

파앙!

눈에 보이는 주먹은 모두 막아냈다 싶었는데, 어디서 흘러온 권력인가?

계야부는 가슴에 일 권을 정통으로 얻어맞고 비틀비틀 물러섰다.

숨이 콱 막혔다. 눈앞이 캄캄해지면서 구토가 치밀었다. 다리까지 풀려 중심을 잡고 서 있기도 힘들었다.

만변천자의 권력은 이 갑자 내공을 뚫지 못했다. 하나 너무 정통으로 얻어맞았다.

쒜에엑!

주먹이 또 날아온다. 이번에도 먼저처럼 십여 개의 주먹이 환상처럼 펼쳐졌다.

꽃! 마치 꽃처럼 보인다.

국화 같기도 하고 장미 같기도 하다.

십여 개의 주먹은 꽃문양을 그려내며 쏘아져 왔다.

'끄응!'

계야부는 반격할 힘도 없었지만 애써 힘을 냈다. 진기를 끌어올리고 시구각보를 펼쳐 몸을 빼냈다. 한데,

파앙! 퍼억!

이번에는 이 권이나 맞았다. 일 권은 옆구리에, 다른 하나는 명치끝을 파고들었다.

"커억!"

어지간해서는 비명을 토해내지 않는 그였지만 이번만큼은 어쩔 수 없었다.

그는 두 걸음이나 비틀비틀 물러서다가 풀썩 쓰러졌다.

"후후! 네가 자초한 일."

만변천자가 웃었다.

휘르르륵!

그의 양손에서 갑자기 불꽃이 터져 나왔다.

진짜 불꽃이다. 뜨겁기가 용광로의 화염을 능가한다. 피부에 닿기도 전에 뜨거운 기운이 확 몰아친다. 마치 화로를 들어 내던진 것처럼 온갖 불덩이들이 쏟아진다.

'후움!'

계야부는 물러서고 싶었다. 그의 영혼을 집어삼킬 듯 천천히 다가오는 불꽃에서 멀리 떨어지고 싶었다.

불꽃은 너무나 거세고 강렬하다. 그렇다. 화해(火海)다. 그리고 화린(火燐)이다.

'꼼짝없이 타 죽겠군. 이 불이 어디서 나온 거지? 사람의 몸에서 불길이 나올 리는 없고……'

열기가 너무도 뜨거워 불의 근원지조차 찾을 수 없었다.

만변천자가 손에 무엇인가 들고 있을 것이다. 한데 불길에 가려 보이지 않는다.

그때, 또 한 줄기의 불기둥이 허공을 향해 솟구쳐 올랐다.

불기둥은 하늘에서 넓게 퍼졌다. 온 세상을 뒤덮어 버릴 듯

화악 번졌다.

순간이다.

화아아악!

하늘을 붉게 물들이며 퍼져 나갔던 불기둥이 계야부를 향해 폭포처럼 쏟아져 내렸다.

앞에서는 화린이 숨 돌릴 틈도 주지 않고 달려든다. 하늘에서는 거대한 불기둥이 방원 십 장을 뒤덮으며 쏟아진다.

계야부는 비로소 빠져나갈 수 없는 함정에 걸려들었음을 직감했다.

"아!"

그는 멍하니 쏟아져 내리는 불덩이를 쳐다봤다.

"일편화해(一片火海)가 대단한 줄은 알았지만 이 정도일 줄은 몰랐습니다."

"아까워. 쓸 만한 놈이었는데. 지금 생각해도 희한한 놈이란 말이야. 죽인다는 협박에 못 이겨 사약란을 납치해 놓고 이제는 죽음조차 겁내지 않아."

"완전히 제멋대로인 놈이었습니다."

"아니, 그렇게 생각하면 안 되고…… 처음에는 가볍게 시작했을 거야. 까짓것, 뭐 하는 놈들인지 보자. 세력이 큰 것 같은데 얼마나 큰지 보자. 그러다가 점점 휘둘리게 되니까 성질이 났던 게지. 배짱대로 살지 않으면 좀이 쑤시는 인간이 있어."

"괜히 세공단만 소진하셨습니다."

"그까짓 거야 또 만들면 되는 것이고…… 흠! 자네는 남은 두 놈을 마저 처리해."

"부사영은 처리할 수 있습니다만……."

만변천자는 손에 들고 있던 죽통을 건네주었다.

"봤으니 쓸 수는 있을 것이고…… 조그만 흔적도 남겨놓아서는 안 되네."

"알겠습니다!'

무인이 자신있게 말했다.

3

안선은 이상한 곳이다.

자기들이 해도 될 일을 굳이 남을 시킨다. 얌전히 군에 있는 사람을 끄집어내어 시키는 대로 하지 않으면 죽이겠다고 협박한다.

물론 돈은 받았다. 은자로 제법 넉넉하게 받았다. 솔직히 그만한 돈이면 사람을 죽이라는 명령도 손쉽게 행할 살수들을 부지기수로 구할 수 있다.

자신들은 그런 자가 되지 못한다.

무림에 관한 일이니 자신을 증명하기 위해서 죽였던 살수보다도 못한 면이 있다.

그래도 시키는 대로 납치해 주었다.

일 한번 깔끔하게 해주고 다시 군에 돌아갈 생각이었다. 보내준다면 돌아가고, 보내주지 않으면 성과 이름을 바꾸어 새 인물로 살아가려고 했다.

어렵지 않다. 간단하다.

사약란을 납치한 그날로 끝날 사안이었다. 장원에서 그녀를 건네주고, 자신들 일을 협의하면 끝나는 일이었다.

안선과 싸울 생각은 추호도 없었다. 무총이라는 곳과 인연을 맺을 생각도 없었다. 한마디로 무림이라는 곳과 상종할 생각은 손톱만큼도 없었다.

장원이 불타 버렸다. 그건 안선의 책임이다. 사약란을 산서 안선주 위지패문에게 데려갈 때까지도 안선은 나타나지 않았다. 분명히 그들 잘못이다.

그리고는 불쑥 나타나서 세공단인가 뭔가를 먹였다. 그리고 또 다른 자가 검을 들고 나타나 사약란을 빼앗듯 집어가 버렸다. 실제로도 빼앗긴 것이고.

그것뿐이다.

그 후로 뭘 하라는 말 한마디 없었다.

기껏 한다는 소리가 부사영과 엽위상을 죽이라는 말도 안 되는 소리뿐이다.

그리고는 사약란을 구하려 했다는 이유로 불구덩이 속에

처박았다.

그는 만변천자를 통해 한 가지 배운 게 있다.

일을 끝낼 때는 확실히 끝내라는 것. 화통(火筒) 따위를 믿고 어설프게 끝냈다가는 자신 같은 골칫덩이를 만들 테니까.

그는 불에 그슬린 육신을 붕대로 칭칭 감았다.

절체절명의 순간, 사전투광신보를 극성으로 펼쳐 화망(火網)을 벗어났다.

만변천자는 자신을 권력으로 쳐 죽일 수 있었다.

더도 밀고 딱 두어 번만 더 가격당했다면 오장육부가 뒤집혀 죽었을 것이다.

그는 죽인 자도 다시 죽이겠다는 심정에서 화통을 썼다. 화린을 듬뿍 뒤집어씌워 뼛조각조차 남기지 않으려고 했다.

좋은 시도였다. 그리고 완벽한 방법이었다.

그가 알고 있는 한 계야부는 그의 손바닥에서 벗어날 수 없었다. 계야부가 지닌 신법 중 가장 빠른 것은 사전투광신보다. 그리고 그것은 그에게서 나왔다. 송곳 같은 주먹을 명치에 얻어맞은 놈이 전력으로 사전투광신보를 펼쳤을 때, 어느 정도나 도망칠 수 있는지를 환히 꿰고 있었다.

단 하나, 그에게 금강반야선공이 있고, 사전투광신보와 절묘한 궁합을 이루고 있다는 사실만 몰랐다.

사전투광신보에 이은 시구각보.

실로 간발의 차이로 화염지옥을 벗어났다.

전신에 심한 화상을 입기는 했지만 움직이는 데는 지장이
없다.

그는 이제야 비로소 자신의 무공에 자신을 가질 수 있었다.

사전투광신보는 도저히 빠져 나올 수 없는 화염지옥에서
그를 끄집어내 주었다. 시구각보는 절정무인인 만변천자의
이목에서 그를 가려주었다.

만변천자를 속일 수 있다면 그 누구라도 속일 수 있다.

"너…… 성질 더러운 놈 건드린 거야."

계야부의 눈빛이 차디차게 식어갔다.

*   *   *

오목은 반나절 만에 엽위상과 부사영을 만났다.

그들은 느리게 움직이는 천리사를 묵묵히 뒤따르고 있었다.

"야, 이게 누구야? 너 오목 아냐?"

부사영이 반갑게 웃으며 다가왔다.

오목은 한가하게 회포를 풀 시간이 없었다. 그러기에는 사
태가 너무나 위급했다.

"계, 계야부가! 계야부가!"

뭔가를 설명해야 하는데, 자꾸 같은 말만 입 안에 맴돌았다.

"계야부? 계야부가…… 너 계야부와 같이 있었나?"

오목은 급히 고개를 끄덕였다.

"계야부는 지금 어디 있어?"

"자, 잡혀……."

부사영은 눈살을 좁혔다. 다소 뜬금없지만 무시하기에는 너무 강렬한 생각이 뇌리를 스쳐 지나간다.

"서군사는 어디 있어?"

혹시나 하는 심정에서 물었다.

"자, 자산…… 그, 그녀도 자, 잡혀……."

이제는 아귀가 딱 맞아떨어진다.

계야부는 사약란이 잡혀 있는 곳을 알아냈다. 그리고 단신으로 구출 작전을 감행했고, 실패했다.

"천리사도 없이 어떻게 서군사가 있는 곳을 찾아냈대?"

"제, 제가…… 제게 서신이…… 그러니까 배수들이 나서서 서신을…… 그러니까 그게 밀마로 써진 것인데……."

"됐다."

부사영은 오목의 입을 막았다.

"언제 이야기냐?"

"그게 무슨……?"

부사영이 오목의 멱살을 와락 움켜잡았다.

그의 눈에서 뜨거운 노기(怒氣)가 줄줄이 뻗어 나왔다. 단 한마디라도 허튼소리를 하면 당장 요절내 버리겠다는 듯 살기를 활활 피워냈다.

"지금부터 내가 하는 말 잘 들어라."

"혀, 형님. 왜……?"

"우선 숨을 쉰다. 크게!"

"후우웁!"

"좋아. 그럼 내 눈을 보면서 대답해. 계야부가 잡힌 것을 네 두 눈으로 본 거야?"

"그건 아니지만……."

"됐고. 계야부가 자산이라는 곳에 언제까지 있었어?"

"오늘 아침까지요. 제가 올 때는……."

"됐어. 자산이라는 곳에 최고수는 누구야?"

"그, 그게……."

"됐어. 서군사가 자산에 있는 건 확실해?"

"그, 그걸 확인하려고 하다가……."

"됐어. 안선이 있는 건 확실해?"

"확실해요! 정말 그건 확실하다니까요!"

부사영은 오목을 놓아주고 엽위상을 쳐다봤다.

엽위상은 냉정한 눈빛으로 두 사람을 쏘아보고 있었다.

"다 들었으면 찢어지던가 같이 가던가. 난 자산으로 가봐야 할 것 같은데."

"이 길로 가면 자산이다."

엽위상이 천리사를 주워 들며 말했다.

두 사람은 자세한 내용을 묻지 않았다.

계야부가 어떻게 해서 자산을 알게 되었으며, 사약란은 또

왜 그곳에 있는지 궁금한 것이 태산 같지만 난관을 해결하는
데 도움이 되지는 않는다.

한 사람은 벗을 위하여, 또 한 사람은 군사를 위하여 한시
라도 빨리 자산에 도착해야 한다.

"이 길로 가면 자산……. 후후! 자산이 어떻게 생겼나 구경
이나 하려고 했더니."

부사영이 툴툴 웃으며 견빙검을 철커덕거렸다.

"날뛰지 마라. 네 무공으로는 죽기 십상이야."

엽위상이 주위를 쏠어보며 말했다.

오목도 급히 주위를 돌아봤다. 하지만 그의 눈에는 아무것
도 보이지 않았다. 하다못해 지나가는 개 한 마리 보이지 않
았다. 하나 안다. 이들의 말, 행동, 모습을 통해 호의를 품지
않은 누군가가 나타났다는 것을 직감했다.

"엎드리는 게 좋지 않을까?"

오목은 망설이지 않았다. 부사영의 말이 떨어지기가 무섭
게 땅에 납작 엎드렸다.

파라라랑!

엎드린 그의 등 위로 공기를 찢어발기는 파공음이 흘렀다.

죽립을 쓴 여섯 명이 나타났다.

세 사람은 양손에 바라를 들었고, 세 사람은 검을 패용했
다.

엽위상이 그들을 뚫어지게 쳐다보다가 가느다란 신음을 토해냈다.

"음……! 천불육승(千佛六僧)!"

"천불육승? 저놈들, 어느 정도야? 우릴 작살낼 정도는 되나?"

무림에 대해서는 까막눈인 부사영이 여섯 명을 쳐다보며 말했다.

오목은 부사영보다는 나았다. 그는 천불육승에 대한 말을 들은 적이 있다.

"저, 저, 저들이 바로 천불사의 유, 육승!"

오목은 심하게 말을 더듬었다.

엽위상, 그리고 오목의 태도로 보아 천불육승이라는 자들은 악명이 자자한 것 같다.

"천불사의 육승? 아! 그래서 천불육승이군. 승려면 절에서 목탁이나 두들길 것이지 속세에는 무슨 일인고? 더군다나 불살계(不殺戒)를 지켜야 할 중이 검까지 차고. 완전 땡초들이군."

여섯 명은 격동하지 않았다. 일렬로 나란히 서서 일정한 보폭으로 다가왔다.

철컥!

부사영이 어깨 위에 둘러메고 있던 견빙검을 살짝 움직였다. 그러자 검집이 뚝 빠져 뒤로 날아갔다. 그리고 살기충천

한 검날이 밝은 태양 아래 드러났다.

"죽기 싫으면 나서지 마라."

차앙!

엽위상이 검을 뽑으며 말했다.

그는 얼마나 긴장했는지 입술이 파르르 떨리고 있었다.

"뭘 그렇게 긴장하고 그래. 별것 아닌 놈들 가지고."

부사영이 앞으로 나섰다.

희언(戱言)이 아니다. 실제로 그의 눈에는 천불육숭이라는 자들이 겉멋만 잔뜩 든 허수아비처럼 보였다. 병기만 해도 그렇다. 하고 많은 병기들 중에 바라가 뭔가, 바라가.

바라를 병기로 쓰는 방법은 딱 두 가지다. 하나는 원거리 공격으로 원반처럼 날리는 것이며, 다른 하나는 베는 것으로 근접전에서 주로 사용한다.

그까짓 것 날아오면 베어버리면 된다. 가까이 다가오기 전에 먼저 치면 된다. 견빙검은 못 베는 것이 없다. 병기의 이점을 활용하는 놈들만 전문적으로 먹어치운다.

"물러서라니까!"

엽위상이 고함을 질렀지만 이미 늦었다.

부사영은 한 발을 크게 내디디며 검을 쳐나가고 있었다.

"타앗!"

뭔가 번뜩인다 싶은 순간 다섯 자 길이의 견빙검이 여섯 무인을 횡으로 쓸어갔다.

가장 왼쪽에 있던 승려가 무심히 바라를 들어 막았다.

"크큭!"

부사영은 웃었다.

바보 같은 놈! 견빙검을 너무 우습게봤어!

까앙!

견빙검이 바라를 후려쳤다. 그리고 붉은 불똥을 튀겨냈다.

그 순간, 승려의 몸짓이 지금까지와는 정반대로 변했다. 불쑥 뛰쳐나오며 다른 손에 든 바라로 다리를 후려치는데, 그야말로 전광석화가 따로 없었다.

"헛!"

부사영은 크게 놀라 물러섰다.

일단 견빙검이 바라를 베어내지 못했다. 두 쪽으로 갈라져야 할 바라가 멀쩡하다. 방패 역할을 충실히 해낸 것이다. 거기에 승려의 번개 같은 몸놀림이란…….

파앗!

양쪽 허벅지 앞부분에서 붉은 피가 솟구쳤다.

그는 쓰러지는 와중에도 견빙검을 휘둘렀다. 이차 공격을 조금이라도 막아보자는 뜻에서였다.

쒜에엑!

다른 쪽 바라가 검을, 팔을 잘라왔다.

"허!"

부사영은 견빙검을 움직여 보려고 했지만 상대는 이미 검권 안으로 파고든 상태였다. 더군다나 보통 검보다 훨씬 긴 검은 상대를 멀리 떼어놓은 상태에서는 매서운 위력을 발하지만 지금처럼 가까이 다가붙은 상태에서는 단봉(短棒)만 못했다.

파아앗!

바라가 손목을 할퀴고 지나갔다.

그것도 간발의 차이로 손목을 움직였기에 긁는 선에서 그쳤지, 그렇지 않았다면 잘라지는 횡액을 면치 못했을 게다.

부사영은 검을 놓쳤다.

쒜에엑!

바라가 다시 날아왔다.

이놈들은 시작한 일은 끝을 봐야 직성이 풀리는 듯하다. 접전을 시작했으니 둘 중에 한 명은 죽어야 끝난다는 듯이 여유라고는 손톱만큼도 주지 않는다.

그가 죽음을 예감하고 눈을 감을 때,

까앙! 까앙! 깡깡깡!

요란한 소리가, 바라와 검이 맞부딪치는 소리가 머리 위에서 현란하게 터졌다.

엽위상이 검을 쳐왔다.

그와 승려는 단숨에 십여 합을 교환했다.

승려가 바라를 거두고 물러섰다.

누가 이기고 누가 졌다고 말할 수 없는 승부였다. 속도나 변화 면에서 두 사람은 팽팽했다. 검은 바라가 처놓은 방어막을 뚫지 못했고, 바라는 검의 그물을 찢지 못했다.

쩡! 쩡! 쩡!

다른 승려가 바라를 부딪치며 나섰다.

다른 승려도 나왔다. 검을 소지한 자로, 다른 승려들보다 몸집이 약간 더 좋았다.

"꼬마야, 넌 우리와 놀아야지?"

'검발합격(劍鈸合擊)……'

엽위상은 감히 태만하지 못했다.

검과 바라가 합쳐지면 이무기가 단숨에 용이 되어 승천한다고 하는 말이 있다.

검발합격의 무서움을 단적으로 표현한 말이다.

이무기가 여의주를 얻을 뿐만 아니라 단숨에 승천까지 할 수 있는 합격술.

두 승려는 엽위상을 노리며 거리를 좁혀왔다.

바라를 든 자는 좌측에서, 검을 든 자는 우측에서……. 노림을 당한 엽위상은 두 사람을 경계해야 했고, 그러자니 자연히 부사영에게서 멀어져야만 했다.

두 승려가 엽위상을 고의적으로 부사영에게서 떼어낸 것이다.

그러자 제일 먼저 나섰던 승려가 부사영을 노려보며 다시 앞으로 나왔다.

"끈질긴…… 놈들!"

부사영이 이를 악물며 옆에 떨어진 검을 주워 들었다. 그리고 장검을 지팡이 삼아 몸을 일으키려고 발버둥 쳤다.

"발버둥 치지 마라. 그래 봤자 고통만 심할 뿐이니. 마음 편히 먹고 받아들일 건 받아들일 줄 알아야 하느니."

그는 부사영이 그물에 갇힌 고기나 되는 듯 안쓰러운 눈길로 쳐다봤다.

무림이라는 벽은 높았다.

말똥구리들 중에서는 날고 기는 그였지만 무림에 나온 이후로는 연전연패(連戰連敗)다.

처음, 계야부와 함께 자신들을 증명할 때만 해도 무림이 별것 아니라고 생각했다. 군에서처럼 견빙검을 마음껏 휘두르면 되었다. 거대한 칼날 앞에 베어지지 않는 게 없었다.

그에게 처음으로 패배를 안겨준 자는 엽위상의 수하다. 엽위상도 아니고 그의 수하다. 잔나비처럼 날랜 놈이 검날 사이로 파고들어 와 일격을 가했다.

그의 검식이 날랜 신법에 완전히 눌리고 말았다.

이번 경우는 또 다르다.

승려의 바라는 견빙검에 베어지지 않았다. 견빙검에 견줄 만한 쇠붙이가 있다는 뜻이다. 또 그는 승려의 신법을 잡아내지 못했으며, 바라의 공격을 받아내지 못했다.

변명의 여지가 없는 완벽한 패배다.

엽위상은 이런 자와 십여 초나 싸웠다.

무례한 말 따위는 신경 쓰지도 않고 웬만한 일은 눈 한 번 부라리고 넘어가기에 그의 진신무공을 알아보지 못했는데, 천악망(天握網)을 이끄는 사람은 역시 달랐다.

"타앗!"

옆에서 고함이 쩌렁 울렸다.

엽위상과 두 승려의 싸움이 먼저 시작되었다.

바라를 든 승려가 먼저 공격해 들어갔다. 검을 든 승려는 감쪽같이 사라졌다. 바라를 든 승려의 등에 몸을 붙이고 있어서 엽위상이 볼 때는 한 사람밖에 보이지 않았다.

쩡쩡쩡……!

엽위상은 바라를 검으로 쳐내며 물러섰다.

바라의 공격은 눈에 보인다. 하기에 막을 수 있다. 검은 눈에 보이지 않는다. 공격도 해오지 않는다. 하나 검이 눈에 보일 때, 그때는 진정 막기 힘들 것이다.

쒜에엑! 쒜에엑! 슈슛!

바라 두 개가 맹렬히 짓쳐왔다.

방어는 전혀 없고 오직 공격만 있다. 온몸에 허점을 드러낸 채 공격 일변도로 짓쳐온다. 상대를 죽일 수만 있다면 자신의 목숨 또한 내놓을 수 있다는 의지가 비친다.

그럼에도 엽위상은 허점을 노리지 못했다.

검끝 하나가 바라를 든 승려의 겨드랑이에 자리 잡았다. 검끝이 독사의 혓바닥처럼 날름거린다. 그가 허점을 노리고 공격해 들어가는 순간, 독사의 검끝이 본색을 드러낼 것이다.

쒜에에엑! 쒜에에엑!

바라가 종횡무진(縱橫無盡)한다. 옆으로, 아래로, 위로 거침없이 그어진다.

엽위상은 좀처럼 반격 기회를 잡지 못하고 연신 물러서기만 했다.

이른바 검발합격.

검이 존재한다는 자체만으로도 발의 위력은 두 배가 되었다. 상대의 병기를 오직 방어에만 치중하게 만들었다. 분명한 것은 검이 위세용(威勢用)이 아니라는 것이다. 두말할 필요도 없이 살(殺)을 목적으로 한 진검이다.

타앙!

엽위상이 거세게 검을 쳐낸 후, 훌쩍 뒤로 물러나며 다시 검을 겨눴다.

바라가 마음껏 움직이도록 놔주는 것은 반대로 자신의 검이 무력화된다는 뜻이다. 바라가 한 번 움직이면 자신의 검은 그만큼 움츠러든다. 그만큼이 아니다. 두 배 정도는 위축된다.

마음을 가다듬고 다시 시작해야 한다.

쒜에에엑! 쒜에에엑! 파파파팟!

승려들도 엽위상의 생각을 읽었는지 지금까지와는 전혀

다른 공격을 펼쳐 왔다.

바라는 여전히 목숨을 도외시한 공격으로 일관했다.

달라진 건 검이다. 지금껏 침묵을 지키고 있던 검이 드디어 본색을 드러냈다.

바라의 공격을 피해내면 곧바로 검이 짓쳐온다. 검을 피하면 바라가 온다.

검, 바라, 검, 바라…….

그들은 빠르다. 무척 빠른 공격을 한다. 거기에 연수합격이니 그야말로 숨 돌릴 틈조차 없다. 더욱 기가 막힌 것은 연수합격에서 조그마한 틈조차 발견할 수 없다는 것이다.

검발합격은 완벽했다.

이런 경지는 합격진을 머리로 외우고 수련 몇 번 했다고 해서 발휘되지 않는다. 수십, 수백 번의 결전을 치르는 동안 공격 형태가 자연스럽게 형성된 것이다.

즉, 이들의 검발합격은 경험 그 자체였다.

'너무 힘들어!'

엽위상은 검을 꽉 움켜잡았다.

第九章
미끼가 돼라

1

세 사람은 천불육승의 힘을 절감했다.

그들이 여유있게 걸어온 이유도 납득했다. 그들의 눈에 비친 세 사람은 거미줄에 걸린 나비 정도에 지나지 않았을 것이다.

부사영은 고개를 들어 하늘을 쳐다봤다.

항상 궁금했다. 언제 어느 곳에서, 어떤 날씨에, 어떤 놈들에게, 어떻게 죽게 될지.

하늘은 징그럽게 푸르다.

"좋아. 가져가라, 가져가."

그는 손에서 힘을 빼고 털썩 무릎을 꿇었다.

허벅지를 심하게 베여서 일어설 수가 없다. 검에 의지하면 간신히 일어설 수가 있겠지만 발걸음조차 제대로 떼어놓지 못하는 상태에서 어찌 강적을 상대할까.

그는 자신이 끝났다는 걸 깨달았다.

그때, 오목이 무릎걸음으로 종종 다가와 그의 어깨를 쳤다.

"얌전히 있어도 죽일 판인데, 뭐 하러 기어와. 뒤로 물러서 있어. 인마, 찬물에도 위아래가 있는 법이야. 순서로 따져도 내가 먼저란 거 몰라?"

"저, 저, 저……."

오목이 더듬거리며 손을 들어 올렸다.

부사영은 이상한 기분이 들어서 그가 가리킨 곳을 쳐다봤다. 그리고 보았다.

한 사내, 그가 잘 아는 사내, 그가 걸어온다. 천불육승의 등 뒤에서 계야부가 걸어온다.

"저 새끼는 뭐 하러 나타난 거야!"

부사영은 계야부를 보자 질색부터 했다.

오랜만에 만났다는 반가움은 떠오르지 않는다. 죽을 자리 인 줄도 모르고 태평하게 걸어오니 한심할 뿐이다.

계야부는 강하다. 말똥구리 중에서 최강의 전사다. 무공이 강한 것은 아니다. 무공으로라면 그에 필적하는 자가 많다. 하지만 그들은 죽는다. 계야부처럼 살아 돌아오지 못한다. 그런 면에서, 반드시 산다는 면에서 그는 진정으로 강하다.

전장에는 전략이 있다. 전술이 있다. 은밀한 행동이 있고, 기습이 있다. 무용도 뛰어나야 하지만 지략은 더 필요하다. 다른 말은 다 필요없다. 살 자리, 죽을 자리만 정확히 읽어내면 된다.

계야부는 그런 면에서 극히 뛰어났다.

한데 이번에는 잘못 읽었다. 반드시 죽을 자리인데 살 자리로 착각했는지 성큼성큼 걸어온다.

바보야! 이곳은 죽을 자리야!

"똥개! 똥개!"

부사영은 바라를 들고 다가서는 승려는 쳐다보지도 않았다. 그는 계야부만 쳐다보며 알지 못할 소리만 외쳤다.

똥개!

세상에 똥개처럼 의리없는 동물도 없을 것이다. 똥개 무리 속에 늑대 한 마리를 풀어놓으면 모두 잡아먹히고 만다. 힘을 합하면 늑대를 몰아내는 것은 일도 아닌데, 자신만 살려고 도망 다니다가 결국은 모두 먹힌다.

그래서 '똥개'라는 은어가 생겼다.

지금 튀엇! 사정 보지 말고, 동료를 챙길 생각 따위는 지워버리고 네 한 몸이나 신경 써! 도망! 도주! 수단 방법 가리지 말고 이곳을 벗어나는 데 전력을 기울여!

똥개라는 말 한마디 속에는 수많은 말이 숨어 있다.

"똥개! 똥개!"

그는 목청 높여 고함쳤다.

계야부는 도저히 이들 상대가 되지 못한다. 그의 무공으로는 단 일 합도 받아내지 못한다. 자신과 그는 호각지세(互角之勢)다. 목검 따위 말고 진검을 들고 겨뤄보지 않는 한 승패를 장담하지 못한다. 그의 돌파력은 소름 끼치도록 무섭다. 하지만 견빙검으로 충분히 베어 넘길 자신이 있다.

자신은 그를 만만하게 본다. 그런 자신이 승려에게 단 입합 만에 당했다. 하면 계야부라고 다를 리 있겠나. 그 역시 일합, 많이 버텨야 이 합이면 끝날 것이다.

"야! 인마! 똥개라니까!"

계야부는 부사영의 음성을 듣지 못한 듯 천천히 다가왔다.

그는 천불육승처럼 서둘지 않았다. 보통 걸음으로 주변을 둘러보며 여유만만하게 걸어왔다. 하나 두 눈빛만은 핏빛 살기로 충만되어 뜨거운 화염이 줄기줄기 뻗어 나왔다.

한데 놀라운 일은 계야부의 등장만이 아니다.

승려들이 돌아봤다. 그리고 누가 먼저라고 할 것도 없이 일제히 놀라움을 드러냈다.

"계…… 야부……."

그들은 계야부를 단번에 알아봤다.

"죽지 않았군. 허허허! 일편화해를 견뎌낼 줄이야. 아무래도 네놈 육신은 피와 살로 이루어진 게 아닌가 보구나."

"불쌍한 놈…… 일편화해 같은 신기(神器)에 맞았으면 감지덕지하고 죽었어야지. 용케 살아났으면 꽁지가 빠져라 도주해야 했고. 최소한 우리 앞에는 나타나지 말았어야지."

그들은 각기 한마디씩 했다.

계야부는 검과 도를 꺼냈다. 한 자 길이의 검과 역시 한 자 길이의 자모도다.

그가 무슨 생각을 하고 있는지는 물을 필요도 없다. 병기를 꺼냈는데 더 무슨 말이 필요한가.

타탁! 타타탁!

그의 걸음이 조금씩 빨라졌다. 약간 느리게 뛴다. 호흡을 가다듬으며 천천히 달리기 시작한다.

타타탁! 타타타타탁!

조금씩 빨라진다. 조금 더, 조금 더……. 그러다가 양손으로 병기를 꽉 잡은 채 전력 질주한다.

"허허! 죽을 짓만 골라서 하는군."

쒜에에엑!

바라가 바람을 가르며 날았다.

감히 막을 엄두조차 나지 않을 만큼 거센 경풍이 몰아쳤다. 바라에서 풍기는 흉흉한 살기에 머리가 쭈뼛 선다. 한데도 계야부는 바라를 향해 저돌적으로 달려들었다.

타타탁! 파앗!

마치 목숨을 끊지 못해서 안달난 사람처럼 보인다. 죽음의 바라를 반기는 것처럼 비친다.

"저, 저 미친! 안 돼!"

지켜보던 부사영이 버럭 고함을 질렀다.

계야부는 늘 이런 식으로 싸운다.

어떤 상대를 만나더라도 자신이 먼저 달려든다. 하면 상대
는 당연하다는 듯이 반격한다. 상대의 병기는 으레 긴 편이
며, 계야부는 절반 넘게 짧다.

먼저 달려들었지만 먼저 공격을 당하는 형국이 된다. 꼭 지
금처럼.

계야부는 신형을 틀어 일 검을 피해낸다.

사실은 여기에 승패가 걸려 있다.

계야부는 반사 신경이 무척 뛰어난 편이라서 웬만한 공격
쯤은 몸을 비트는 것만으로도 피해낼 수 있다.

그다음은 물을 것도 없이 계야부의 반격이다.

사람은 몸을 움직이면 허점을 보이게 되어 있다. 일격이 빗
나간 후에는 더욱 그렇다. 계야부는 그 틈을 노리고 파고든
다. 몸과 몸이 맞닿을 정도로 바싹 다가선다. 그런 후 검이나
도로 죽인다.

얼핏 생각하면 상대의 일 검을 피하느냐 피하지 못하느냐
에 생과 사가 달려 있다고 생각할 수 있다.

아니다. 이것은 명백히 계야부에게 이득이다.

달려드는 적을 향해 뻗는 일격은 완벽하지 못하다. 나름대
로는 절대 피할 수 없는 절초를 펼쳤다고 생각할지 모르지만

계야부에게는 엉겁결에 병기를 뻗어낸 것처럼 보인다.

그런 일격은 피하기 쉽다.

주도면밀하게 계산된 공격인 것이다.

그는 이번에도 그럴 것이라고 생각했다. 그래서 먼저 달려들었다. 바라가 견빙검에도 깨어지지 않는다는 사실을 몰랐고, 손에 든 바라로 공격하는 솜씨 또한 일품이라는 사실을 모른다. 그러기에 저리 무모한 공격을 하고 있는 것이다.

몸을 틀어 피하거나 병기로 튕겨내면 되는 것으로 생각한다.

"멍청하기는!"

부사영은 똥개 대신 다른 말을 내뱉었다.

그의 눈에 바라에 당해 피를 철철 흘리는 모습이 그려졌다. 힘껏 달려나오다 벼락을 맞고 나가떨어지는 모습도 상상되었다. 어떤 상상이든 계야부가 죽는 것은 달라지지 않았다.

한데 바라와 맞부딪치려는 순간 갑자기 계야부가 사라졌다. 멈췄다. 아니, 사라졌다.

"헛!"

부사영은 깜짝 놀라 헛바람을 내질렀다.

계야부에게 저런 신법이……. 슬쩍 몸을 낮게 깔아 바라를 피해낸 것만 해도 박수가 절로 나올 묘기인데, 하물며 달려오던 속도를 죽이지 않고 계속 짓쳐 나가?

그가 아는 계야부는 절대로 이런 신기(神技)를 발휘하지 못했다. 그만한 재주가 없었다.

바라를 던진 승려가 잠시 멈칫거렸다. 아주 잠깐에 불과하지만 몸이 딱딱하게 굳어지는 것처럼 보였다. 찰나에 불과한 시간이지만 계야부를 놓친 것이다.

어떻게 이런 일이!

천불육승 같은 고수가 싸움 도중에 상대를 시야에서 놓치는 일이 벌어지다니.

이는 잠시 한눈을 파는 것과 똑같다. 한참 공방(攻防)을 주고받는 중에 고개를 돌려 다른 곳을 쳐다보는 것과 진배없다. 아니, 딱 그것이다.

"발밑!"

옆에 있던 승려가 빽 고함을 질렀다.

바라를 든 승려가 어떤 상태인지, 무엇 때문에 움찔거리는지 한눈에 읽고 경고를 토해낸 것이다.

그는 단순히 고함만 지르는 데서 그치지 않았다. 차고 있던 검을 뽑아 땅을 향해 검풍을 일으켰다. 땅에 엎드리듯 신형을 낮게 깔고 성난 멧돼지처럼 돌진해 오는 모습이 너무도 위협적이었기 때문에 거들지 않을 수 없었다.

하나 그도 바라를 던진 승려처럼 계야부의 신형을 끝까지 붙들지 못했다.

파팟!

계야부의 신형이 흐릿해진다 싶더니 믿지 못할 일이 벌어졌다. 그의 모습이 시야에서 사라졌다.

"헛!"

검초를 전개하던 승려는 초식을 끝까지 펼치지 못하고 멈칫거렸다.

이런 신법을 안다.

극도의 빠름을 바탕으로 하는 환술(幻術)이다.

사람이 시야에서 사라지는 것은 거짓이 아니다. 묘기도 아니다. 실제다. 서 있던 사람이 눈이 좇아가지 못할 속도로 앉으면 지켜보는 사람은 그 사람이 사라졌다고 생각한다. 말 그대로 눈이 앉는 모습을 따라가지 못하고 서 있던 빈 공간을 쳐다보고 있기 때문이다.

이론상으로는 가능하지만 인간의 육신으로 펼쳐 낼 수 없는 경지이기에 죽음의 무학, 사무(死武)로 일컬어진다. 도대체 어떤 빠름이기에 눈이 좇아가지 못한단 말인가.

인간의 눈은 벼락이 떨어지는 모습까지 포착한다.

하면 최소한 벼락보다는 빨라야 한다는 것인데, 그것이 과연 가능한 이야기인가? 인간의 육신으로 펼쳐 낼 수 있을까? 그런 경지가 있기는 한 건가?

계야부는 힘껏 달려오다가 갑자기 눈앞에서 번쩍하며 연기처럼 사라져 버렸다. 그리고는 갑자기 엉뚱한 곳에서 불쑥 나타났다. 마치 공간에서 공간으로 순간 이동하는 것 같았다.

인간의 눈으로 좇을 수 있는 신법을 쓰다가 찰나의 순간에만 잠깐씩 신비의 환술을 쓰는 것 같다.

"오른쪽이야! 뭐 해!"

다른 승려가 급히 소리를 지르며 검초를 펴냈다. 하나 그 순간 계야부의 자모도는 바라를 든 승려의 목을 베어내고 있었다.

쓰으윽!

"꺼어억!"

계야부가 나타난 후, 싸움의 양상은 완전히 바뀌었다.

엽위상을 압박하고, 부사영을 죽음 직전까지 몰고 간 천불육승이 어린아이처럼 무너졌다.

"신법! 신법 파악이 안 돼!"

"합격! 합격해!"

그들이 분분이 외쳤다.

푹!

검을 쓰던 승려의 심장에서 피가 솟구쳤다. 또 다른 승려는 머리에 일격을 당했다. 쩍! 하는 소리와 함께 정수리부터 미간까지 붉은 혈선을 그리며 픽 쓰러졌다.

세 명이 단숨에 쓰러지고 세 명만 남았다.

"합격!"

남은 세 승려는 검발합격만이 살길이라는 듯 신형을 쏘아냈다.

우선 한곳으로 모여야 한다. 등에 등을 맞대고 세 사람의 눈을, 손을 하나로 모아야 한다.

계야부는 그럴 기회조차 주지 않았다.

파파파팟!

그는 그들이 모일 곳을 예측했다. 그리고 자신이 먼저 치고 들어가 그 자리를 선점했다. 그리고 날아오는 승려들을 향해 일검일도를 쳐냈다.

푸욱! 푹!

난데없이 불쑥 나타나 가슴을 찍는 검. 앞에 있던 놈이 어느새 옆으로 옮겨오자 자모도로 목을 비켜내고······.

"크윽!"

"컥!"

두 승려가 답답한 신음을 토해내며 나가떨어졌다.

남은 사람은 한 명.

"아!"

계야부가 눈앞에서 번쩍하며 나타난 것을 보고 막 바라를 날리려던 승려가 손을 떨어뜨리며 탄식을 토해냈다.

그가 보는 앞에서 두 명이 쓰러졌다.

그리고 그중 한 명을 찌른 검이 어느새 뽑혀져 자신의 미간에 겨누어졌다.

너무나 빠르다. 아니다. 빠름은 상관없다. 순간 포착이 되지 않는다. 적이 어디 있는지 알지 못하니 누구를 치겠는가.

병기가 야무져도 어디로 써야 할지 모르겠다.

숱한 격전을 치러왔지만 이런 일은 없었다. 도깨비에 홀리지 않고서야⋯⋯. 더군다나 계야부의 무공이 어느 정도인지 안다. 육교사와 겨루는 장면을 바로 곁에서 목도했다.

이 정도는, 이 정도는 절대 아니었다. 놈의 무공이 이 정도였다면 육교사도 그리 쉽게 일편화해를 쓰지 못했다.

"우리 할 이야기가 있지?"

계야부의 눈에서 불이 튀었다.

"야! 너 못 먹을 걸 먹었냐? 갑자기 무공이 확 달라져⋯⋯."

"자리 좀 비켜줘."

"⋯⋯?"

"가급적 멀리 떨어져 있어줘."

계야부가 승려의 명문혈에 일격을 가하며 말했다.

승려는 썩은 고목처럼 쓰러졌다.

"계야부."

엽위상이 뭔가 말하려고 했다. 하나 부사영이 옷소매를 잡아끄는 바람에 뒷말을 잇지 못했다.

그는 부사영을 쳐다봤다.

부사영이 고개를 가로저었다.

"나중에⋯⋯ 지금은 말 걸지 말고 나중에. 할 일이 있는 듯

하니 우선은 자리를 피해주고."

"지금 무슨……."

부사영이 또 고개를 가로저었다.

"거참 말 많네. 그만큼 강호 밥을 먹었으면 눈치코치가 다 있을 텐데, 지금 뭘 하려는 건지 몰라서 그러나?"

엽위상이 잠시 계야부와 쓰러져 있는 승려를 쳐다본 후 물러섰다.

계야부는 승려를 발가벗겼다.

옷을 벗기면 몸에 뭘 숨겨놓지 않았나 고민할 필요가 없다.

먼저 머리칼을 훑어보았다.

세침(細鍼) 같은 것을 숨겨놓기 딱 좋은 곳이다.

다음으로는 입 안을 샅샅이 뒤졌다.

특히 이빨은 주의를 기울이며 손으로 하나하나 만져 보았다. 혹여 독단(毒丹)이 숨겨져 있을지도 모른다.

자진할 도구는 없었다.

툭!

대영혈(大迎穴)을 쳐서 아혈(啞穴)만 풀었다.

"안선을 많이 알지는 못한다. 하지만 네가 살 생각이 없다는 것쯤은 짐작할 수 있다. 비밀이 누설될 염려가 있는 자는 살려두지 않는 곳이 안선이니 네 목숨은 이미 저승 명부에 올라 있겠지."

"후후! 죽여라."

"승려가 죽음을 그리 말하면 안 되지. 최소한 염불이라도 외면서 말해야 되는 것 아닌가?"

"죽여라."

"죽인다. 그전에 적선부터 해. 사약란. 서군사를 어디로 데려갔나? 그녀를 데려간 곳만 말하면……."

"죽여라."

"날 모르겠지. 내가 어떤 인간인지. 말똥구리들은 내 눈을 쳐다보지 않아. 왜 그런지 이제부터 알게 될 거야."

계야부는 승려의 배에 검을 꽂았다.

푸욱!

"크윽!"

그것은 죽음의 신호가 아니었다. 죽기에는 검의 깊이가 그리 깊지 않았다. 그렇다고 온전하지도 않았다. 장기 손상이 틀림없을 정도로 깊이 박혔다.

검으로 쑤시기는 했지만 당장 죽지는 않을 정도로 손을 썼다.

"지금이라도 늦지 않았어. 사약란을 어디로 데려갔지?"

"죽여."

계야부는 검을 뽑아냈다. 그리고 상처에 손가락을 푹 쑤셔 넣었다.

"으아아아아아악!"

승려는 비명을 지르지 않으려고 입을 꾹 다물었지만 인내로 참아내기에는 고통이 너무도 극심했다.

"지금쯤은 끝이 어떻지 짐작할 거야. 넌 죽어. 하지만 쉽게 죽이지는 않아. 오늘 해가 질 때까지는 살아 있을 거야. 아직 한참 남았군. 사약란을 어디로 데려갔나?"

손이 뱃속으로 들어갔다. 손목까지 푹 들어갔다.

"아아아아악!"

승려는 극심한 충격에 넋을 놓아버렸다. 그렇다고 정신을 잃지는 않았다. 차라리 아무것도 모르게 혼절이라도 하면 좋을 텐데, 그럴 기미조차 들지 않았다.

그는 몸을 비비 틀며 비명만 흘렸다.

"뭐, 뭐야? 사람을 어떻게 하는 거야?"

오목이 호기심에 가보려 했지만 부사영에게 가로막혔다.

"가지 마라."

"보고 싶은데…… 고문 고문 온갖 고문 다 봤는데 저렇게 비명 지르는 사람은 보지 못했소. 가보면 안 될까?"

"저걸 보게 되면 계야부를 보지 못해."

"……?"

"휴우! 그가 인간처럼 안 보일 테니까. 그냥 두 귀 막고 기다려 봐."

"안선에 몸담은 사람은 비밀 엄수 하나는 끝내주죠. 저런다고 토설할 것 같지 않은데……. 그냥 죽이라고 하죠. 비명 소리를 듣고 있자니 너무 끔찍하네."

"내기해도 좋아. 저놈은 서군사가 어디 있는지 알아낼 거야. 저놈에게 걸린 놈치고…… 토설하지 않은 놈이 없었거든. 되게 재수없는 인간들이지."

부사영이 피식 웃으며 말했다.

비명은 근 반 시진 동안 계속되고 있었다.

이 정도면 정신적 충격도 상당할 것이다.

고문을 끝낸 후에도 정상으로 돌아오기는 틀렸다고 봐야 한다. 고문의 후유증으로 백치가 되거나 세상을 무서워하는 인생 패배자가 될 공산이 높다.

"엉? 가만. 지금 비명이 그친 것 맞죠?"

오목이 귀를 기울이며 물었다.

비명이 그쳤다. 너무 박박 악을 쓰다가 갑자기 조용해지니 계속 비명을 지르고 있는 듯한 환청이 느껴진다.

"끝났군."

부사영이 뒤를 돌아보며 말했다.

혈인이 된 계야부가 걸어오고 있었다.

2

네 사람은 마차를 빌렸다.

계야부의 모습이 목불인견(目不忍見)이었다. 온몸에 화상을 입어서 움직일 처지가 아니었다.

부사영도 움직이기 곤란했다. 바라에 베인 상처가 뜻밖에도 깊었다. 한 치만 더 깊게 베였어도 앉은뱅이를 면치 못할 뻔했다. 참으로 천만다행이다.

엽위상은 기꺼이 돈을 내놨고, 오목은 튼실한 마차를 빌려왔다.

"그런 몸으로 싸웠나?"

"훗! 당신도 대단하군. 서군사가 어디로 잡혀갔는지 궁금해서 미칠 지경일 텐데 내 몸부터 묻는 건가?"

엽위상은 묵묵히 금창약을 내놨다.

"창상에는 좋지만 화상에는 어떤지 모르겠군. 없는 것보다야 나을 거야."

계야부는 마다하지 않고 받았다.

몸을 아껴야 하는 것은 군인의 기본이다.

정작 싸워야 할 때에 몸이 편치 않아서 제대로 된 싸움을 못한다면 그거야말로 군인의 직무유기다.

군인은 언제 발생할지 모를 싸움에 대비해서 항상 몸을 가꿔놔야 한다.

상처가 생기면 즉시 치료하는 습관은 오래전부터 길들여졌다.

그런 점은 부사영도 마찬가지다. 그도 익숙한 솜씨로 지혈을 하고 상처를 꿰매고 금창약을 발랐다.

"서군사는 칠정산(七頂山)에 있다. 그자는 그것밖에 알지 못했어."

"그럼 칠정산으로 가야겠네!"

어자석에 앉아 있던 오목이 고삐를 잡아당겼다.

따각! 따각!

마차가 움직이기 시작했다.

"천불육승은 강직하기로 소문났지. 불의를 저지르는 자는 눈 뜨고 보지 못하는 성품이었어. 그런 사람들이 안선이라는 건 뜻밖이지만…… 천불육승 입에서 실토를 받아내다니 자네도 어지간하군."

엽위상이 솔직하게 말했다.

계야부는 자신이 못할 일을 두 가지나 해냈다.

하나는 천불육승을 전멸시킨 것이다. 자신의 무공으로는 할 수 없는 일이었다. 또 하나는 소름 끼치도록 비밀 엄수에 철저한 사람에게서 비밀을 토설받았다는 것이다.

솔직히 엽위상은 전자보다 후자가 더 대단해 보였다.

사로잡힌 천불육승은 죽음을 예감했다.

이 세상에서 마지막까지 애착할 수밖에 없는 목숨을 포기해야 하는 순간이다.

천불육승은 죽음을 기꺼이 감수했다.

그에게서 더 빼앗을 것이 없었다. 육신에 대한 고통이나 협박 따위로는 입을 열게 할 수 없었다. 살려준다는 회유도 먹히지 않는 상황이었다.

그는 벙어리라고 생각해도 과언이 아니었다.

그런 자가 입을 열었다, 오직 고문만으로. 고통을 견디지 못하고 사약란이 어디로 끌려갔는지 말했다.

잃을 게 없는 자의 입을 열었다.

엽위상도 고문을 한다.

천악망을 이끌다 보면 어쩔 수 없다. 가까이는 부사영에게 혹형을 가하기도 했다.

목적은 지금의 계야부와 똑같았다.

사약란을 어디로 끌고 갔느냐?

자신은 계야부가 사약란을 어디로 데려갔느냐고 물었고, 계야부는 안선이 사약란을 어디로 데려갔느냐고 물었다.

자신은 대답을 받아내지 못했다. 계야부보다도 시간이 훨씬 많았고, 고문 도구도 즐비했는데 한마디도 얻어내지 못했다. 한데 계야부는 반 시진 만에 정보를 얻어냈다.

고문은 아무나 하는 게 아니다.

누구나 매는 들 수 있지만 진정한 고문은 마음이 얼음처럼 차가운 자들만 할 수 있다.

계야부가 그런 자였던가!

"오목, 칠정산 지도가 필요해."

그가 마차 밖을 향해 말했다.

"오늘은 늦었으니까 내일 구할게요. 자산처럼 상세한 지도여야 하면 하루 정도 더 걸리고요."

"될 수 있는 대로 상세한 것으로 해."

그는 엽위상의 말을 무시했다.

그의 머릿속은 이미 칠정산을 향해 달리고 있었다.

"그런 신법은 어디서 배웠어?"

부사영이 물었다.

"……."

"말 좀 해라. 입 꾹 다물고……. 돌부처 됐냐?"

"칠정산까지 며칠이 걸릴지 모르지만…… 도착할 때까지 상처가 낫지 않으면 빠져."

"내 몸은 내가 알아서 해. 빠져야 할 정도면 빠지지 말라고 해도 빠져. 내가 어디 작전 한두 번 뛴 놈이냐! 내 말 말고 네 말이나 하자니까!"

부사영은 느닷없이 급진전한 계야부의 무공을 신기해했다.

그럴 수밖에 없다. 군에서 나올 때만 해도 두 사람의 무공은 엇비슷한 수준이었다. 한데 지금은 하늘과 땅 차이만큼 벌어졌다. 강호에 나온 지 얼마나 되었다고 이런 일이 벌어지나.

계야부는 입을 꾹 다물었다.

자신의 무공 비밀을 말해주려면 세공단부터 밝혀야 한다. 어떻게 해서 이 갑자 내공을 얻게 되었는지 말해줘야 한다. 또 그러자면 이제 자신의 생명이 한 달밖에, 아니, 한 달도 남지 않았다는 사실까지 말해야 한다.

이제 완전히 적이 되어버린 육교사가 세공단을 내줄 리는 없다.

그렇다고 다른 곳에서 구할 방도도 없어 보인다.

그가 세공단을 먹을 때, 사약란이 대경실색했다. 세공단을 먹으면 만변천자의 노예가 된다고 펄쩍 뛰었다.

바꿔 말하면 무총에서는 세공단을 구할 수 없다는 뜻이다.

성오 존자의 반응도 사약란과 별반 다르지 않았다. 겉으로 드러내지는 않았지만 내심으로는 이미 만변천자의 수하가 된 것으로 기정사실화하는 듯했다.

성오 존자가 알고 있는 인맥은 많다. 폭도 넓다.

그 많은 사람들을 총동원해도 세공단을 구할 수 없다는 뜻이다.

한 달도 안 남은 목숨, 알차게 써야 한다.

그가 엽위상이나 부사영의 간단한 물음에도 신경 써서 대답하지 못하는 이유였다. 지금은 오로지 사약란을 구하는 데 정신을 집중해도 모자랄 판이었다.

하남까지 가는 데 칠 일 내지 팔 일이 소요된다. 산세를 보고 작전을 짜는 데 다시 하루나 이틀이 소요될 것이고, 이미 지나온 나날이 칠 주야다.

일이 생각대로 착착 진행된다고 해도 남은 목숨은 겨우 십여 일에 불과하다.

남은 기간 동안에 그녀를 서지단에 데려다 놓아야 한다.

'가까운 것부터 하나씩……'

"칠정산에 대해서 아는 대로 말해줘. 어떤 산이야?"

"허!"

부사영은 자신의 말이 번번이 무시당하자 기가 막혀 헛바람을 토해냈다.

계야부의 모든 관심은 칠정산에 집중되었다. 말하는 것, 듣는 것, 생각하는 것이 모두 칠정산에 관한 것뿐이었다.

"저 친구, 군에서도 저랬나?"

엽위상이 국수 국물을 쭉 들이켠 후 말했다.

계야부는 점심때가 되었는데도 밥 먹을 생각을 하지 않았다. 모두들 가볍게라도 요기는 하고 가자며 반청(飯廳:식당)에 들렀지만 그는 마차에서 내릴 생각도 하지 않았다.

그는 아침부터 오전 내내 오목이 구해다 준 지도만 들여다보았다. 칠정산 구석구석을 살피고 또 살폈다. 한두 번 흘깃 쳐다보면 알 수 있는 것인데 반나절 동안이나 꼬박 지도에 파묻혀 있다.

"몰입하는 정도가 심하긴 했지만 저 정도는 아니었는

데……."

부사영이 고개를 휘휘 내둘렀다.

계야부는 임무를 하달받는 순간부터 변한다.

눈빛이 달라지고 몸에서 풍기는 살기가 짙어졌다. 평범한 사람에서 전사로 돌변하는 순간이기도 했다.

전사는 세상 사람을 오직 적과 아군으로만 분류한다.

아군은 보호 대상이지만 적은 거리낌없이 살상해도 괜찮다.

즉, 세상 사람을 죽이지 않을 사람과 죽일 사람으로 갈라버린 것과 똑같다.

지금 계야부가 그런 상태로 보인다.

이번에 임무를 내린 사람은 바로 그 자신이다.

사약란을 구하라!

이 명령은 자신이 자신에게 내린 것이기 때문에 명령을 철회할 사람도 자신밖에 없다.

그녀를 구하기 전에는 영원히 거둬지지 않을 명령인 것이다.

"어쨌든 좋군. 자신이 저지른 일, 자신이 해결해야겠지. 그렇다고 이궁을 침범한 죄가 사라지는 것은 아냐."

엽위상의 눈가에 한기가 피어났다.

그는 이궁에서 맹세했다.

너는 내가 죽인다.

계야부가 사약란의 머리에 검을 대는 순간, 그녀의 머리에서 피가 흐르는 순간 하늘과 땅에, 그리고 자신 스스로에게 다짐했다. 너는 내가 죽인다.

지금도 그 맹세는 변함없이 지속되고 있다. 단지 성오 존자의 뜻에 따라 잠시 유보하고 있을 뿐이다.

"그 말이 저놈 귀에 들릴 것 같아?"

부사영이 피식 웃으며 대꾸했다.

"후후후!"

엽위상은 웃었다.

"그녀를 사랑하게 된 거야?"

"……."

"보름 정도 됐나? 그녀와 함께한 시간 말이야. 그동안에 사랑을 느낀 거야? 하긴 요즘 젊은것들은 만났다 하면 눈에 불똥이 파파팍 튀니까."

계야부는 여전히 지도만 들여다봤다.

부사영은 도저히 이해할 수 없었다. 왜 이토록 사약란에게 집착하는 것일까? 그가 생각할 수 있는 것은 그가 그녀를 데리고 위지패문에게 가는 동안 모종의 일이 생기지 않았나 하는 것이다.

밤에 겁탈했을 수도 있다.

젊은 남녀가 인적 끊긴 곳에서 노숙을 하다 보면 어떤 일이 벌어질지 누가 아나.

아니다. 계야부는 그런 놈이 아니다.

하면 진짜 사랑을 느낀 것인가?

그럴 수 있다. 사약란의 미모라면 곧 관에 들어갈 늙은이도 벌떡 일어서게 만들 수 있다.

하기는, 허구한 날 적진을 넘나들며 칼질만 해오던 놈이 나긋나긋한 여인과, 그것도 천하일미(天下一美)와 긴 여정을 함께했으니 마음에 불이 피어날 수도 있겠지.

아무리 그렇더라도 이토록 집착하는 건……. 세상에 여자가 사약란만 있는 것도 아니고, 더군다나 그녀를 구하기 위해서는 상상불허의 고수들과 싸워야 하는데, 그렇다고 서로가 연모의 싹을 틔운 것 같지도 않고…….

일방적인 짝사랑에 목숨을 건 미련한 놈.

부사영이 보기에는 계야부가 딱 그랬다.

그것이 아니면 계야부가 이토록 미쳐 날뛸 이유가 없다.

"이봐, 미녀 하면 소항(蘇杭:소주, 항주)이랬어. 내 고향에 가면 발에 밟히는 게 미녀라니까."

"여기…… 돌파하기 힘들겠어."

드디어 계야부의 입이 벌어졌다. 그리고 입에서 나온 말은 예상했던 대로 칠정산에 관한 거였다.

"이봐!"

부사영은 계야부의 어깨를 꽉 움켜잡았다.

"한마디라도 해줘야 할 것 아냐. 같이 군에 가자며? 성도 바꾸고 이름도 바꾸고 새로 시작하자며? 뭐야, 이게! 이미 쌀이 익어 밥이 된 거야? 그럼 그렇다고 해! 발 벗고 나서줄 테니까! 영문도 모르니 흥이 안 나잖아!"

"약속이다."

"뭐?"

"가라고 했다. 구해준다고."

"……"

"가서 기다린다고 했다. 비참하게 무너졌을 때 자존심이나 지키자고 한 말이었는데, 서군사는 그 말을 진심으로 받아들였다. 너라면 꼭 구하러 와줄 거야. 믿고 간다. 가서 기다릴게. 그 눈빛이 그렇게 말하고 있었다."

"너 미친 것 아냐? 그 말 한마디 때문에……."

"날 죽이려고 했다. 너도 죽이려고 했고. 안선은 우리의 목숨이 끊어지는 그날까지 공격을 가해올 게다. 어차피 죽어. 그럴 바에는…… 살기 위해서 검을 휘두르다 죽을 바에는, 하나라도 목적을 가지고 뛰는 게 낫다. 이 판단이다."

"그게 사약란이다 이 말이지?"

"구하다 죽어도 좋다. 구한 후 죽어도 좋다. 우리들의 목숨은 이미 끝났어. 후후후! 내게 칼질을 한 놈이 위지패문에게 좋은 말을 하더라. 죽은 놈이 걸어다니고 있다고. 우리 입장도 다를 바 없어. 우린…… 이미 죽은 놈들이야."

"기분 더러워지는데?"

"안선이 작심하고 나섰어. 천불육승인가 뭔가 하는 놈들…… 우릴 죽이기에 충분한 놈들 아냐?"

"네가 변하기 전이라면 그랬지."

"변하기 전?"

"너, 이상한 놈이 되었잖아! 무공이 갑자기 높아져 가지고 펄펄 날뛰잖나. 너, 전에는 이런 일 생기면 나와 상의했어. 어떻게 할까 하고. 한데 지금 널 봐. 너 혼자 해. 나 같은 건 필요없다 이거지. 하기는 내 칼 솜씨로는 방해만 될 뿐이니까."

"그런 소리 하지 마라. 이 세상에 필요치 않은 사람은 없어. 안선은 앞으로 더 강한 놈들을 보내올 거야. 결국 우린 죽겠지. 그전에 하나라도 재미있는 일을 하자."

"알았어, 알았어. 마, 봐라. 입을 여니까 얼마나 좋냐? 혼자 꿍하는 것보다 백번 낫잖아. 어디 보자. 이거 돌파하기 힘들다고 했냐? 네 입에서 그런 말이 나온 걸 보니까 정말 힘든 모양인데?"

부사영이 지도에 눈길을 주었다.

두 사람은 서로를 보며 씩 웃은 후 칠정산을 점검해 나갔다.

"삼 리 간격을 두고 쫓고 있습니다."

"삼 리는 너무 멀어. 일 리로 좁혀."

"그럼 너무 가까워지는데요. 발각될 수도 있습니다."

"칠정산이 코앞이야. 곧 공격이 있을 거야."

"알겠습니다. 그럼 간격을 일 리로 좁히겠습니다."

"최대한 은신하고."

"여부가 있겠습니까."

엽위상도 칠정산 지도를 들여다보고 있었다.

그에게 보고를 하던 수하가 손으로 지도를 짚으며 말했다.

"세작(細作)에 의하면 이곳, 이곳, 이곳에 망루가 설치되어 있다고 합니다. 밖에서는 절대 발견할 수 없고, 안에서만 볼 수 있는 특이한 구조라고 합니다."

그가 손으로 세 군데를 짚었다.

"이거…… 어디서 많이 본 것 같지 않니?"

"네?"

"망루의 위치, 형태…… 건물의 구조…… 경계 위치 및 유사시 수색 진로……."

"그렇군요! 이건!"

"천악망이다."

엽위상이 단정적으로 말했다.

"천악망이 어떻게 이런 곳에! 혹시 비슷한 것 아닙니까? 천악망이 누설되었다고는……."

"엄밀히 말하면 이건 천악망이 아니다. 천악망보다 진일보했으니까. 천악망에는 허점이 있었지만 여기엔 허점이 없어. 이곳, 이곳이 사람으로 말하면 뇌다. 여기서 모든 걸 주관해."

엽위상이 지도 한곳을 손으로 찍었다.

"이런 건 천악망에……."

"그래, 천악망에는 없는 기능이지."

"그럼 이게 확실히 천악망이군요."

"뇌가 생김으로 해서 천악망은 더욱 완벽해졌다. 망주 입장에서 보건대 이곳은 난공불락(難攻不落)이야. 하늘에서 뚝 떨어지지 않는 한…… 뚫고 들어갈 곳이 전혀 없어."

엽위상은 지도를 골몰히 쳐다봤다.

이제야 비로소 계야부가 왜 반나절이나 지도를 쳐다봤는지 알겠다. 산에 이만한 경계가 심어져 있다면 들키지 않고 안으로 들어간다는 건 불가능하다.

"우리 천악망에 기밀을 누설한 놈이 있다. 안선, 안선이 있어."

그가 지도를 쳐다보면서 지나가는 말처럼 흘렸다.

"그럴 리가…… 그럴 리가요……."

수하는 고개를 저었다.

천악망을 구성하는 무인의 수는 모두 삼백이십 명이다.

그들은 모두 십관(十關)을 통과했다.

무(武)가 일관이요, 문(文)이 이관이다.

본인이 할 수 있는 일은 여기서 끝난다. 이관을 통과하면 무슨 일이 벌어지는지도 모른 채 앉아서 기다리기만 하면 된다.

그동안 삼관에서부터 십관까지의 심사가 진행된다.

신분 내력은? 과거의 행적은? 심상(心象)은? 가족은? 혈연(血緣)은?

그에 관한 모든 것이 낱낱이 조사되고 심사된다. 그래서 조금이라도 하자가 생기면 곧바로 축출된다. 신상에 한 올의 티끌조차 묻어 있지 않아야 천악망 구성원이 된다.

팔관은 암중에서 이루어지며, 까다롭기가 이를 데 없어서 특별히 랄수관(辣手關)이라고도 불린다.

엽위상은 삼백이십 명의 신상 내력을 모두 알고 있다.

그들이 태어나면서부터 지금 이 순간까지 어떤 집안에서 어떻게 살아왔는지 환히 꿰뚫고 있다.

그들 중 안선은 없다.

그들이 안선에 적을 둘 이유가 전혀 없다.

"천악망에 안선이 있다면…… 우리의 움직임이 이미 노출되었다는 이야기 아닙니까?"

"그럴 가능성이 높지. 기습에 대비해라. 대비한다는 사실 또한 흘러들어 갈 가능성이 있으니…… 정중동(靜中動), 변화가 없는 가운데 움직여야 한다."

"불가능한 일입니다. 수하들에게 아무 말도 해주지 않고 어떻게 움직임을 유도합니까?"

"......."

엽위상은 말문이 막혔다.

자신들만 칠정산을 알고 있는 게 아니다. 칠정산 또한 자신들을 알고 있다. 네 사내가 마차로 이동하고 있다는 사실도 알고 있을 것이고, 그 뒤를 천악망이 쫓고 있다는 사실도 알 것이다.

그에 대한 대비책? 물론 세워놨을 것이다.

그들은 기다리고 있다. 아니면 선제공격을 가해올 수도 있다.

칼자루를 이쪽이 쥔 줄 알았는데, 저쪽이 쥐고 있었다.

지도를 조금 더 빨리 보는 건데…….

"이대로 가면 계야부도 위험합니다. 어떻게 하시겠습니까?"

"비밀로 한다."

"네? 그럼 저들은……."

"저놈들이 아니었으면 이런 일도 벌어지지 않았어! 저놈들이 칠정산에 들어서면 한바탕 회오리가 일어날 것이다."

엽위상은 계야부의 무공을 생각했다.

한낱 무부(武夫) 정도로 여겼는데 대단한 자였다. 자신이 이겨내지 못할 자들을 단숨에 죽여 버렸다.

무공 하나만큼은 감탄한다.

안선은 계야부를 노리겠지만 쉽게 처리하지는 못할 것이

다. 상당한 피해가 있을 것이고, 혼란도 가중되리라.

그때 천악망이 서군사를 구한다.

"군사가 어디에 갇혀 있는지 알아야 되는데…… 그건 아직도 소식 없나?"

"안으로 파고들어야 하는 일이라서 조금 힘든 모양입니다. 하지만 칠정산에 도착할 즈음에는 알아낼 것으로 봅니다."

"그래야지. 그만한 일도 해내지 못한대서야……. 그런 자라면 천악망에 있을 필요가 없어."

엽위상은 지도를 접어 품속에 갈무리했다.

3

다른 날 같으면 술시 초(戌時初:19시)쯤 되면 마차를 멈추고 잠자리를 살폈다. 객잔에서 푹 쉴 때도 있었지만 대부분은 산이나 들에서 노숙을 해야만 했다.

오목은 술시 초를 지나 술시 정을 지날 때까지 계속 마차를 몰았다.

"야! 멀었냐! 배고파 미치겠다!"

"조금만 참아요. 오골계 푹 고아놓으라고 했다니까요."

"오골계고 자시고 뱃가죽이 등에 달라붙었다니까!"

"물 있잖아요, 물! 물이나 마시고 있어요."

"제길! 저놈 콧대가 날이 갈수록 높아져 간다니까."

부사영이 투덜거렸다.

말은 그렇게 했지만 마음은 전혀 달랐다. 그라고 해서 어찌 오목의 고마움을 모르겠는가. 먹을 것을 구해오고, 잠자리를 보살펴 주고, 길까지 찾아주고……. 그들이 필요로 하는 것은 뭐가 되었든 원하기만 하면 조달해 왔다.

돈을 주고 사 온 것도 있지만 어떤 것은 배수 짓을 해서 슬쩍 가져온 것도 있는 모양이다.

어쨌든 일행을 위해서 참으로 애쓴다.

"이럇!"

드디어 그가 말고삐를 잡아채며 말했다.

"다 왔어요. 내려요."

배수들은 많은 사람과 연결되어 있다.

환수 정도 되면 중원 천지 어디를 가더라도 배는 곯지 않는다. 자신이 직접 배수를 할 필요도 없다. 이리저리 연결된 사람들만 찾아다녀도 한평생은 먹고산다.

그가 칠정산에서 찾아낸 사람은 배수를 하다가 발각되어 손가락이 잘린 자였다.

그는 칠정산에 둥지를 틀었고, 이제는 죽고 없는 전 환수의 도움을 많이 받았다.

"환수께서 돌아가셨다고요?"

"시신은 보지 못했어요. 작심하고 습격해 왔으니 성하지는 못할 겁니다."

그자와 오목이 말을 주고받았다.

그동안 세 사람은 열 손가락이 모두 잘려 버린 사내의 집에서 그가 만들어놓은 오골계를 뜯어 먹었다.

"여기 부탁하신 것."

그가 둘둘 말린 지도를 내놨다.

"모두 기재되어 있나요?"

"하루 온종일 이 산을 안다는 사람은 죄다 찾아다녔어요. 틀림없을 겁니다."

오목은 은자를 내밀었다.

"이러지 않아도 되는데……."

그는 말은 그렇게 했지만 사양하지는 않았다. 오목이 내민 은자를 품속에 찔러 넣고는 일어섰다.

"그럼 무운을."

그가 일어서서 나갔다.

"저 친구, 어디 가는 거야?"

부사영이 오골계를 뜯다 말고 물었다.

사내가 집 밖으로 나가더니 그들이 타고 온 마차를 몰고 사라지는 게 아닌가?

"행채(行債)라는 겁니다."

뒤늦게야 식탁에 온 오목이 남은 닭다리를 집어 들며 말했다.

"행채?"

"모든 것을 통째로 바꾸는 거죠. 제가 가져온 말과 마차를 이 집과 교환한 거예요. 배수들이 흔히 하는 짓이죠."

"이까짓 집이 얼마나 한다고 말을 다 줘? 은자까지 주던데?"

"제가 부탁한 것이니 하나 반을 셈해야 하죠."

"날도둑이군. 하나 반이 아니라 두세 배는 되겠더라. 요즘 말 값이 얼마나 비싼데."

"대신 이걸 해줬잖아요."

오목이 그가 준 지도를 펼쳤다.

전에 오목이 구해온 것과 별반 다르지 않았다. 칠정산이 조금 더 세밀하게 그려졌고, 전에는 없던 점이 몇 개 더 찍혀 있다는 것 외에는 다를 게 없었다.

하나 지도가 펼쳐지는 순간, 최소한 두 사람은 깜짝 놀랐다.

'천악망! 세작이 목숨을 걸고 찾아낸 것을!'

엽위상의 눈빛이 반짝였다.

반면에 계야부는 입으로 소리를 흘렸다.

"이건! 전에 우리가 침입했던 이궁 아닌가!"

그 소리에 부사영도 깜짝 놀라 지도를 다시 들여다봤다.

"맞네. 그럼 이곳이 망루. 맞지?"

그는 계야부를 쳐다봤다가 엽위상에게로 눈길을 돌렸다.

칠정산에 펼쳐진 것이 천악망이라면 허점을 가장 잘 알고 있는 사람은 엽위상이 아니겠는가.

엽위상이 고개를 끄덕였다.

"맞아. 그곳이 망루야. 산이 작아서 세 곳이면 될 게고……
이 선은…… 수색조의 동선(動線)이군."

엽위상은 지도를 들여다보며 자신이 알고 있는 바를 비교
적 상세히 설명해 나갔다.

계야부와 부사영은 묵묵히 들었다.

그의 설명 덕분에 새삼 깨닫는 바도 있었지만 거의 대부분
은 위지패문이 알려준 것과 별반 다르지 않았다.

"이곳에 허점은 없어."

엽위상이 말을 마쳤다.

한참 동안 침묵이 흘렀다.

천악망을 주재하는 당사자가 허점이 없다고 장담한다.

그의 장담 속에는 한 번 뚫렸던 이궁의 경험도 포함되어 있
다. 부사영과 계야부가 어떻게 난동을 부렸고, 천악망은 어떻게
대처했으며, 결국 서군사를 어떻게 넘겨주었는지 알고 있다.

똑같은 일이 칠정산에서 벌어질 경우, 승산이 있는가? 없
다. 이것이 엽위상의 판단이다.

계야부가 지도를 짚으며 물었다.

"이곳은 뭐 하는 곳이오?"

'뇌!'

이궁 천악망에는 없던 곳이지만 천악망 전체를 아우르는
곳이라는 건 한눈에 읽힌다.

"그게 모르겠단 말이야. 천악망에는 없는 곳이거든."

"신경을 써야 할 곳이오?"

"나도 모르지. 뭐 하는 곳인지 모르니."

"내참! 아, 짐작 가는 데도 없냐 이거지. 퉁 하면 척 아닌가. 천악망을 떡 주무르듯 주물러 봤으니 저걸 보는 즉시 척 하고 뭔가는 나와야 할 게 아닌가 이 말이야."

부사영이 한마디 했다.

"진이란 그런 것이 아니다. 치밀한 계산 아래 줄기를 짜 맞추는 것이야. 어중이떠중이들의 셈법으로는 평생을 가도 알지 못하는 것이 진이다. 퉁! 척! 좋은 말이다만 그리 계산해서는 안 되지. 명확한 이유가 없으면 모르는 것과 같아."

"제길! 모른다는 말을 뭘 그리 길게 해."

엽위상의 눈에 한기가 피어났다.

그가 말했다.

"너희들과는 영 뜻이 안 맞는군. 같이해 보려고 했지만 안 돼."

"피차일반이올시다."

"그럼 찢어지지. 알아서들 움직이자고. 하나 충고를 하자면 천악망과 부딪칠 생각은 하지 마. 어디서 기연을 얻었는지는 몰라도 그 정도의 무공으로는 천악망에게 안 돼."

"그건 안 되겠어."

뜻밖에도 계야부가 시비를 걸고 나섰다.

"칠정산에 볼일이 있는 사람끼리 찢어지는 건 안 돼. 자칫

하면 본의 아니게 서로의 일을 방해할 수 있어. 같이 칠정산
에 들어가거나, 여기 남아 있거나, 내 손에 죽거나."

계야부의 눈빛이 살기로 번뜩였다.

엽위상은 싸늘하게 노려보기만 할 뿐, 아무 소리도 하지 못
했다.

계야부는 칠정산을 빤히 쳐다보면서 움직이지 않았다. 한
달음에 달려온 사람치고는 이해할 수 없는 여유다.

그는 지도도 쳐다보지 않았다. 손에 잡힐 듯이 가깝게 보이
는 칠정산을 쳐다보면서 하루 종일 빈둥거리는 게 일과였다.

"나 괜찮아. 정 껄끄럽다면 빠져 주고."

부사영이 허벅지를 움직여 보이며 말했다.

"너 때문이 아냐. 자신이 없어서 그래."

"응? 자신이…… 없어? 너도 그런 말을 할 줄 아냐?"

"훗! 난 인간이 아니냐?"

"응. 너, 인간이었어? 도저히 불가능하다 싶은 곳도 물불
안 가리고 뛰어들었잖아. 그런 놈이 인간이냐?"

"어떤 일이든…… 계산없이 하지는 않았지."

부사영은 놀란 눈으로 계야부를 쳐다봤다.

계야부의 새로운 면모를 발견했다. 말똥구리들을 경악시켰
던 무모한 행동들이 모두 냉철한 계산 아래 시행되었단 말인
가. 하면 이놈은 얼마나 무서운 놈인가. 불가능 속에서 활로를

찾고 움직였다는 뜻이니 치가 떨리도록 두려운 놈이 아닌가.

"넌 날이 갈수록 신비해져."

"엽위상은?"

"바람 좀 쐰다고 나갔어."

"후후! 요즘 바람을 너무 많이 쐬는군."

"그렇지? 후후후!"

두 사람은 웃으면서도 눈길은 여전히 칠정산에 꽂혀 있었다.

쉬익! 사악!

밤 고양이가 살며시 집을 빠져 나왔다.

엽위상은 검을 다듬고 있다. 부사영은 그 앞에서 연신 깐죽거린다. 갈 데도 없으면서 어딜 그렇게 쏘다니느냐. 어디 반반한 여자라도 봐둔 게냐.

오목은 나무로 네모난 틀을 짜놓고 그 안에 흙을 담았다. 그리고 칠정산의 형태를 모형도로 만들어 나갔다.

계야부의 지시였다.

도저히 뚫고 들어갈 틈이 없으니 모형도를 만들어 예행연습이라도 해보자고 했다.

그들은 담담히 긴 밤을 보내는 중이었다.

계야부는 시구각보를 펼쳐 지극히 은밀하게 담장을 넘었다.

지켜보는 눈이 있다.

엽위상은 조금 더 조심스러웠어야 한다. 말똥구리들의 눈치는 염라대왕의 뱃속까지도 읽는다는 말이 있다. 그는 말똥구리들이 어떤 자들인지 상세히 조사했어야 한다. 그리고 그들을 속이기 위해서는 얼마나 치밀해야 하는지 깨달았어야 한다.

스스슷! 사아앗!

토노번인의 시구각보가 이토록 유용하게 쓰일 줄 누가 알았으랴.

그는 수령 오륙백 년은 족히 된 나무 위에서 납작 엎드려 있는 인영을 발견했다.

해칠 생각은 없다. 시선만 돌리면 된다.

그가 지난 이틀 동안 칠정산을 눈앞에 두고도 움직이지 못했던 이유는 모순되게도 엽위상 때문이었다.

그가 움직이는 것은 상관없지만 천악망이 따라붙는 것은 곤란하다.

사약란은 구출하는 것은 소수가 은밀히 진행해야지 다수가 전면전을 벌이며 쳐들어갈 성질의 것은 아니다.

물론 엽위상은 천악망을 믿을 것이다. 그들의 무공과 단단한 규율에 무한한 자부심을 가지고 있을 것이다. 더군다나 그는 칠정산에 펼쳐진 천악망도 꿰뚫고 있다.

그는 자신이 움직이기만 바라고 있다.

자신들을 칠정산 먹이로 내놓고 뒤에서 은밀히 천악망을 움직이려는 계획이 너무도 빤히 들여다보인다.

그렇게 해서 사약란을 구할 수 있을 것 같으면 기꺼이 먹이가 되어주었을 게다.

아니다. 안 된다. 그리하면 죽도 밥도 안 된다.

이미 자신들의 존재는 발각되었다. 마차 한 대가 움직이는 것도 위험하던 판인데, 삼백여 명이 훨씬 넘는 천악망까지 움직였으니 발각되지 않을 도리가 없다.

아직도 안선이 모르고 있으리라 생각하나? 그리 생각한다면 검을 찰 자격도 없다.

그렇다면 상황을 반전시켜야 한다.

이미 드러난 것을 먹이로 내놓고 암중에 은밀히 움직여야 한다.

그렇다! 여기에 돌파구가 있다. 칠정산 안선이 천악망을 주시하는 동안 자신은 사약란을 데리고 나온다.

스스슷! 파앗!

그의 신형이 어둠에 파묻혔다.

날이 밝아온다.

그는 칠정산으로 스며드는 데 성공했다.

산을 타지는 않았다. 그것은 곧바로 적이 벌린 입속으로 뛰어드는 꼴이 된다.

그는 산 입구에 감갱(坎坑)을 파고 그 안에 숨었다.

이궁에 잠입하면서 얻은 경험이 있다.

무인들의 이목은 군인들보다 다섯 배는 예민하다. 감시하는 폭이 그만큼 넓다는 뜻이다. 거기에 인원까지 충분하다면 발각되지 않고 들어갈 방도는 전혀 없다.

어떻게든 적들을 동요시켜야 한다.

지금은 기다리면 된다. 끈기를 가지고 적이 먼저 움직일 때까지 숨어 있으면 된다.

"후후후! 후후후후!"

엽위상은 부사영을 노려보며 웃었다.

"기분 나쁘게 남의 얼굴을 빤히 쳐다보면서 웃어? 지금 이거 무슨 뜻이야?"

엽위상이 뚜벅뚜벅 걸어왔다. 그리고 부사영의 멱살을 와락 움켜잡았다.

"쥐새끼 같은 놈."

"누구? 나? 너 미쳤냐?"

퍼억!

무릎이 올라와 복부를 강타했다.

"크윽! 제길! 무림에 나오니 완전 동네북이네. 여기서 터지고 저기서 깨지고. 이거 안 돼!"

부사영이 툴툴 웃으며 눈을 부라렸다.

"네놈들이 날 가지고 노는 동안…… 후후후! 지금쯤 그놈은 칠정산을 타고 있겠군."

"야! 누가 구하든 구하기만 하면 될 것 아냐! 꼭 널 데려가

란 법 있냐! 네가 꼭 따라가야 하는 이유가 뭔데?"

"그놈 혼자서는 절대 구할 수 없으니까. 알아들어?"

퍼억!

재차 무릎 공격이 이어졌다.

엽위상은 진정으로 화가 났는지 무릎에 진기를 가득 담았다.

부사영은 숨이 턱 막혔다. 한 대 맞을 때마다 눈앞이 캄캄해지면서 숨을 쉴 수가 없었다.

엽위상은 왜 이토록 화가 났는가?

서로가 서로를 얕보고 있기 때문이다.

계야부는 천악망 같은 대규모 병력이 한꺼번에 들이쳐 인질을 구출하는 작전은 없다고 한다. 맞는 말이다. 인질을 죽일 생각이 아니라면 그런 식으로 공격하지는 않는다.

엽위상은 계야부의 무공을 못 믿는다. 물론 천불육승을 죽일 정도로 강하다는 것은 인정한다. 자신보다 뛰어나다는 점도 솔직하게 시인한다.

하지만 거기까지다. 칠정산 안선을 상대하기에는 터무니없이 부족하다. 왜냐? 칠정산에 있는 무인들은 무인으로 보면 안 된다. 거대한 조직으로 봐야 한다. 조직은 조직으로 상대해야지 개인이 부딪친다는 것은 계란으로 바위치기다.

그의 생각도 옳다.

누가 옳고 그른지는 선택의 문제다. 단지 계야부가 한발 앞서서 선택했을 따름이다.

"서군사를 구출해 오지 못한다면 네놈들은……. 이놈들을 꽁꽁 묶어서 마차에 태워!"

그의 명이 떨어지기가 무섭게 무인들이 네다섯 명이나 우르르 달려나왔다.

그들은 움직일 준비를 끝낸 상태였다.

두두두두……!

마차가 질주했다.

관도를 힘껏 달리던 말들은 칠정산에 이르자 좁은 협로(狹路)로 들어섰다.

칠정산 등반로다.

한쪽은 산비탈이요, 다른 한쪽은 논두렁이다. 마차를 타고 들어서기에는 길이 너무 좁다.

아니나 다를까, 마차는 십여 장도 채 나아가지 못하고 바퀴가 논두렁에 빠져 버렸다.

말은 섰다. 마차도 세워졌다.

어자석에서 마차를 몰던 자는 사라지고 없었다. 그는 마차가 논두렁에 빠지는 순간 즉시 신형을 날려 사라져 버렸다.

"자식, 정말 야비한 놈이네. 꼭 이렇게라도 해서 주의를 끌어야 하나. 어디 못 구하기만 했단 봐라. 내 두 대 맞았지? 네 대로 갚아줄 테니 두고 봐."

"갚아줄 수나 있어요?"

"너…… 주둥이 닫아."

"괜히 나한테만 그래."

"어! 너, 포승 어떻게 풀었어?"

"내가 환수라는 것, 몰라요?"

마차 안에서 두런두런 말소리가 흘러나왔다.

마차를 주시하는 사람은 없었다. 다가와 살피는 사람도 없었다. 인적이 완전히 끊긴 좁은 협로에서 마차에 묶인 말 두 필이 한가로이 풀을 뜯었다.

스스슷! 스스스스……!

일단의 무리가 칠정산에 잠입했다.

딱! 딱딱! 딱딱딱!

엽위상은 연신 손가락을 튕겨 소리를 냈다.

그러자 뒤따르던 무인들이 십여 명씩 짝을 이뤄 신속하게 산개(散開)했다.

딱! 딱!

다시 손가락을 두 번 튕겨냈다. 그리고 자신이 앞장서서 천천히, 아주 천천히 나아갔다. 그때!

슈슈슈슈! 슈우우웃!

갑자기 기분 나쁜 소리가 들렸다.

벌 떼가 날아오르는 것 같기도 하고, 좌우지간 상당히 기분 나쁜 소리였다.

"엄(掩)!"

앞서 나가던 수하가 짤막한 소리를 내며 피풍의(皮風衣)를 뒤집어썼다. 머리끝부터 발끝까지 살이라고는 전혀 보이지 않을 만큼 단단히 감쌌다.

타타타타탁!

그들의 온몸에 화살이 틀어박혔다.

순식간에 화살 무더기가 쌓였다. 얼핏 봐도 족히 수백 대는 되어 보인다.

"공(攻)!"

피풍의가 걷히며 번뜩이는 검이 튀어나왔다. 그들은 날렵하게 신형을 날려 정면으로 부딪쳐 갔다.

엽위상이 생각한 공격법은 정공(正攻)이다.

천악망에 대해서는 양쪽이 모두 환하게 안다. 상대가 못하다는 근거는 어디에도 없다. 그렇다고 무총 천악망이 약하다는 생각도 하지 않는다.

그럼 정면으로 부딪치는 거다.

수색조는 수색조끼리, 은신조는 은신조끼리, 경계조는 경계조끼리……. 서로가 임무에 대해서 환히 꿰고 있는 자들끼리 승패를 가려보는 거다.

하면 천악망의 유리함은 사라진다.

남은 것은 오로지 무공 대 무공뿐이다.

이쪽이 강한지 너희가 강한지 정면으로 승부를 겨뤄보자.

차차창! 창!

"크으윽!"

병기 부딪치는 소리가 요란하게 울렸다. 그리고 벌써 비명
이 터져 나오기 시작했다.

딱! 딱딱!

각기 다른 두 번의 명령.

은신조 두 대가 그를 제치고 뛰쳐나갔다.

'됐어!'

드디어 난공불락에 허점이 생겼다.

계야부는 잠시도 망설이지 않았다. 은신해 있던 무인들이
검을 들고 나와 싸우는 틈을 이용해서 재빨리 산정을 향해 치
달렸다.

무작정 달리지는 않았다.

엽위상은 말하지 않았지만 이궁에 없던 점 하나가 마음에
걸린다.

아니다. 걸리고 자시고 할 것도 없다. 군대에 있어본 사람
이라면 그곳이 무엇을 하는 곳인지 한눈에 읽을 수 있다.

통제소다.

천변만화(千變萬化)하는 진(陣)을 효과적으로 통제하기 위
해 특별히 만들어놓은 것이다.

수련해 놓은 진형을 무의식중에 펼치는 것이 아니라 적재

적소(適材適所)에 맞는 진형을 펼칠 수 있게끔 명령을 시시각각 하달하기 위한 곳이다.

서쪽이 약하면 서쪽을 강화시키고, 동쪽이 무너지면 다른 곳에 있는 병력을 끌어와 동쪽을 메운다.

군에서는 기본 중의 기본이다.

천목(天目), 하늘에서 내려다보는 눈.

천목을 피하는 방법은 뭐가 있을까? 가장 간단한 방법이 적으로 위장하는 것이다.

그는 은신해 있는 자를 덮쳤다.

쒜에엑! 스으웃!

자모도가 수림 속에 숨어 있던 자의 머리를 툭 쳤다.

그것만으로도 상대의 머리는 갈라진다. 애써서 두 쪽을 내나 병기의 날카로움을 빌어 가볍게 툭 찍으나 죽기는 매한가지다.

그는 은신자의 옷으로 갈아입었다.

상의, 하의가 모두 초록색 일색이다. 복면과 신발도 초록빛이며 들고 있는 검도 초록색 칠을 했다.

수림과 동화하기 위한 위장이다.

계야부는 적의 옷으로 갈아입은 후에야 산비탈을 달려 올라가기 시작했다.

第十章
돌진(突進)

팟! 사악!

이 갑자 공력이 깃든 시구각보가 유감없이 발휘되었다.

그는 단숨에 산중턱까지 치달려 올라갔다.

많은 사람들이 눈에 띈다. 대부분 초록빛 위장복을 입은 무인들이다. 그들은 산 아래에서 사단이 벌어지고 있는데도 꼼짝하지 않고 제자리를 지켰다.

엽위상이 뚫지 못하고 있다. 제대로 뚫었다면 이들이 이토록 여유있게 지켜보지는 못하리라.

딱! 딱!

어디선가 손가락 튕기는 소리가 났다.

'이런!'

그는 그 소리가 자신을 향하고 있음을 눈치챘다.

누군가가 자신에게 어떤 말을 하고 있는 것이다.

불행히도 그는 천악망 밀마에 대해서는 전혀 알지 못했다.

그는 땅에 납작 엎드려 움직이지 않았다.

딱! 딱!

다시 소리가 들려왔다.

그는 그제야 소리가 난 곳을 쳐다봤고, 수림 속에 숨어 있는 녹색사내를 발견했다.

녹색사내의 주위에는 다른 녹색 인간들이 네댓 명 포진해 있었다.

그가 누구인지는 모르지만 매복 무인들을 총지휘하는 인물임에는 틀림없어 보인다.

'하필이면……'

숨기도 하고 기기도 하며 기껏 움직였다는 것이 적장 앞이다.

재수 옴 붙었다고 할까? 하나 적진에서 움직이다 보면 이렇게 재수없는 경우는 허다하다.

계야부는 즉각적인 판단을 내려야 했다.

죽이느냐, 위장하느냐.

죽이는 것은 곤란하다. 누가 되었든 한 명이 죽는 순간, 자신은 포위되고 만다.

그다음은 무엇을 할까? 간단하다. 죽지 않으려면 포위망을 벗어나야 한다. 어떻게? 그건 상관없다. 그 순간부로 사약란 구출 작전이 수포로 돌아간다는 것이 중요하다.

무엇 때문에 칠정산을 올랐는지 다시 한 번 목표를 되새김할 때다.

'죽이는 건 피할 수 없다. 하면······.'

계야부는 아랫입술을 잘끈 깨물었다.

우직!

살이 씹히며 피가 뭉클뭉클 쏟아졌다.

그런 후, 몸을 땅에 붙인 채 그에게 기어갔다.

이들은 움직일 때 어떤 방법을 쓰나? 기어가나? 아님 신법을 쓰나? 손가락을 튕긴 건 무얼 하라는 소리인가?

그가 알고 있는 건 아무것도 없었다. 그 순간,

쉐엑! 쉐엑! 쉐에엑!

날카로운 검풍이 일어난다 싶은 순간, 그는 손가락 하나 움직일 수 없는 처지가 되고 말았다.

검이 정수리에 겨눠졌다. 척추에 바싹 대어진 검도 있고, 뒷덜미에도 금방이라도 목을 잘라 버릴 듯 예리한 경기를 토하는 검이 대어져 있다.

딱! 딱!

검을 댄 무인 중 한 명이 손가락을 두 번 튕겼다.

'뭐 하라는 소리야?'

계야부는 뱃속에서부터 쥐어짜 내는 듯한 시늉을 하며 입 안에 머금었던 피를 쏟아냈다.

"우웩! 우우! 우우우!"

그는 손으로 자신의 입을 가렸다가 다시 가슴을 가렸다. 그리고는 가슴 통증을 이기지 못하겠다는 듯 데굴데굴 굴렀다.

딱! 딱! 딱!

소리가 들리자 검을 겨누던 무인이 가까이 다가와 녹색 복면을 벗겼다.

푸욱!

단검이 그의 복부를 뚫고 들어가 폐까지 관통했다.

"……!"

그는 비명도 지르지 못했다.

폐에 바람구멍이 나면 헛바람조차 지르지 못하고 절명한다.

파앗! 스웃!

그는 일어나는 탄력을 이용해 몸을 한 바퀴 빙그르르 돌렸다. 그와 동시에 자모도가 서슬 퍼런 도광을 뿜어냈다.

"엇! 적!"

"이놈!"

무인들은 최후의 발악을 했다. 눈앞에서 번갯불이 번쩍인다 싶은 순간 제각기 반격을 시도했다. 하나 그들은 기습을 당했고, 더군다나 계야부의 공격은 섬광에 가까웠다.

몇 명인지도 몰랐는데, 세 명이었다.

계야부는 그들이 쓰러지는 모습을 보지 않았다. 일검을 찌르는 순간부터 그의 눈길은 손가락을 튕기던 사내에게 못 박혀 있었다.

사약란을 구하기 위해서는 그를 넘어서야 한다.

왜 그런지는 모른다. 다른 곳으로 돌아갈 수도 있겠지만 무조건 그를 뛰어넘어야 한다는 생각이 든다.

적진에서 활동하다 보면 간혹 이런 생각이 들 때가 있다.

무슨 이유에서인지 적의 군막에 들어가고픈 느낌이 든다. 적장을 죽이고 싶을 때도 있다. 꼭 장군이 아닐 때도 있다. 보초에 불과한데 숨을 끊어놓아야 한다는 느낌이 든다.

그럴 때는 느낌대로 행하는 것이 좋다.

목적에 상관없다고, 죽이지 않는 게 조용히 빠져나가는 길이라고 생각해서 느낌을 버리게 되면 반드시 후회스러운 일이 생긴다.

지금까지는 그랬다.

말똥구리들은 이런 느낌을 '전촉(戰燭)'이라고 부른다.

오랫동안 전쟁터를 누비다 보면 본능적으로 삶과 죽음의 경계를 느끼게 된다. 보통 사람들은 도저히 이해할 수 없고 느껴지지도 않는 불길함을 감지한다.

전쟁터를 누비는 동안 죽음을 감지하는 감각이 새로 열린 것이다.

하니 어떤 느낌이 들 때는 무조건 따르는 것이 좋다.

파파팟!

계야부는 그를 노리고 신형을 쏘아냈다. 한데,

스르르…… 륵!

그의 신형이 뿌옇게 변하는가 싶더니 눈앞에서 사라져 버렸다.

시구각보처럼 특이한 신법을 수련했음이 틀림없다.

'위험!'

계야부는 현재 자신이 가장 방비하지 못하는 곳, 등 뒤를 향해 자모도를 후려쳤다. 동시에 단검은 가슴 앞으로 모아 언제든 뻗어낼 수 있게 준비했다.

자모도에 걸리는 것이 없다.

상대는 만만한 자가 아니다. 진득하게 기다릴 줄 안다. 사실 그의 입장에서는 전혀 서둘 게 없다. 자신의 텃밭에 굴러 들어 온 성난 멧돼지를 요리하는 것과 진배없으리라.

스스스스슷!

바람이 수풀을 흔들었다. 아니면 수풀이 살아 있는 생명이 되어 스스로 움직였을 수도 있다.

가만히 있으면 당한다.

그는 산 정상을 향해 치달았다.

쒜에엑!

적이 움직인다!

당연한 반응이다. 쳐야 할 상대가 움직이는데 따라서 움직이지 않을 사람이 없다.

이것이다. 가만히 앉아서 기다리면 적의 뜻대로 된다. 적이 원하는 싸움을 하게 된다. 그러면 결과도 적이 원하는 대로 된다. 그것을 비틀려면 상대가 원하지 않는 행동을 해야 한다. 상대에게 최선이 아닌 차선, 차차선을 던져 주어야 한다.

지금은 매복자들이 은신을 풀고 뛰쳐나오게끔 하는 게 차선이다. 그러려면 끊임없이 움직여야 한다.

파팟! 스읏! 쒜에엑!

신형을 쏘아냈다.

움직이는 적, 정체를 드러낸 적은 치기 쉽다.

사전투광신보로 빠르게 다가가면서 신법을 시구각보로 변화시킨다. 하면 번개처럼 다가와 환상처럼 사라지는 현상이 일어난다. 옆이나 뒤에 있는 자들은 변화한 모습을 볼 수 있지만 그와 맞대면한 적은 그를 보지 못하고 잃어버리게 된다.

그 순간을 노리고 검이 파고든다.

푸욱! 쒜에엑!

단검이 단전을 파고들었다. 자모도는 가슴을 반으로 갈랐다. 한 남자의 몸에 검과 도가 동시에 작렬했다.

비명을 지를 틈도 주지 않은 순간적인 죽음이다.

'다섯!'

그는 목표에 이르기까지 쳐내야 할 가지를 골라냈다.

다섯 명을 제거해야 한다. 눈 깜빡할 사이에 처리하고 다가서야 한다. 그렇지 않으면 또 다른 자들이 끼어들 것이고, 다섯은 열이나 스물로 급격히 늘어날 것이다.

쉐엑!

신형을 날렸다. 생각을 했으면 곧바로 실행에 옮긴다. 미적거리는 것은 도박에서 내 패를 보여주고 상대에게 대응할 시간을 주는 것과 다르지 않다.

오른쪽, 왼쪽, 양쪽에서 검이 날아왔다.

계야부는 검과 자모도를 열십자로 교차시켜 검 하나를 막았다.

카앙!

묵직한 소리가 울리며 두 팔이 시큰거렸다.

예상했던 대로다. 오른쪽에서 날아온 검에는 무지막지한 거력이 담겨 있다.

상대는 덩치가 황소만 하다. 들고 있는 건 검이 아니라 도다.

무게가 여든 근은 훌쩍 넘을 것 같은 대도(大刀)가 태산처럼 짓눌러 왔다.

항거할 수 없는 무게요, 힘이다.

한데 그때, 뱃속 깊은 곳에서 뜨거운 힘이 뭉클 솟아났다.

힘은 단숨에 사지백해로 퍼졌다. 혈관을 부풀리고, 근육을 크고 단단하게 만들었다.

"타앗!"

고함 한 번에 상대의 대도는 쑥 밀려 올라갔다.

자신에게 이런 힘이 있었던가? 얼떨결에 힘과 힘의 대결로 들어섰지만, 맨정신이었으면 절대 하지 않을 싸움이었다. 상대의 힘과 병기에 압도당했기 때문이다.

자신에게는 상대를 물리칠 힘이 없다. 그런데 생겼다. 자신도 알지 못할 힘이 상대를 밀쳐 냈다.

쒜에엑! 퍼억!

자모도가 상대의 거대한 몸을 두 쪽으로 갈라냈다. 그리고 빙글 돌아 막 척추를 베어내려던 왼쪽 검을 맞이했다.

원래 등을 내주려고 했다.

거한에게도 밀리고 있는 상황에서 등 뒤까지 신경 쓸 겨를은 없었다. 요행히 치명타가 아니기를 기원하는 수밖에 없었다.

까앙! 푸욱!

거한을 벤 자모도가 상대의 검을 막았다. 그리고 왼손에 들린 단검이 미간을 곧게 찔렀다.

"저놈 뭐야?"

녹색사내가 혼잣말처럼 중얼거렸다.

유령사귀(幽靈死鬼)는 원칙적으로 대화를 금지한다. 모든 움직임은 수신호(手信號)에 따른다.

유령사귀 중에서 입을 열어 말할 수 있는 권리는 오직 유령사왕(幽靈死王)에게만 있다. 그리고 유령사왕은 천혼탈망(天魂奪網)의 일부가 된 이후, 처음으로 자신의 권리를 썼다.

"상상을 초월하는 빠름…… 사전투광신보가 틀림없는데…… 이어지는 신법은 뭐야? 늑대의 움직임 같기도 하고…… 인간이 동물의 흉내를 내는 것도 기이하거니와 그럴 때마다 번번이 당하고 만다. 놈을 잡을 수 없는 건가."

그는 눈을 부릅떴다.

거한이 베어진다.

유령사왕을 호위하는 사대천왕 중 한 명이 장난감처럼 부서져 버렸다. 뿐만이 아니라 영활하기로 소문난 두 번째 사대천왕마저 빠름과 변화에 당하고 말았다.

단 일 합!

그들을 저승으로 보낸 초수다.

그는 급히 손가락을 튕겼다.

딱! 딱! 딱!

그러자 그를 향해 쏘아가던 녹색 그림자 둘이 서둘러 물러나 그의 등 뒤로 돌아왔다.

처벅! 처벅!

기이한 검과 자모도를 든 사내가 눈에 불을 켜고 걸어왔다.

"계야부…… 이 갑자 내공이 무섭긴 무섭구나."

"물러서지 않으면 밟고 간다."

"물러서기만 하면 되나?"

그는 뒤로 대여섯 걸음 물러났다.

"됐나?"

그가 능글맞게 웃었다.

'실수!'

계야부는 즉각 자신의 실수를 깨달았다.

말 몇 마디를 나누는 동안 녹색 인간들이 전열을 정비했다. 대여섯 걸음 물러나는 동안 빈자리가 채워졌다.

그와 녹색 인간 사이에는 다시 다섯 명이 들어섰다.

싸움 중 대화를 걸어오는 건 타협을 전제로 한다. 그래서 받아준 것인데, 시간만 벌어주었다.

"물러서지 않으면 밟고 간다고 했다!"

"그럼 밟고 가. 밟을 수 있을 때 실컷 밟아야지. 두 발목 잘라지고 나면 밟으려야 밟을 수가 없잖아?"

문답무용(問答無用). 처음부터 그랬다.

타탁! 타타타탁!

계야부는 뛰기 시작했다. 천천히, 그리고 빠르게.

유령사왕도 빠르게 손가락을 튕겼다.

따악! 딱!

순간, 하늘이 새카맣게 변했다. 그리고 새까만 어둠은 계야부를 향해 쏟아져 내렸다. 세침이다. 수천 개는 족히 될 것 같다.

파파팟!

계야부는 더욱 빨리 달렸다.

세침은 허공을 날아온다. 그보다 빨리 달리면 공격권에서 벗어날 수 있다. 뿐만이 아니라 적도 쳐야 한다.

타타탁! 타타타탁!

세침들이 틀어박히기 시작했다.

사전투광신보가 빠르기는 하지만 벌 떼 같은 세침을 모두 피해낼 수는 없었다.

'헉!'

그는 내심 깜짝 놀랐다.

세침을 맞은 부위가 독사에게 물렸을 때처럼 짜르르 저려온다. 침에 독이 묻어 있다는 뜻이다.

쉐엑! 파앗! 쉐에엑! 푸욱!

일검일도가 두 사람을 쓰러뜨렸다.

검과 도에 맞은 자들이 쓰러지는 동안 그는 두 걸음을 더 나아가 새로운 자들을 베어내고 있었다.

쉐엑! 푸욱! 쉐에에엑! 쏴아아아아!

그가 양손을 떨쳐 내자 또 한 명이 쓰러졌다. 그리고 그사이, 세침 수천 개가 넓은 그물망을 형성하고 다시 날아왔다.

"타앗!"

그는 쓰러지는 녹색 인간의 멱살을 잡아채어 하늘로 던져 버렸다.

파파파팟!

녹색 인간의 몸에 세침이 작렬했다. 그의 몸은 순식간에 고슴도치가 되어버렸다.

계야부는 그의 몸을 우산 삼아 배 밑으로 해서 치달렸다.

쒜엑! 푸욱!

또 한 명의 목에 단검이 꽂혔다.

딱! 딱! 따악!

손가락 튕기는 소리는 좌측 오 장 밖에서 들려왔다.

자신이 일로 직진할 동안, 그는 옆으로 빠져나간 것이다.

파아아악!

하늘에 그물이 던져졌다. 투망(投網)이다. 여럿이 던져야 하는 큰 그물이 아니라 개인이 개천에서 잔고기나 잡을 때 쓰는 작은 투망이 그를 향해 뻗어왔다.

'뭐 하자는⋯⋯.'

그는 자모도를 들어 투망을 걷어냈다. 그 순간,

까가가각!

섬뜩한 소리와 함께 투망과 자모도가 얽혀 버렸다.

투망에는 오돌토돌한 것들이 가시철망처럼 박혀 있었다. 또한 점액질처럼 끈끈한 것이 묻어 있어서 살짝이라도 달라붙었다 하면 떨어지지 않았다.

결국 계야부는 자모도를 놓아버렸다.

파아아아악! 파아아악!

투망이 여기저기서 날아왔다.

예감이 맞았다. 녹색 인간을 재빨리 처리했어야 한다. 몇 마디 말은 왜 나눴던가. 내처 뛰어서 그의 목숨을 베어냈다면 지금쯤 산 정상을 향해 치달리고 있었을 것이다.

그는 시구각보를 펼쳐 투망 사이를 뛰어다녔다.

휘잉! 휘이이이잉!

투망이 요란한 소리를 내며 덮쳐 왔다. 앞에서, 뒤에서, 옆에서, 사방에서 틈을 주지 않고 몰아쳐 왔다. 용한 것은 큼지막한 그물 수십 개가 한꺼번에 몰아치는데도 서로 얽히지 않는다는 점이다.

하나가 빠지면 바로 이어서 하나가 들어온다. 아니다. 하나가 빠지는 동안 이미 들어오고 있던 다른 투망이 비워진 자리를 재빨리 파고든다.

'이러다가는 당한다.'

계야부는 손발이 어지러워졌다.

다가오는 그물을 피하기에 급급했다. 손에 들린 단검마저 투망에게 내놓을 수는 없었다.

더군다나 세침에 묻어 있던 독이 빠른 속도로 퍼지고 있다.

머리가 어질거리는 현상, 문득문득 눈앞이 새까매지는 현상, 신법이 마음대로 전개되지 않고 꼬이는 현상 등등 이상 징후는 벌써부터 포착되었다.

드디어 기회가 포착되었다고 느낀 걸까? 녹색 인간이 수신 호 대신 단호한 명령을 내렸다.

"살(殺)!"

쐐에에엑!

투망이 지금까지와는 전혀 다른 기세로 날아왔다.

뭔가? 뭐가 다른 건가?

계야부는 신형을 비틀어 투망으로부터 벗어나고자 했다. 그때!

쐐에에엑!

쫙 벌어진 투망으로부터 표창이 무더기로 튕겨 나왔다.

한두 개가 아니다. 다가오던 투망 수십 개가 한꺼번에 수많 은 표창을 뱉어냈다.

투망에는 두 가지 신묘한 기능이 있다.

쇠붙이는 빨아 당기는 기능과 뱉어내는 기능이다. 빨아들 일 때는 문어 빨판처럼 흡입력이 강하고, 뱉어낼 때는 용수철 처럼 강해서 손으로 던진 것보다 훨씬 위력적이다.

'미치…… 겠군!'

선택의 여지가 없다. 이대로 표창에 당할 수는 없다.

쐐에에엑!

그는 전력을 다해 뛰쳐나갔다.

예상했던 대로 검은 투망이 날개를 활짝 펴고 덮쳐 온다. 거대한 벽이 되어 앞을 가로막는다.

"타아아앗!"

계야부는 뱃속에서부터 우러나오는 고함을 내질렀다. 그리고 양손으로 굳게 움켜잡은 단검이 그물을 푹 찔렀다. 아니다. 찌름과 동시에 위를 향해 쭈욱 그어나갔다.

쫘아악!

그물이 갈라졌다. 매듭이 끊어지며 빈 공간을 드러냈다.

하나 투망도 가만히 있지 않았다. 녹색 인간이 손을 살짝 비틀자 투망이 빙그르르 돌았다.

돌돌 말린다. 투망이 밧줄처럼 칭칭 감긴다.

계야부는 단검을 놓을 수밖에 없었다.

'됐어! 무장해제야!'

녹색 인간들은 회심의 미소를 지었다.

'됐어!'

계야부는 씩 웃었다.

이곳에 침입한 목적은 싸움을 하기 위해서가 아니다. 이들을 뚫고 들어가서 사약란을 구하는 게 진짜 목적이다. 목적을 이루기 위해서 싸우는 것이지 싸우는 것 자체가 목적은 아니다.

더군다나 이런 싸움은 상당한 고전이 예상된다. 가급적이면 피해야 한다.

그는 단검을 놓아버림과 동시에 돌돌 말려진 투망을 밀어내며 달려나갔다.

투망이 활짝 펴졌을 때는 거둬내는 방법이 유일했지만, 또르르 말려진 투망은 들어 올리거나 밀어낼 수가 있다.

휙! 휘이이잉!

그가 밀어낸 투망은 쇠몽둥이로 변해서 다시 후려쳐 왔다.

그러나 그는 이미 투망을 벗어나 산정을 향해 치달리고 있었다.

딱! 딱! 따아악!

손가락 튕기는 소리가 났다.

계야부는 그러거나 말거나 뒤도 돌아보지 않았다. 이곳에 펼쳐진 것이 천악망이든 천악망의 변형이든 간에 그와 비슷한 진법이라면 사약란이 있을 곳은 뻔하다.

그가 이궁에 침입해서 그녀를 납치했던 전각에 있으리라.

쉬이이익!

그는 날렵한 비조가 되어 날았다.

"쫓지 않습니까?"

"약 먹은 멧돼지다. 힘쓸 필요 없어. 그리고 여기서부터는 우리 영역이 아니다."

따악!

그가 손가락을 튕겼다.

그러자 녹색 인간들이 일제히 수림 속으로 사라졌다.

휘이이잉!

바람이 텅 빈 산을 휩쓸고 지나갔다.

2

"후욱!"

계야부는 달리다 말고 급히 걸음을 멈췄다.

심장이 멎는 것 같다. 갑자기 극심한 통증이 치민다. 뭐라고 할까? 무지막지한 힘이 심장을 쥐어짜는 느낌이라고 할까? 너무 아파서 신음조차 새어 나오지 않았다.

"이게……."

생각나는 게 있다. 세침에 당했을 때부터 온몸 구석구석이 짜릿짜릿하게 저려왔다.

그러다 말겠지 하고 별로 대수롭지 않게 여겼는데, 굉장히 위험하다는 전조 증상이었나 보다.

"후욱! 후욱!"

숨을 크게 들이켰지만 고통은 좀처럼 가시지 않았다. 정말로 마음 같아서는 땅에 누워 데굴데굴 구르고 싶었다.

금강반여선공을 끌어올렸다.

어떻게든 가슴 통증을 줄여보려고 애썼다.

하지만 불문제일의 선공도, 이 갑자의 내공도 찢어지는 듯

한 가슴 통증을 달래주지는 못했다.

이마와 등에 식은땀이 촉촉이 배었다. 손과 발은 부들부들 떨렸다. 눈은 초점을 제대로 잡지 못하고 산속의 경물들을 두 개, 세 개로 그려낸다.

"후웁!"

그는 숨을 크게 들이쉬며 일어섰다.

'몰완(沒完)······.'

생각하지 않으려고 했는데 머릿속은 자꾸 '몰완'이라는 글자를 만들어낸다.

부상이 심해서 임무를 마칠 수 없는 자들에게 쓰는 말이다.

말똥구리들은 손발이 잘려 나가도 어떻게든 임무를 마치 려고 노력한다. 회생 불능의 상처를 입고도 여전히 움직일 수 있으며, 임무를 마칠 것이라고 생각한다.

그럴 때 몰완이라는 말을 해준다.

끝났다. 이제 모든 게 끝났으니 안심하고 눈을 감아라. 네 할 일은 더 이상 없다. 나머지는 우리가 알아서 할 테니 너는 이제 마음 편히 가거라.

몰완이다.

그는 애써 부인했지만 더 이상 발걸음을 옮길 수 없다는 것, 몸이 먼저 안다.

천악망을 백주에 맨정신으로 돌파한다는 건 불가능했다.

성오 존자가 한 말이 기억난다. 사약란을 납치해서 데려올 때, 천악망을 돌파한 최초의 인물이라고 했다.

당시는 '이까짓 걸 뭘……' 했는데, 정말 천운이었다.

무총 무인들은 독을 사용하지 않았다. 비침이나 표창, 그리고 투망 같은 무기도 꺼내지 않았다. 그들이 꺼내 든 유일한 병기는 삼 척 장검이었다.

이곳은 확실히 천악망의 단점을 보완했다.

지도를 볼 때부터 불길했다. 뚫고 들어갈 곳이 전혀 없었다. 특히 엽위상이 얼버무린 곳, 칠정산을 한눈에 조망하면서 지휘를 하는 곳이 마음에 걸렸다.

야밤에 은밀히 잠입할 것을 잘못했나?

그는 비틀거리는 몸을 억지로 이끌고 걸음을 옮겼다.

너무 피곤했다. 잠잘 곳이 필요했다. 그것이 비록 영원한 잠이 될지라도.

쉬익! 쉬익! 쉬이이익!

날다람쥐들이 부지런히 쏘다녔다.

동에서 서로, 북에서 남으로…… 서로가 어깨를 스칠 정도로 간격을 촘촘히 한 채 이 잡듯 뒤졌다.

"그럴 리가 있나! 찾아!"

명령은 준엄했지만 이미 땅속으로 꺼져 버린 사람을 찾을 수는 없었다.

"고목, 땅굴, 동굴, 돌무더기…… 수상한 곳은 남김없이 뒤져라! 놈은 여기에 있어!"

안다. 그는 유령사귀를 뛰어넘어 유명단(幽冥團)으로 들어섰다. 그리고 다시 되돌아가지 않았다.

하면 계야부는 유명단의 영역 안에 있어야 한다.

산 정상부터 유령사귀의 경계까지 샅샅이 훑었는데 없다는 것이 말이 되나.

"찾아라! 찾지 못하면 죽을 줄 알아! 찾아!"

유명단주는 목청을 높였다.

계야부는 교혈(窖穴) 안에서 사지를 비비 틀었다.

소리가 새어나갈까 봐 입에 굵은 나뭇가지까지 물었다.

말똥구리들은 모두 교혈을 잘 판다. 교혈을 어떻게 파느냐에 따라서 곧바로 생과 사가 직결된다면 평범한 농부조차 비범한 솜씨를 보일 것이다.

처음 말똥구리에 배치된 자들은 근 한 달에 걸쳐서 교혈 파는 것만 배운다.

땅을 어떻게, 얼마나 빨리 파느냐는 중요하지 않다. 어떤 위치에, 얼마나 은밀히 파느냐가 중요하다.

그런 면에서 계야부와 부사영은 단연 최고였다.

군에서 배운 교혈이 무림에서도 통한다.

유명단이라고 불리는 무인들은 제 안마당에 틀어박혔는데도 찾지 못한다.

계야부는 발각을 걱정하지 않았다.

교혈을 파고 안에 틀어박힌 이상, 잡히고 안 잡히는 것은 하늘 소관이다. 적에게 눈치 빠른 자가 있거나 교혈에 허점이 있으면 잡힐 것이요, 그렇지 않으면 잡히지 않는다.

누구라도 교혈을 발견하면 끝난다.

반항? 최후의 발악? 모든 게 부질없다. 몇 번 더 발버둥 칠 수는 있겠지만 죽음은 피하지 못한다.

이것이 교혈의 단점이다.

자신 스스로 땅 구덩이 속에 틀어박혔으니 남은 것은 하늘에 맡겨야 한다.

할 일을 다 했다.

그래도 조심할 것은 있다. 소리가 밖으로 새어나가지 않도록 주의해야 한다.

'끄으으윽!'

그는 흙을 퍼서 입 안에 털어 넣고 질겅질겅 씹었다. 그렇게라도 해야 심장이 찢어지는 아픔을 견딜 수 있었다.

시간이 얼마나 지났을까? 발걸음 소리가 그쳤다. 소리, 진동…… 어느 것도 감지되지 않는다.

고통도 잦아들었다.

세침을 맞았을 때부터 몇 시진이나 흘렀는지 모르지만 그의 얼굴은 반쪽이 되어 있었다. ·

온몸은 땀으로 흥건했다.

입술은 이빨로 짓씹어 피투성이다.

결코 두 번 다시 겪고 싶지 않은 고통이었다. 이런 고통을 또 겪을 바에는 차라리 팔부군에게 잡혀서 악독하기로 정평이 나 있는 불 고문을 당하는 게 나을 성싶었다.

그는 몸을 추스르고 앉았다.

손을 들어봤지만 힘이 모아지지 않는다.

상당히 강도가 센 독이었나 보다.

그는 어지간한 독 정도는 해약을 복용하지 않고도 견뎌낸다. 사실 말똥구리들에게 해약이나 금창약 같은 것은 정말 필요하지만 구하기가 쉽지 않아서 사치품으로 분류한다.

행여 몸에 지니고 나갔더라도 임무 중에 잃어버리기 일쑤이며, 정작 필요할 때는 아무것도 없기가 다반사다.

속 편하게 맨몸으로 버티는 쪽을 택하는 게 낫다.

그렇게 이 년을 살아왔다.

적진에 갇혀서 몇 날 며칠인지도 모르고 끙끙 앓은 것이 한두 번이 아니다.

말똥구리들은 살아 돌아온 것만 보지 그 속에 감추어진 아픔은 읽지 않는다. 신화? 좋다. 하나 그런 신화를 일구기 위해서는 남보다 배는 더 아팠다는 걸 알아야 한다.

가부좌를 틀었다.

임무는 잊어버리지 않았다. 하나 어떠한 임무든 뜻만 가지고 이뤄지는 건 없다. 임무를 달성할 수 있는 체력이 있어야 하고, 치밀한 계획이 뒷받침되어야 한다.

체력과 계획은 임무 달성에 꼭 필요한 이대요소다.

"후우우우!"

깊게 숨을 들이마시며 금강반야선공을 일으켰다.

이 갑자 진기가 성난 해일이 되어 전신을 휘돌았다.

'남은 독기를 말끔히 밀어내고…….'

스으읏! 파앗!

그는 신속하게 움직였다. 한 장소에서 다른 장소로 상당히 먼 거리를 건너뛰었다.

소리는 흘러나오지 않았다. 옷자락 펄럭이는 소리는 물론이고, 발이 땅에서 떨어질 때, 또 착지할 때…… 그 어느 때도 미세한 기척조차 흘리지 않았다.

이 갑자 내공이 완전히 녹아서 체내로 흡수되었다.

예전에는 느낄 수 없는 거력이 전신을 휘돈다. 금강반야선공을 일으키면 천지만물의 이치가 환하게 밝혀진다. 전에는 불가능하다고 여겼던 일들이 이제는 티끌보다 못하게 여겨진다.

사전투광신보와 시구각보가 하나로 합쳐졌다.

사전투광신보의 빠름과 시구각보의 현묘함은 합쳐진다는 것이 불가능할 정도로 성질이 다르다.

그도 예전에는 그렇게 생각했다. 그래서 기껏 짜낸다는 것이 장거리를 쏘아갈 때는 사전투광신보를 펼치고, 근접전이나 침입할 때는 시구각보를 쓴다는 거였다.

모두가 하나였다. 한 몸으로 두 가지 절기를 펼쳤다는 것은 무리(武理)도 합쳐질 수 있다는 뜻이다.

시구각보에 사전투광신보가 스며들었다. 사전투광신보에 시구각보의 발걸음이 담겼다.

그의 발전은 거기서 그치지 않았다.

검과 도에 빠름이 생겼다. 반사 신경에 의존한 빠름이 아니다. 정통 무공처럼 초식을 만들어내지는 못했지만 사전투광신보의 빠름을 손에 응집시킬 수 있었다.

결국은 모두 하나였다.

계야부는 교혈(窖穴) 속에서 새로운 무공을 터득했다.

그래서 굳이 이름을 붙이자면 교혈공(窖穴功)이 될 것이다. 거창하게 현묘한 이름을 딸 수도 있겠지만 이런들 어떻고 저런들 어떤가. 남에게 무공을 자랑할 것도 아닌데.

지금 당장 바라는 것은 발각되지 않고 사약란이 감금되어 있는 곳으로 가는 것이다.

그는 정상을 향해 치달리지 않았다.

사약란이 있을 곳은 너무 뻔하다. 천악망의 최중심지는 정상에 있는 전각, 그곳에 있다.

하지만 아니다. 내기를 해도 좋다. 그녀는 절대 그곳에 없다. 자신이 천악망 망주라면 진작 그녀를 다른 곳에 두었다. 숨길 곳이 오죽 많은가. 전각이 천악망의 중심 요처이기는 하지만 굳이 고집할 이유가 없다.

그는 주위를 살폈다.

먹잇감은 항시 있다. 어디든 널려 있다.

'저자.'

계야부는 어둠과 동화되어 있는 흑의인 중에 한 명을 골라냈다.

그는 다른 흑의인들보다 오 장 정도 뒤로 물러나 있었다. 다른 흑의인들이 바싹 긴장해서 산 아래를 내려다보고 있는데 반해 그는 여유있게 운공조식을 취하고 있다.

흑의인들을 지휘하는 입장에 있는 자다.

쉬익! 사앗!

그는 나무에서 나무로 건너뛰다가 목표로 점찍은 흑의인 등 뒤로 내려섰다.

"훗!"

그가 빠르게 반응했다. 하나 계야부는 더 빨랐다.

슈욱! 퍼억!

흑의인의 명문혈(命門穴)에 관수(貫手)가 틀어박혔다.

"사약란은?"

그는 눈을 부릅떴다. 그는 무수한 표정 변화로 자신은 아무것도 모른다는 점을 역설했다. 한편으로는 부지런히 눈을 굴려 자신이 어디로 끌려왔는지 살폈다.

하나 그는 아무것도 발견하지 못할 것이다.

그가 파놓은 교혈은 세상과 완전히 단절되었다. 교혈 안에서는 별빛 한 점 보이지 않는다.

계야부는 사내를 노려보며 나지막이 으르렁거렸다.

"너도 이미 짐작하겠지만, 나란 놈에게서 인정을 기대하지 마라. 사약란이 어디 있는지 말해주면 목숨은 살려주겠다. 혈도를 짚는 선에서 그치겠어. 하지만 끝까지 가겠다고 하면 나도 가줄 용의가 있다. 내가 가진 건 시간밖에 없어."

계야부는 사내의 검을 뽑아 반으로 부러뜨렸다. 그리고 부러진 검을 사내의 몸에 들이댔다.

"말하고 싶은 생각이 들면 머리를 뒤로 젖혀라. 끝까지 버텨도 좋아. 끝은 짐작하겠지? 빨리 끝낼 거야. 네가 끝장나면 난 또 다른 놈을 구해오면 되니까."

그는 부러진 검을 사내의 허벅지에 틀어박았다.

푸드득! 퍼득!

사내가 몸부림을 쳤다.

혈도가 제압당해 몸을 움직이지는 못했지만 그가 얼마나 극심한 고통에 시달리는지는 느낌만으로도 알 수 있다.

"더 상하기 전에 말해. 한 번 더 칼질하면 넌 한쪽 다리를 잃어. 무인이고 뭐고 끝나는 거지. 그때는 죽는 게 더 낫다고

할 걸? 사약란, 어디 있나?'

그는 크게 말하지 않았다. 귓가에 대고 소곤소곤 말했다.

"크으으으!"

사내가 부릅뜬 눈으로 연신 하소연했다.

정말 몰라. 윗사람들이 하는 일을 나 같은 놈이 어찌 알겠
나. 그러니 제발 칼질만은……

푸욱! 찌이이이익!

허벅지에 틀어박힌 검이 사정없이 밑으로 그어졌다.

고통을 이겨내는 자, 흔치 않다.

사명이나 뚜렷한 목적, 또는 확고한 신념을 갖지 못한 자들
은 고통 앞에 무너진다.

사약란은 전각에 있다. 단지 지하 삼층이라는 깊은 곳에 갇
혀 있다는 점이 다르다.

계야부는 계속해서 궁금증을 물었다.

"그녀를 왜 여기다 두고 있는 거지?"

흑의인은 고분고분 대답했다.

"아무도…… 이곳에서…… 살아나갈…… 수 없……."

흑의인의 대답이 희미해졌다.

흑의인은 두 다리를 잃었다. 두 팔도 잃었다. 생명도 얼마
남지 않았다. 그가 고이 대답한 것은 얼마 남지 않은 순간이
나마 고통이 없었으면 하는 바람 때문이다.

계야부는 검을 들어 머리를 쳤다.

이것이 가장 편한 죽음이다. 잠깐 아프겠지만 곧 아무런 감 각도 없어진다.

흑의인이 절명했다.

무총의 천악망을 본떠서 만든 천혼탈망은 천악망이 지닌 구조를 그대로 유지한 채 몇 가지 사항을 더 보완했다.

우선 그들은 천악망처럼 한 사람의 지휘하에 놓여 있지 않 다.

산 밑에 있는 백의의 무인들은 지귀(地鬼)라 부르며, 귀왕(鬼 王)이란 자의 통솔을 받는다. 그 위에 녹색 위장복을 입은 무 인들은 유령사귀이며, 유령사왕이 통제한다. 맨 마지막으로 흑색 무복을 입은 자들은 유명단이라고 하며, 유명단주가 장 악하고 있다.

이들을 통괄 지휘하는 자도 있다.

바로 지도를 보는 순간부터 께름칙했던 곳, 천혼탈망의 뇌 에 해당하는 곳에서 귀왕, 유령사왕, 유명단주를 빨랫줄처럼 놓았다 당겼다 하는 망주(網主)다.

흥미롭지만 별로 쓸 데가 없는 정보다.

천혼탈망의 뇌에 망주가 있을 것이라는 예상은 했다.

중요한 것은 마지막 말이다.

사약란을 왜 이곳에 두고 있냐는 질문에 흑의인은 모두 죽 을 것이라는 말로 답했다.

동문서답 같지만 맥이 통한다.

그녀로 인해 죽는 사람이 생긴다. 이곳은 누군가를 죽일 목적으로 만들어졌다. 천혼탈망이 괜히 천악망을 흉내 낸 게 아니다. 특정한 자를 노리고 있다.

그 사람이 누군지 알 것 같다.

사일(謝一) 사(死).

사일이 누구인지 모르겠지만 그를 노리고 있는 게 틀림없다.

엽위상은 천혼탈망을 뚫지 못했다. 먼저 공격을 시도했으나 천혼탈망의 반격에 막대한 피해를 입고 물러섰다.

이들은 무총의 세작을 간파했으며 역정보를 흘린 후 처단했다.

엽위상이 얻은 정보는 약이 아니라 독이었다.

이것은 중요한 정보다.

뒤늦게 출발한 천혼탈망이 무총의 정예나 다름없는 천악망을 물리쳤다는 건 상당한 준비를 했다는 뜻이다.

그런 점들을 고려하면 단신으로 유명단까지 뚫고 들어온 자신은 대단한 거다.

계야부는 절명한 흑의인의 눈을 쓸어 감겼다.

그에게 악의는 없다. 처음 본 사람인데 무슨 악의가 있겠나. 천혼탈망에게도 나쁜 뜻은 없다. 중원에서 만났다면 술 한잔 나눌 수도 있었으리라.

지금은 적으로 만났으니 죽고 죽인다.

군인의 적대관계는 시시각각 변한다. 방금 전까지 이를 악물고 싸운 사이라고 해도 동맹을 맺으면 어깨를 나란히 할 수 있다. 친구로 같이 싸운 자도 마음이 갈라져 적이 되면 검을 겨눌 수밖에 없다.

그것이 군인이다.

그는 교혈 밖으로 기어나왔다.

사약란이 어디 있는지 알았으니 구하러 간다. 지하 삼층이 아니라 십팔층 지옥에 있다고 해도 간다.

한 가지 아쉬운 점은 이곳이 어떻게 해서 죽음을 피하지 못하는 절대 사지냐는 거다.

자신이 뚫고 들어왔다.

그가 알고 있는 무인 중에 가장 강한 사람은 성오 존자와 육교사, 십교사다.

그들도 뚫고 들어올 수 있다.

하면 사일이라는 자는 무공이 형편없는가? 그런 자를 죽이려고 이토록 고심하는가?

아니다. 육교사나 십교사가 단신으로 싸우기 벅찬 상대일 것이다. 그러니 이런 함정을 파고 기다리는 것이 아니겠나.

들어왔다 하면 죽을 수밖에 없는 무엇인가가 있다.

그걸 알아냈으면 더 좋았을 텐데.

쉬이익!

그는 야공에 신형을 띄웠다.

3

전각의 구조를 알았으면 좋았으련만.

사약란이 지하 삼층에 갇혀 있다는 소리를 들은 후, 곧바로 이어진 질문이 바로 전각의 구조였다.

지하 삼층까지 내려가는 길은? 보초의 수는? 교대 시간은? 경계해야 될 자는? 함정은?

많은 질문을 퍼부었지만 대답은 별로 듣지 못했다. 그는 전각 내부에 대해서는 아는 것이 없었다.

이럴 때는 정말 방법이 없다. 무작정 뚫고 들어가는 것 이외에 다른 방도가 없다.

담장을 넘은 후 후원으로 내려섰다.

계야부는 그곳에서 목석이 되었다.

날이 밝으면 그의 모습은 만천하에 드러날 것이다. 꽃 몇 송이, 작은 돌무더기 몇 개로는 모습을 감추지 못한다. 그러니 회랑 밑이나 천장 위로 숨어들어야 한다.

한데 그게 또 쉽지 않다.

이궁에서 한 번 스며들어 본 경험에 의하면 요소요소에 적이 깔려 있다. 더군다나 그들은 한 시진에 한 번씩 지시에 따라서 무작위로 위치를 교대한다.

이동 시에는 주위를 샅샅이 뒤지면서 나아간다.

전각이 한 시진에 한 번씩 전체 수색을 당하는 것이다.

잠깐 들어갔다 나오는 것은 몰라도 오랜 시간 잠복하는 것은 불가능하다.

그래도 방법이 이것밖에 없다.

후원에서 지하로 들어간다는 것만 알지 자세한 내용을 모르니 잠복해서 기다리는 수밖에 없다.

끼이이익!

돌무더기가 힘들게 옮겨지는 소리가 들렸다.

귀를 기울일 필요도 없다. 소리가 작지도 않거니와 한밤중이라서 천둥소리처럼 크게 들린다.

비밀과는 거리가 먼 소리다.

'이런!'

계야부는 낭패한 표정을 지었다.

지하로 들어가는 입구는 회랑으로 올라가는 계단이다. 계단이 절반으로 쫙 쪼개지면서 환한 불빛이 드러난다. 그리고 흑의인 두 명이 안에서 걸어나오고 있다.

문제는 발각되지 않고 들어갈 방도가 없다는 데 있다.

계단을 움직이면 소리가 난다. 전각 속에 은신해 있는 자들은 일제히 계단을 쳐다본다. 사방에서, 여러 각도에서 들어가고 나오는 자를 살핀다.

애초부터 비밀 잠입은 어림도 없는 구조다.

발각을 각오하고 무모하게 들어가거나, 전각에 있는 자들을 모두 잠재운 후에 들어가거나.

계야부는 전자를 택했다. 이유? 간단하기 이를 데 없어서 말할 것도 없다. 계단을 여는 방법을 모르지 않나. 계단이 반으로 갈라진다는 것만 알았지 움직이는 방법은 모른다.

쒜에엑!

그는 쏘아진 화살처럼 질주했다.

"엇!"

안에서 걸어오던 흑의인들이 깜짝 놀라 움찔거렸다. 그들은 급습 같은 것은 염두에도 두지 않은 듯했다.

퍽! 퍽!

절반으로 반 토막 난 검이 두 사내를 사선으로 내리그었다.

일검(一劍)에 이살(二殺)이다.

그들은 피를 뿜어내며 계단 아래로 굴러 떨어졌다.

쒜에엑! 쒜에에엑!

전각 여기저기서 날렵한 박쥐들이 일제히 날아올랐다. 그리고 그들은 오직 한 점, 계야부만을 노리며 달려들었다.

경고도 없다. 타종(打鐘)도 없다. 그 흔한 고함 소리 한 줄 내지르지 않고 달려든다.

이들을 상대하다가는 유령사귀에게 당했던 곤혹을 고스란

히 재현하는 꼴이 된다.

그는 달려오는 자들은 아랑곳하지 않고 신법을 전개하여 계단을 쏘아 내려갔다.

휘이이이익! 파파팟!

사전투광신보와 시구각보가 어우러진 그만의 신법은 그를 한 줌 연기로 만들어주었다.

애초부터 무리였다.

안에 뭐가 있는지도 모르고 뛰어든다는 건 죽지 못해서 발버둥 치는 것과 다를 바 없었다.

쿵! 쿵! 쿵!

사방에서 거대한 석벽이 내려와 길을 막았다.

전후좌우 모든 통로가 꽉 막혔다.

그는 이런 경험을 한 적이 없었다. 적진을 뛰어다니는 동안 숱한 함정을 겪어봤지만 석벽이 내려와 길을 막는다는 건 생각할 엄두조차 나지 않는 일이었다.

사전투광신보의 빠름도, 이 갑자의 내공도 석벽 앞에서는 무용지물이 되어버렸다.

츠으으으윽!

어디서 피웠는지 몰라도 연기가 스멀스멀 피어났다.

'또?'

계야부는 발버둥 칠 수 없었다. 연기를 흡입하는 순간 머리가 띵하니 돌면서 정신을 놓아버렸다.

"으음……!"

그는 머리를 흔들며 정신을 수습했다.

극심한 두통이 찾아왔다. 머리가 두 쪽으로 갈라지는 듯해서 신음 소리가 절로 새어 나왔다.

혼절하기 직전의 광경이 떠올랐다.

사방이 벽으로 가로막히고, 연기가 피어나고, 힘없이 주저앉고…….

예상이 맞는다면 자신은 사로잡혔다. 눈을 뜨자마자 극심한 고문이 시작될 것이다.

'후후!'

그는 속으로 웃었다.

말똥구리로 있을 때보다 무공이 훨씬 강해졌다. 그때는 상상도 못한 경지에 도달해 있다. 지금 다시 말똥구리로 돌아가면 적진을 종횡무진 누빌 것 같다.

이백사십칠 회의 첨각정탐이 신화라고? 지금 같아서는 오백 회라도 웃으며 다녀올 것 같다.

그러면 뭐 하는가. 손 한 번 써보지 못하고 사로잡힌 것을. 적어도 말똥구리였을 때는 이런 식으로 잡히는 경우는 없었는데, 이건 툭하면 쓰러지고 망가지니.

그는 눈을 떴다.

고문 같은 건 두렵지 않다. 적에게 무자비한 고문을 가해왔다. 하니 자신이 당하는 것도 당연하다.

"엇!"

눈을 뜬 그는 부지불식간에 경악성을 토해내고 말았다.

낯선 사내들이 흉흉한 기세를 뿜어내고 있을 줄 알았는데, 뜻밖에도 여인이 있다.

더욱 놀라운 것은 그녀의 모습이다.

그녀는 발가벗었다. 온몸에 실오라기 한 올 걸치지 않았다. 의식을 잃은 것도 아니다. 부끄러운 듯 한 손은 가슴을, 다른 한 손은 비소(秘所)를 가리고 있다.

계야부는 얼른 눈을 찔끔 감았다.

머릿속이 혼란스럽다.

'대체 이게 무슨 일……'

한데 더욱 혼란스러운 일이 일어났다.

느닷없이 하복부에서 뜨거운 기운이 팽창한다. 덥기는 또 왜 이리 더운가. 한여름 뙤약볕 아래 있다 한들 이만큼 더울까. 온몸이 활활 타들어가는 것 같다.

여인을 범하고 싶다는 생각이 굴뚝처럼 치민다.

'욕정?'

그는 자신의 몸에서 일어나는 현상을 이해할 수 없었다.

여자에 미친놈이 아니다. 지금 당장 급한 것은 이곳을 어떻게 탈출하느냐이다. 목숨이 경각에 달린 상황이다. 그런 마당

에 알몸의 여자를, 그것도 잠시 훑어봤을 뿐인데 참을 수 없
는 욕정이 치밀다니.

'이게 도대체……'

하지만 그가 이해하거나 말거나 욕정은 더욱 심해졌다.

입에서 더운 김이 푹푹 새어 나온다. 얼굴도 붉게 물들었
다. 손을 대보면 뜨거운 기운을 느낄 수 있을 게다.

진정 이해할 수 없는 비정상적인 신체 반응이다.

"소저…… 옷을 입어주시오."

말을 하면서 몸을 움직여 봤다.

팔이 정상적으로 움직인다. 다리도 묶여 있지 않다. 움직
일 생각만 있으면 얼마든지 움직인다. 한데,

"훗!"

그는 일어서려다 말고 다시 엎어졌다.

몸을 움직이자 욕정이 더욱 거세졌다. 어찌 된 영문인지 여
인의 알몸이 눈앞에 선선하다.

"옷이…… 없어요."

여인의 음성은 비교적 차분했다. 가늘게 떨려 나왔지만 냉
정한 마음도 읽힌다.

"헛!"

계야부는 기어이 헛바람을 내지르고 말았다.

이 목소리. 사약란이다. 옷을 벗고 있는 알몸의 여인은 그
가 구하고자 했던 무총 서지단의 군사 사약란이었다.

"소, 소저! 어쩌다가!"

"음성이 안 좋군요. 춘약(春藥)인가요?"

그녀의 음성은 차라리 달콤한 유혹이었다. 어서 와 안아달
라는 뜨거운 손짓이었다.

계야부는 아랫입술을 잘끈 깨물었다.

'이러다 입술이 남아나지 않지.'

애써 생각도 다른 방향으로 돌렸다.

"누군가가 못된 장난을 하고 있어요. 욕정…… 참을 수 없
겠죠?"

지나친 주문이다.

간신히 한줄기 남은 이성의 끈으로 버티고 있다. 그나마 이
마저도 언제 끊어질지 모른다. 하면 짐승이 된다. 상대가 누
구든 상관없다. 여인이면 된다.

누가 왜 이런 장난을 하는지 따질 겨를이 없다. 당장은 이
곤경에서 벗어나야 한다. 어떻게?

"내 말 잘 들어."

상대를 예우할 틈이 없다.

"내가 혼절하면 즉시 뇌호혈(腦戶穴)을 있는 힘껏 내려쳐.
주먹도 좋고 돌멩이라도 있으면 좋고. 머리가 깨져서 피가 나
도록 힘껏. 그리고 같은 식으로 단전도. 알았어?"

"……."

사약란은 대답하지 않았다. 사실 대답할 겨를도 주지 않았

다. 계야부는 말을 끝내자마자 벌떡 일어나더니 벽을 향해 치달렸다.

꽈앙!

그는 머리를 석벽에 세차게 부딪쳤다.

계야부의 주문은 죽여달라는 말과 같다.

그는 석벽에 머리를 부딪치면서 혼절했다. 머리가 깨져 피가 철철 흐르고 있으니 혼절하지 않으면 인간이 아니리라.

그런데 또 뇌호혈을 가격하라고?

있는 힘껏, 머리가 깨질 정도로 뇌호혈을 가격하면 즉사하는데. 설마 여인의 몸이라고, 무공을 모른다고 얕본 것은 아닐까? 힘이 없을 거라고 생각해서 그렇게 말한 건가?

사약란은 머리칼을 뒤적여 세침 하나를 꺼냈다.

최악의 경우, 자진할 용도로 지니고 있던 비장의 무기다.

그녀는 세침으로 계야부의 뇌호혈을 푹 찔렀다. 그리고 그가 말한 대로 단전도 깊게 찔렀다.

주먹보다 타격력은 약하지만 뇌와 단전에 전달되는 충격은 훨씬 강할 것이다.

"끄응!"

계야부가 눈을 떴다.

그의 눈동자는 욕정으로 인해 빨갛게 변해 있었다.

그가 일어나 앉았다. 장삼을 벗더니 사약란에게 건네주었다.

"입어."

"겨, 견뎌냈군요!"

"견뎌내기는…… 빌어먹을! 퉤엣!"

계야부는 거칠게 침을 뱉었다.

침이 아니었다. 피였다. 가슴에서 솟구친 핏덩이를 뱉어냈다.

"잠시는 참을 수 있지만 오래는 힘들어. 그동안 어떻게든 빠져나가 보자고."

그가 일어섰다. 아니, 일어서다 말고 풀썩 꼬꾸라졌다.

욕정 때문에 미처 깨닫지 못했지만 석벽으로 가로막혔을 때처럼 사방에서 뿌연 연기가 피어나고 있었다.

촤아악!

정신이 번쩍 들 만큼 차가운 물이 전신에 쏟아졌다.

어찌 된 연유인지 알아차리는 데는 오랜 시간이 필요치 않았다.

"대단한 의지. 감탄했어. 견뎌내기 힘든 놈으로 썼는데, 그래도 이겨냈어. 정말 대단해. 그냥 범해도 누가 뭐라는 사람 없는데 말이야. 솔직히 사약란만 한 미녀도 찾기 힘들잖아? 한데 참았어. 무엇이 그녀를 품지 못하게 만들었을까?"

반쯤은 장난 같고, 반쯤은 진담 같은 음성이 들려왔다.

계야부는 고개를 들었다.

잘생긴 청년이 보였다.

송옥(宋玉)이나 반안(潘安) 같은 미장부는 아니다. 그런 쪽과는 거리가 멀다. 듬직하고, 강하고, 결단력있고, 사람을 이끌 줄 알고, 그리고 이목구비(耳目口鼻)가 뚜렷하다.

그는 잘생긴 사내다.

"안선, 정말 치사한 놈들이군. 독약에, 미혼약에, 춘약에…… 더 쓸 게 있으면 한꺼번에 써. 귀찮아."

어떻게든 이곳을 벗어나야 한다.

'대화는 필요없어. 기회를 잡으려면 혼자 있는 편이 나아.'

그는 몸을 움직여 봤다.

전과 달리 손가락 하나 꼼짝하지 않는다. 포박당한 것 같지는 않고, 약에 취하지도 않았다. 혈도를 제압당한 모양이다. 그렇다면 시간만 충분하다면 해혈(解穴)을 기대할 수도 있다.

금강반야선공과 이 갑자 내공이 있으니 강제로라도 뚫을 수 있지 않을까?

그의 명줄을 쥐고 있는 자가 말했다.

"계야부, 살고 싶은가?"

"이 세상에 죽고 싶은 사람도 있나?"

"네놈은 꼭 죽고 싶어서 안달난 놈 같아서 말이야. 좋아, 살고 싶다니 말이 잘 통하겠군. 사약란 그녀를 가져. 저항하지 말고 순순히 가지란 말이야. 솔직히 이만한 기회도 없잖아? 너 같은 자가 사약란 같은 미녀를 어떻게 품겠어."

"말로 할 것이 아니라 춘약을 풀면 되잖나. 너희들, 그런 짓 잘하잖아."

"말을 심하게 하는군. 상당히 자존심 상하게 해. 너는 말이야, 그냥 주면 감사하게 받아먹으면 되는 거야. 주둥이는 놀리지 말고 그냥 받아먹기나 해."

쉬익!

주먹이 날아왔다.

힘이 전혀 실리지 않은 주먹이다. 어른이 장난삼아 어린아이를 툭 건드릴 때처럼 아무런 힘도 들어가 있지 않다. 한데,

퍼억!

주먹이 복부에 틀어박히는 순간, 계야부는 오장육부가 뒤집히는 충격에 몸을 바르르 떨었다. 말도 나오지 않고 숨도 쉴 수 없었다. 한순간 아무 생각도 들지 않았다.

"육교사나 십교사만 고수라는 생각은 버려. 네가 멀쩡하다고 해도 내 상대는 아냐."

'망주!'

그는 비로소 상대의 정체를 짐작했다.

"널 다시 뇌옥으로 집어넣을 거야. 조용히 합궁(合宮)할 수 있도록 방해하지 않을 테니까, 이번에는 쓸데없는 짓거리 하지 말고 즐기기나 해."

"왜…… 네가 하면 되지 왜 날……"

그는 기어들어 가는 음성으로 간신히 말했다.

아직도 숨이 제대로 돌아오지 않았다. 사내의 주먹은 이 갑자 내공을 뒤틀어 버린다.

쉬익! 퍼억!

다시 복부에 일 권이 틀어박혔다.

"한 번 말할 때 들어야 사람이야. 사람이 되지 못하게 개돼지가 되겠다면 그에 응하는 대가를 줘야겠지. 한 대 더 맞겠다면 때려주고. 어때?"

계야부는 피식 웃었다.

무엇이 사약란을 안지 못하게 만들었냐고 했나? 목숨이다. 적에게 사로잡혀서 목숨이 경각에 달렸는데 운우지락을 즐기라니. 이 무슨 개뼈다귀 같은 소리인가.

그냥 주면 감사히 받아먹으라고?

자존심 상하게 사내가 그럴 수 있나.

"한 대 더."

계야부는 웃고 있었다.

"춘약은요?"

사약란이 물어왔다.

그녀는 자신이 벗어준 장삼을 입고 있었다. 자신만 잠시 끌려갔다 왔을 뿐 상황은 그대로였다.

"전처럼 심하진 않소."

"그래도 이곳에 다시 온 건, 절 취하기 위해서인가요?"

"그러라는 협박은 받았소."

그녀가 불쑥 팔을 내밀었다.

"보세요."

"……?"

"제 팔에 있는 혈점(血點), 수궁사(守宮絲)라고 해요. 들어 보셨죠?"

계야부는 고개를 끄덕였다.

수궁사는 도마뱀으로 만든다. 주사(硃砂)를 먹이로 주며 키운 도마뱀은 몸이 새빨간 색으로 변한다. 그렇게 키워 일곱 근이 되었을 때 곱게 빻아 여인의 몸에 바르면 죽을 때까지 색깔이 변하지 않는다. 이 홍점(紅點)은 오직 정사를 벌일 때만 없어지니, 자궁을 지킨다 하여 수궁(守宮)이라고 한다.

말은 많이 들었지만 눈으로 보기는 처음이다.

"수궁사를 만들 때는 보통 석척(蜥蜴)과 언전(蝘蜒)이라는 도마뱀을 써요. 하지만 저는 서인(鼠鱗)을 썼어요. 키우는 방법은 똑같지만 효과는 많이 달라요. 정사를 나누면 제 몸에 있던 수궁사가 상대 남자에게 옮겨가요. 미간에 붉은 점이 찍히죠. 그건 죽을 때까지 지워지지 않아요."

"그럴 필요까지 있었소?"

"어머님 뜻이었어요. 아버님께 여자가 좀 많았죠. 그래서 아예 낙인을 찍어서 여자들에게 경종을 울리는 거죠. 이 사내가 누구 사내인지 알고 덤벼라 하고요."

계야부는 진기를 끌어올렸다.

예상은 했지만 전혀 운기가 되지 않는다.

사지는 자유롭지만 무공은 사용하지 못한다.

그는 일어나서 팔과 다리 근육을 풀었다.

춘약 기운은 많이 가셨다. 아직도 뜨거운 기운은 남아 있지만 견디지 못할 정도는 아니다.

망주는 협박이 충분히 통했다고 본 것 같다.

"내가 당신을 품으면 내 미간에 홍점이 생긴다?"

음모의 냄새가 풍긴다.

사약란을 겁탈할 목적이라면 굳이 자신이 아니어도 상관없다. 망주 자신이 하기 싫으면 수하 중 아무나 시켜도 된다.

망주는 굳이 자신에게 시켰다.

사약란의 수궁사를 자신의 미간으로 옮겨놓으려는 의도다.

그래서 그가 얻는 건 뭔데?

"사일이라고 아시오?"

그는 항상 궁금하던 점을 물었다.

사약란이 눈을 동그랗게 뜨며 되물어왔다.

"오라버니를 아세요?"

第十一章

연인(戀人)

1

계야부는 어둠이 싹 가시는 걸 느꼈다.

이곳, 이 모든 것…… 사약란의 납치까지 포함해서 모든 안배가 그녀의 오빠를 죽이기 위함이다.

그는 교혈에서 죽은 흑의인을 떠올렸다.

모두 죽을 것이라고 했다. 누구도 죽음을 피하지 못할 것이라고 자신하며 죽었다.

사일이 어떤 사람인지 모르지만 이곳에 오면 죽는다.

"오라버니는 무공 고수겠군."

"그럼요. 얼마나 강하다고요. 한데 오라버니를 어떻게 알아요?"

그녀의 얼굴이 금방 환해졌다.

오라버니를 생각하는 것만으로 희망과 기쁨을 느낄 수 있을 정도면 사일이란 사람의 됨됨이를 짐작할 수 있다.

그는 그녀의 말에 대답하지 않았다.

잠시 주위를 서성거리며 생각을 정리했다.

자신은 죽었다. 육교사의 손에 처단되었다. 적어도 이곳에 오기 전까지만 해도 칠정산 무인들은 자신에 대해서 몰랐다. 이미 죽었다고 생각했다.

한데 이제 다시 자신을 이용하려고 한다.

사약란과 정사를 시키지 못해서 안달하는 게 그 때문이지 않겠나.

어떻게 이용할까?

동생이 겁탈당했다면? 오라버니가 그런 상황에서 할 수 있는 행동이란 몇 가지 되지 않는다. 이마에 붉은 점이 있는 자를 때려죽이는 것도 그중에 하나일 게다.

자신은 가만히 있나? 반격한다. 그동안 얻은 모든 것, 깨달은 모든 것을 총동원해서 맞싸운다.

그게 자신의 역할이다.

하면 자신이 나타나기 전에는 누굴 이용하려고 했나?

자신의 역할을 대신할 사람이 있어야 한다.

계야부는 어렵지 않게 한 사내를 떠올렸다.

'엽위상……'

엽위상이 사약란을 겁간했다면 사일은 어떤 행동을 취할까? 다짜고짜 때려죽일까? 아니다. 엽위상 정도 되는 인물이라면 짝을 맺어주려고 할지도 모른다.

그래서는 안 된다. 서로 치고받고 싸우게 만들어야 한다.

사일은 엽위상을 증오하게 될 것이다. 엽위상을 보는 순간 단매에 쳐 죽이려고 달려들 게다.

이들은 그렇게 조작하고도 남는다.

사일의 증오를 끌어올리려면 어떤 방법이 좋을까? 두말할 것도 없다. 사약란의 처참한 죽음이다.

'사약란은 죽는다.'

그는 무심한 표정으로 사약란을 쳐다봤다.

사일은 상당히 강하다. 안선이 여자를 이용하여 사일의 분노를 끄집어낼 만큼, 그래서 일말의 허점이라도 유도할 만큼, 이들이 이토록 세심하게 신경을 써야 할 정도로 강하다.

이런 식이 아니라면 그를 제거하지 못한다는 뜻이다.

사약란이 목표인 줄 알았다. 아니었다. 사일이 목표였다.

지금쯤 사일은 이곳 칠정산을 향해 달려오고 있으리라. 안선은 모든 행적을 감췄지만 사일에게만은 족적을 슬며시 드러냈을 것이다. 아니면 노골적으로 연락했을 수도 있고.

당신 동생을 보관하고 있으니 와서 찾아가라고 통보하면 움직이지 않을 사내가 어디 있으랴.

어쨌든 사약란은 죽는다.

죽을 시기도 미리 알 수 있다. 정사가 끝나고 사일이 산 아래에 도착하면 즉시 죽음의 서곡이 울릴 게다.

계야부는 냉정하게 생각했다.

현재, 사약란을 데리고 빠져나갈 수 있나? 없다.

몇 번을 고쳐 물어도 대답은 한결같다. 무공이 폐쇄된 상태에서는 최소한의 발악도 하지 못한다.

그는 생각이 정리되자 사약란에게 다가섰다.

"서군사, 당신을 안아야겠소."

참으로 떨어지지 않는 말을 했다.

그녀와 정사를 벌여야 무공을 되찾을 수 있다. 현재 상태로 사일 앞에 내놓을 수도 있지만 그에게 조금이라도 타격을 가하려면 무공을 회복시켜 주는 게 좋다.

만에 하나밖에 안 되는 가능성이지만 운이 좋으면 사약란의 목숨은 구하게 될지도 모른다.

한데 그녀는 뜻밖에도 방긋 웃었다.

"결정이 꽤 오래 걸렸네요."

"……!"

"역시 우린 이 방법밖에 없죠?"

그녀가 장삼을 벗었다.

다시 요요한 나신이 눈을 현혹시켰다. 너무도 아름답고 가녀린 육신이다.

"소저, 그 말은……?"

"이 사람들, 오라버니를 노리는 게 맞죠? 그럴 거예요. 제가 아니면 오라버니를 흔들 수 있는 게 없어요. 제가 먼저 죽을 것이고, 당신은 오라버니 손에 죽겠네요?"

아! 그녀는 모든 것을 알고 있었다.

"당신이 무공을 찾아도 오라버니에게는 안 돼요. 오라버니는 그야말로 무적. 단지 염려스러운 것은 화약(火藥)이에요. 이 산에는 상당량의 화약이 매설되어 있는데…… 천지를 바꿔놓기에 충분한 양이죠. 무공을 찾거든, 그것만 막아줘요. 그러면 오라버니를 건드릴 수 있는 건 없어요."

그녀가 활짝 웃었다. 알몸을 환히 드러내고 웃었다.

그녀는 서툴렀다.

살과 살이 맞닿는 순간부터 오들오들 떨기 시작했다. 입맞춤을 할 때는 대범하게 다가왔지만 파르르 떨리는 경련만은 감추지 못했다.

하나 그녀는 온 정성을 다했다.

계야부의 감정을 살폈고, 느낌을 받아들였다.

정사를 나누면서 사랑스럽다는 느낌보다 미안하다는 감정이 더 강하면 즐거움보다는 봉사가 된다.

두 사람은 서로가 서로에게 봉사를 했다.

그리고 드디어 파과의 순간이 다가왔다.

그녀의 허리가 활처럼 휘었다.

예상은 했지만 처음 겪는 경험에 적잖이 당황한 듯했다.

그녀는 온몸을 열었다. 계야부가 편히 움직일 수 있도록 자신을 모두 내주었다.

그녀의 팔에 찍힌 혈점이 사라지고 있었다.

붉디붉은 색이 서서히 옅어지더니 끝내는 언제 점이 있었냐 싶게 온데간데없이 사라져 버렸다.

계야부의 미간에는 인주로 쿡 찍어놓은 듯한 혈점이 생겼다.

"후웁!"

뜨거운 흥분과 함께 몸의 일부가 쏟아져 나갔다.

사약란은 그를 꼭 껴안았다. 그리고 손으로 부드럽게 등을 쓸어내렸다.

"수고했어요."

"……"

"큰 짐을 남겼네요."

그녀는 이미 죽음을 담담하게 받아들이기로 작심한 듯했다.

"나 싸움밖에 몰라."

"알아요. 그런 사람이었죠."

"군사라는 사람이 이렇게 말귀가 어두워서야."

"무슨 말이에요?"

"나 이런 것, 처음이야. 당신이 첫 여자라고! 첫 여자를 비통하게 죽인다면 너무 억울하잖아?"

사약란의 얼굴에 고소(苦笑)가 맺혔다.

계야부는 그녀가 얼마나 냉철한 여자인지 알지 못한다.

무총 서지단의 군사는 아무나 하는 게 아니다. 총주의 손녀라서 그 자리를 맡은 것도 아니다. 얼음장처럼 차가운 판단력이 그녀를 그 자리에 머물게 했다.

지금, 그녀의 판단은 죽음을 이야기한다.

검이 오라버니를 직접 겨눈 이상, 자신의 죽음은 필수가 되었다.

안선이 그런 점을 누구보다 잘 알고 있는 한, 계야부가 말하는 삶의 기회는 생기지 않는다.

버릴 것은 과감히 버리고 챙길 것은 챙기는 것.

이것이 군사가 할 일이다. 이것만 확실히 해도 웬만한 싸움은 거의 이긴다.

"여기서 나가면 흑정(黑井)부터 장악해요. 아! 흑정이 어딘지 모르죠? 여기서 나가면……."

"알아."

"알아요? 그럼 잘됐네요. 흑정을 장악하려면 망주와 싸워야 해요. 그자는 소안마도(笑顔魔刀)라는 별호를……."

그녀는 말을 잇지 못했다.

계야부가 그녀의 여린 동체를 꼭 껴안으며 말했다.

"나 욕심이 생겼어. 이야기를 듣다 보니까 너 보통 똑똑한

게 아니네. 이런 여자를 소안마도 같은 피라미에게 넘겨줄 수 없지. 내 미간에 표식까지 남겼잖아? 책임져."

그녀가 말했다.

"그럴 필요 없어요. 어차피 우리 서로 결과를 알고 있잖아요. 동정 같은 건 오히려 저를 비참하게 만들 뿐이에요. 그런데 이거…… 어쩌면 제가 해혈할 수 있을지도 모르겠네요."

그녀가 부드럽게, 손바닥이 살갗을 스치는 정도로 살며시 계야부의 몸을 더듬었다.

흑의인들이 문을 열었다.

그들은 안으로 들어서야 한다. 꼭 엉켜 있는 두 남녀를 갈라놓아야 한다. 사내는 남겨놓고 여자만 데려가야 한다. 서서히 작업을 시작할 때다.

첫 번째 사내가 뇌옥 안으로 발길을 옮겼을 때, 느닷없이 등 뒤에서 묵직한 것이 툭 얹어졌다.

"뭐……?"

흑의인은 얹힌 무게를 감당하지 못하고 나뒹굴었다.

계야부였다. 그가 흑의인의 등에 올라타면서 왼팔을 목 밑에 넣고 꽉 조였다.

"이런!"

다른 흑의인이 재빨리 검을 뽑았지만 공격할 수가 없었다.

계야부는 동료의 등에 찰싹 달라붙었다. 목을 조이는 힘도 거세서 금방이라도 목뼈를 분질러 버릴 것 같다.

어떻게 이런 일이 벌어질 수 있는가. 분명히 놈의 혈도를 단단히 찍어놨는데.

그들은 계야부가 군인이라는 점을 잊었다.

군인은 무공이 있거나 없거나 싸운다. 팔다리가 잘려 나가 병기를 들지 못하면 입으로 물어서라도 싸운다. 마지막 숨이 끊어질 때까지 악착같이 싸운다.

왜 그렇게 싸우는지 아나? 그렇게 싸워야만 자신이 살기 때문이다. 나라에 대한 충성 같은 건 없다. 국민을 보호한다는 마음도 없다. 오로지 살기 위해서 적을 죽인다.

지금도 마찬가지다.

혈도가 찍혔다고 손 놓고 있으면 죽는다.

진기가 없어도 사람 목은 조를 수 있다. 단검이라도 생기면 목에 들이대면서 죽인다는 협박 정도는 한다.

사약란이 재빨리 일어나 붙잡힌 흑의인의 허리에서 검을 빼냈다.

그제야 흑의인들은 사약란이 껴안고 있던 것이 옷더미라는 사실을 깨달았다.

"난 사람을 참 많이 죽였어. 염라대왕이 일찍부터 지옥에 자리를 마련해 놨지. 한 명 더 죽이는 것쯤은 일도 아니야. 우리 둘, 지금은 방해받고 싶지 않으니까 물러서."

흑의인들은 물러서지 않았다.

"후후후! 그럼 죽여. 자, 넌 우릴 따라……."

흑의인이 사약란의 손목을 낚아채려고 했다. 하나 계야부가 한 수 빨랐다. 그는 사약란이 건네준 검을 고쳐 잡은 후, 흑의인의 손목을 잘라왔다.

흑의인은 움찔하면 손을 뒤로 뺐다.

"동료의 죽음을 아랑곳하지 않는다. 좋군."

스으으으읏……!

"아악! 아아아아악!"

붙잡힌 흑의인은 처절한 비명을 토해냈다.

그의 목을 긋는 검이 너무나 느렸다. 천천히 고통을 최대한 주면서 깊은 비명을 유도해냈다.

비명은 적개심을 유발한다. 또한 공포감도 조성한다.

베는 자와 베이는 자의 기 싸움이다. 기에서 눌리는 쪽이 나쁜 것을 갖게 된다.

계야부는 하얀 이를 드러내며 씩 웃었다.

"저, 저놈……."

"으음!"

흑의인들이 신음을 토해냈다.

이겼다! 흑의인들은 적개심보다는 공포심을 더 많이 느낀다.

계야부는 목에서 피를 콸콸 쏟아내는 흑의인을 짐짝 던지듯 툭 팽개쳤다. 그리고 검을 들어 자신의 목에 겨눴다.

"시간이 필요하다고 했잖아. 물러서. 안 그러면 콱 죽어버
릴 테니까. 조금만 더 시간을 주면 될 것을 왜 이리 지랄이
야!"

계야부의 음성이 좁은 뇌옥을 쩡쩡 울렸다.

"후후후! 안 나와? 후후후후! 승이 고기 맛을 들이면 절에
빈대가 남아나지 않는다더니만…… 어차피 죽을 목숨, 덕이
나 베풀지, 뭐. 조금 더 놔둬."

유명단주는 무심히 말했다.

한데 곧 또 다른 보고가 이어졌다.

"그자들이 뇌옥에서 나왔습니다. 공기 좀 쐬야겠다고 밖으
로 나오고 있습니다."

그는 화가 치솟았다.

향주(香主) 한 명이 실종되었다. 그의 시신은 땅굴 속에서
발견되었다. 사람의 짓이라고는 볼 수 없을 정도로 처참하게
짓이겨져 눈 뜨고 볼 수가 없었다.

계야부의 소행이다.

놈은 지하로 들어가기 위해 향주를 죽였다.

유명단의 치욕은 거기서 그치지 않는다.

놈은 지척에다 교혈을 팠다. 조금이라도 주의를 기울였으
면 누구의 눈에라도 띄었을 텐데, 교묘히 숨어 있었다.

놈을 곁에 두고도 찾지 못한 죄는 상당히 크다. 자칫하면

천혼탈망에 큰 구멍을 낼 수도 있는 문제였다.

그 울분을 풀기도 전에 놈이 바짝바짝 약을 올려온다.

망주의 명만 아니라면 당장에 달려가서 요절을 내고 싶은데.

"아직도 죽겠다고 목에 검을 겨누고 있나?"

"혼자가 아니라 둘이 죽을 태세입니다."

"같이 죽겠다? 너흰 뭐 하는 놈들이야! 그놈은 혈도가 폐쇄되었어! 혈도가 막힌 놈조차 잡아내지 못한단 말이야! 가! 가서 다리를 부러뜨려 놔!"

"죄송하지만 손대지 말라는 엄명이 계셔서……."

유명단주는 한심하다는 표정으로 수하들을 쳐다봤다.

자신이 자리를 비울 수 있으면 좋으련만 그럴 수 없는 처지다. 사일이 언제 들이닥칠지 모를 판국이니…….

그는 자신의 호법(護法)에게 말했다.

"네가 가! 가서 놈은 안에다 처박아놓고 계집은 데려와! 아예 죽여 버리던가!"

계야부는 사약란을 꼭 껴안고 한발 한발 이동했다.

"곧 들이닥칠 거야."

"알아요."

두 사람은 침착했다.

한 사람은 적진을 넘나들면서 침착함을 배웠다. 또 한 사람은 위급한 상황을 넘기며 냉철함을 쌓았다.

그녀는 계야부의 옷 속에 손을 집어넣고 전신을 더듬어 나갔다. 그녀가 손을 움직일 때마다 옷이 꿈틀거렸다.

"저게, 저게, 저게 소위 명문 정파의 군사란 계집이 할 짓이야? 낯짝도 두껍네."

"놔둬. 오죽 굶었으면 저럴까. 이제 막 맛을 봤잖아. 저놈 몸 좀 봐라. 단단하잖아. 달려들 만도 하지."

"아예 자리를 펴라, 자리를 펴."

"하하하! 여기다 자리를 펴면 당장 눕겠는데."

주위를 둘러싼 흑의인은 온갖 음담패설을 늘어놓았다.

계야부는 한 손으로는 그녀의 허리를 단단히 부여잡고, 다른 한 손에는 검을 든 채 천천히 앞으로 나갔다.

그녀는 계야부에게 대롱대롱 매달려 온몸을 더듬었다.

처음에는 한 손만 집어넣었다. 하나 시간이 지나자 성에 차지 않았는지 남은 손마저 집어넣고 마구 더듬어댔다.

사내의 장삼을 걸친 여인이 사내의 속살을 만지는 모습은 상당히 도발적이었다.

그때다. 음침한 괴소와 함께 흑의인이 불쑥 나타났다.

"후후후! 말은 들었다만 두 눈으로 보고도 믿지 못할 일이 벌어졌군. 서군사…… 듣기로는 사내를 돌같이 여긴다던데, 뜨거운 여자였었나?"

"……."

사약란은 대꾸하지 않았다. 계야부에게 찰싹 달라붙어 온몸을 마구 더듬었다.

그녀의 손은 거침이 없었다. 등에서 가슴으로, 배로, 다시 등으로, 그러다가 급기야는 바지 속까지 더듬었다.

"이제 그만 하지. 차마 못 봐주겠군."

계야부는 그를 노려봤다. 그리고 그가 어떤 자인지 판별해냈다.

그는 다른 흑의인들과 다르다. 마음속에 비정함을 담았다. 다시 말해서 지금 이 자리에서 사약란을 벨 수도 있는 자다. 그럴 각오로 나타난 자다.

"한 식경, 한 식경만 시간을 주시오."

계야부의 얼굴에 간절함이 배어났다. 아니, 두 눈이 욕망으로 번들거렸다.

"후후후! 우하하하! 웃기는 족속들이군. 애들아, 방 하나 내줘라. 하하하!"

그는 앙천광소를 터뜨렸다. 방금 일생일대의 실수를 저질렀다는 사실도 모르고.

"지창(地倉)을 쳐요."

시약란이 낮게 속삭였다.

지창혈은 다문 입의 옆 사분(四分)에 위치한다.

계야부는 진기를 이끌어 지창혈을 타격했다.

"다음은 두유(頭維)예요."

이마와 머리칼의 경계 부근이다.

슈슈슈웃! 타악!

경맥이 뚫렸다.

온갖 방법을 다 써도 뚫리지 않던 경혈이 사약란이 일러주는 대로 진기를 이끌자 툭툭 트여 나갔다.

"다음은 발로 내려가요. 공손(公孫)."

엄지발가락 밑 마디 뒤에서 한 치 떨어진 곳이다.

슈우웃! 타악!

"전신 일주천(一週天)해 봐요."

"음! 안 돼. 가슴 신장(神臟)에서 막혀."

"그럼 두 군데 더 뚫어요. 유문혈(幽門穴)을 뚫고 내쳐 보랑혈(步廊穴)까지 파들어가요."

슈우웃! 파앗!

"어때요?"

"이상해. 전신 일주천이 되는데 진기 중 태반이 안개 속으로 스며드는 느낌이야."

두 사람은 꼭 껴안은 채 귓속말로 소곤거렸다.

그들을 지켜보는 눈이 많다.

나중에 나타난 흑의인을 비롯해서 처음에 뇌옥문을 열었던 흑의인까지 무려 이십여 명쯤 되는 사람들이 사약란을 쳐다보고 있다.

그들에게 사약란은 놓칠 수 없는 먹이였다.

죽이기 전에 간음이라도 해볼 수 있지 않을까 싶어 두 눈에 화광을 담고 쳐다봤다.

"양교맥(陽蹻脈)을 세차게 휘돌리고, 충맥(衝脈)을 역으로 건드려 봐요. 밑에서 위로 쳐올리는 거예요. 역린(逆鱗)이라서 상당히 고통스러워요."

계야부는 진기를 이끌어 단숨에 양교맥을 들이쳤다. 그리고 아랫배 기충혈(氣衝穴)도 돌아선 다음 유문혈(幽門穴)까지 치올렸다.

순간, 수천 마리의 개미가 우르르 달려들어 살점을 물어뜯는 듯한 통증이 치밀었다.

지금까지 참으로 많은 고통을 겪어봤다.

가장 가까이는 얼마 전에 독에 중독되어 교혈 속에서 혼자 사투를 벌이던 때가 있었다. 그때도 두 번 다시 그런 고통은 겪지 않았으면 싶었다.

한데 이번 고통에 비하면 모두 어린아이 장난이다.

개미가 달려든다고 하니 간지럽다는 느낌이 든다. 말을 바꾸자. 날카로운 이빨을 가진 식인 물고기가 떼로 달려들어 살점을 물어뜯는 고통이 이러할까.

"끄으으윽!"

그는 자신도 모르게 참담한 신음 소리를 토해냈다.

사약란을 안고 있는 손이 부들부들 떨렸다. 그녀가 안쓰러운지 꼭 껴안아왔지만 의식도 하지 못했다. 땅바닥을 데굴데굴 뒹굴며 마구 고함을 지르고 싶었다.

혹의인들은 그제야 비로소 뭔가 심상치 않은 일이 벌어지고 있음을 눈치챘다.

하기는, 미친 연놈들이 아니고서야 사람들이 이렇게 지켜보는데 서로 껴안고 뒹굴 리 없지 않은가.

처음부터 의심했어야 한다. 아니, 지금도 늦지 않았다. 바로 손을 써야 한다. 조금만 더 지체하면 그때는 정말 늦는다.

"죽엿!"

제일 먼저 호법이 신형을 날렸다.

2

사망 스물두 명, 중상 서른한 명. 몸을 움직이는 데는 지장이 없으나 치료를 받아야 하는 경상자는 오십여 명에 이른다.

삼백이십 명 중 삼 할에 이르는 백여 명이 나가떨어졌다.

"으음……!"

그는 미간을 잔뜩 찌푸린 채 눈을 내리감았다.

적은 상상 이상으로 강하다. 안선이란 놈들은 도대체 어떻게 생겨먹은 자들인가. 무총 천악망을 이토록 곤란하게 만드는 힘은 어디서 나오는 것인가.

애초부터 잘못된 시도였다.

막상 저들과 부딪쳐 보니 자신이 얼마나 오판하고 있었는지 절실히 깨달았다.

저들의 이목이 계야부에게 쏠리든 자신을 주목하든 상관없었다. 어떤 식으로 기습을 감행해도 자신의 생각처럼 단숨에 칠정산을 뚫고 올라갈 수는 없었다.

그래도 지금은 양호한 편이다. 안선은 방어만 할 뿐 공격해오지 않는다. 사망자와 중상자가 생긴 것도 그가 무리하게 밀어붙인 탓이지 안선이 나서서 공격한 것은 없다.

그러니만큼 반대의 경우도 생각할 수 있다.

때가 되었다 싶으면 저들은 밀고 내려올 것이다. 단숨에 척악망을 도륙해 버리리라. 그리고 그가 판단하건대 천악망은 다가올 폭풍을 막아낼 힘이 없었다.

그렇다. 천악망은 졌다.

실패의 요인은 내부에 있다.

안선의 간세를 처리하지 않고는 싸우는 족족 질 수밖에 없다. 이쪽 패를 환히 보여주면서 도박을 하고 있으니 이길 리가 있는가. 그것도 판돈이 잔뜩 쌓인 큰 판이다. 천악망 삼백여 명이 모두 투입되었으니 이보다 큰 판이 어디 있으랴.

고민은 간세를 잡아낼 수 없다는 거다.

며칠을 두고 봤다. 삼백여 명을 모두 지켜봤다.

의심스러운 점은 전혀 없었다.

"물러난다."

그는 자신이 무슨 말을 하는지도 몰랐다. 그냥 말 한마디가 툭 튀어나왔다.

"정말…… 이십니까?"

그제야 엽위상은 퍼뜩 정신을 차렸다.

자신이 분명 물러난다고 말했다. 사실 그에게는 이대로 싸움이 지속된다면 칠정산을 뚫기도 전에 천악망부터 몰살할 것이라는 패배감이 짙게 깔려 있었다.

몸도 마음도 모두 지쳤다.

이런 상태에서는 도저히 싸움이 안 된다.

"그래, 진심이다. 물러난다. 모두 몸을 추스르라고 해."

"알겠습니다."

수하가 읍을 하고 물러났다.

칠정산이 도도한 자태를 뽐내고 있다.

마치 그를 비웃는 듯하다. 덤비고 싶으면 얼마든지 덤벼보라고 말한다.

'간자를 추려내지 않고는 승산이 없어.'

그는 고개를 내둘렀다.

서군사, 그녀가 지척에 있는데 가지 못하고 있다. 손만 뻗으면 닿을 것 같은데, 발을 떼지 못한다.

"휴우!"

그는 깊은 한숨을 내쉬었다.

"뭐 하는 거냐?"

낯선 자가 와서 시비를 걸었다.

천악망은 기분이 좋지 않다. 그들 스스로 싸움에 패해 쫓겨 간다는 패배 의식을 떨칠 수 없다.

이런 판에 어떤 천둥벌거숭이가 시비를 걸어온단 말인가.

"가던 길이나 가시오."

무인들은 천막을 거두기도 하고, 짐을 싸기도 하면서 지나 가는 말로 툭 던졌다.

"뭐 하는 거냐고 물었다."

"이 양반이 정말! 상관할 것 없으니까 가던 길이나 가라고! 말귀 못 알아먹어!"

"이놈들…… 파락호가 다 되었구나."

사내의 얼굴에 조롱기에 맺혔다.

"이놈들? 파락호? 이 양반이 정말!"

무인들이 검을 잡았다.

그러잖아도 화풀이할 곳이 필요하던 참이다.

산에 오르며 참으로 힘든 싸움을 했다. 무적이라 생각했는 데, 무참히 깨졌다. 눈앞에서 동료들이 죽어갔다. 그러고도 산으로는 한 발짝도 들어서지 못했다.

그들에게는 칠정산이 지옥이었다.

그들 중에는 억울해서 이대로는 물러서지 못한다고 울부 짖는 자도 있었다.

그들의 눈에는 시비를 걸어오는 자가 꼭 칠정산에서 내려온 안선 무인으로 비쳐졌다.

"어디서 온 놈이기에 반말지거리냐!"

무인들이 그를 에워쌌다.

"한심한 인간들. 너희는 사람 손에 키워진 화초야. 어때? 세상에 나와서 비바람을 맞아보니."

순간, 그를 둘러쌌던 무인들의 안색에 곤혹스러움이 깃들었다.

"혹시…… 대공자(大公子)……?"

"엽위상은 어디 있나?"

"안쪽에 있습니다!"

그들은 급히 포권지례를 취했다.

시비를 걸어왔던 무인은 그들을 본 척도 하지 않고 걸어갔다.

그가 걸음을 내디딜 때마다 찬바람이 씽씽 분다.

그제야 무인들은 서로를 돌아보며 한숨을 내쉬었다.

천하에 강하기로 소문난 천악망을 온실 화초에 비유한 사람이 있다. 이궁을 떠나 바깥세상에 나오면 찰흙으로 만든 인형처럼 산산이 부서질 것이라고 기분 나쁜 소리를 했다.

대공자 사일도(謝一濤)다. 사 씨 집안의 장손이라는 뜻에서 사일이라고도 부른다.

그는 강하다. 무총에서는 총주 다음으로 강하다는 소문도 있다. 진위야 알 도리가 없지만 총주의 진전을 고스란히 이어

받은 것만은 틀림없다.

다른 사람이 천악망을 얕본다면 일전이라도 불사하겠지만 대공자 사일도가 그런다면 할 말이 없다.

그는 천악망을 무시할 만한 자격이 있다.

무인들은 거침없이 걸어가는 낯선 사내를 보면서 고개를 살래살래 흔들었다.

그가 왔으니 철수는 없다. 아마도 전열을 재정비해서 다시 공격해 들어갈 게 뻔하다.

누군가 말했다.

"짐을 풀자고."

"대공자."

엽위상은 벌떡 일어나며 포권지례를 취했다.

"힘든가?"

대공자 사일도가 툭 한마디를 던졌다.

아무것도 아닌 말이지만 묘하게 사람 비위를 긁어놓는다.

대공자의 말투가 원래 그렇다. 워낙 자신이 있어서인지 사람을 얕잡아 보는 경향이 있다.

건방지고, 난폭하고, 저돌적이고…….

그를 아는 사람들은 혀부터 내두른다.

하지만 그를 조금 더 깊이 아는 사람들은 다른 말을 한다.

그는 수하를 받아들이는 데 상당히 신중하다. 여간해서는 휘하에 두지 않는다. 하나 일단 휘하에 둔 자는 여아한 일이 있어도 반드시 지켜준다.

수하 중에 한 명이 위계질서를 깨뜨리고 상관에게 검을 겨눈 일이 있었다.

단순히 검만 겨눈 게 아니다. 싸움을 벌였고, 두 다리를 잘라내는 치명타를 안겼다.

무총 율법에 하극상(下剋上)은 참수(斬首)다.

사일도는 수하를 내놓지 않았다.

상관이라는 놈이 오죽 못났으면 직급이 낮은 자에게 베였겠냐며 오히려 잘했다고 칭찬을 했다. 그런 자는 쌀만 축내는 식충이라는 소리까지 했다.

당연히 무총 전체가 발칵 뒤집혔다.

일부는 하극상을 저지른 자뿐만이 아니라 그를 비호한 사일도까지 징계를 가해야 한다는 말까지 했다.

그러자 사일도는 수하들을 이끌고 무총을 나가 버렸다.

총주의 손자로 가만히 있기만 하면 무총을 이어받을 수 있는 입장이건만 수하를 지키기 위해 후계자 자리를 버린 것이다.

그때 무총을 나서며 그가 한 말은 유명했다.

"안일함만 추구하는 무총이라면 백 개를 줘도 마다하겠다. 이런 무총은 얼마든지 만들 수 있다. 어중이떠중이를 모아놓고 원주(院

主), 대주(隊主), 향주(香主) 한자리씩 떠넘기면 되는데 몇 개인들 못 만들겠는가. 문을 활짝 열고 만인의 도전을 받아라. 그리고 이 김으로써 강함을 증명하라."

그는 무총을 나선 지 사 년 만에 돌아왔다.
그것도 총주가 직접 나서서 타일렀기에 가능했다.
당금에 와서 사일도의 발길을 막을 수 있는 사람은 없어 보인다. 무인은 강해야 하고, 강하지 못하다면 강해지기 위해서 부단히 노력해야 한다는 그의 논리를 뒤집지 못하는 한, 그의 행보는 유아독존(唯我獨尊) 격으로 흐를 것이다.
사일도가 의자에 털썩 앉으며 말했다.
"오면서 봤는데, 빠질 준비를 하더군."
"네."
"도대체 어떤 상황인가?"
"……."
엽위상은 말하지 않았다.
그의 지휘를 받을 이유가 없다. 불쑥 들이닥친 것까지는 이해해도 천악망을 조종하는 건 용납하지 않는다.
"어떤 상황인지 물었어."
사일도의 눈빛이 싸늘하게 굳었다.
"대공자."
"간섭받기 싫다는 건가?"

"……."

"후후후! 그놈의 간섭. 무총이면 다 같은 무총인 게지, 네 게 어디 있고 내 것이 어디 있어."

"공자가 하실 말은 아닌 것 같소이다. 공자께서는 하극상을 저지른 석지(夕志)를 비호하지 않으셨소이까. 네 것, 내 것이 있는 게지요."

"후후! 그런가? 그래서 적 상황조차 말해주지 않는다는 건가? 다시 한 번 묻겠다. 칠정산 적정(敵情)이 어떤가?"

엽위상은 지도 한 장을 내밀었다.

"필요한 건 다 기재되어 있을 거요."

"정말 빠질 생각인가?"

"……."

"실망이군. 약란이를 위해서라면 지옥의 불구덩이도 마다하지 않고 들어가겠다고 설치는 인간들이 있었지. 제법 의기도 보여줬어. 한데 정작 때가 닥치니 꽁무니를 빼는군."

"공자!"

엽위상은 안색이 벌겋게 상기되어 사일도를 노려봤다.

"약란이가 저기 있다."

사일도의 표정은 무심했다.

"저 산에, 적의 수중에 약란이가 잡혀 있다. 네가 보호했어야 할 아이가 저기 있는 거야. 지금 너를 향한 내 분노…… 시험하지 마라. 그리고 앞으로는 천악망주가 약란이를 좋아한다 어쩐다 하는 소문…… 듣지 않았으면 좋겠어. 철저히 수하의 입장으로 돌아가서 상관을 모셔라."

엽위상은 주먹을 불끈 쥐고 부들부들 떨었다.

사일도의 말은 한 치도 어긋남이 없다. 그의 말이 맞다. 하지만 어쩔 수 없는 것을 어쩌랴. 이대로 공격을 지속할 수도 있지만 천악망의 전멸만 초래할 뿐인 걸 어쩌란 말인가.

"서군사를 위해서라면……."

"그만! 너는 모름지기 사내란 말보다 행동으로 답해야 한다는 걸 모르는군. 천악망주, 꽤 강하다고 들었는데…… 솔직히 지금 네 모습에서는 강함이 읽히지 않아. 소문이 잘못된 건가? 아니면 한낱 식충이가 천악망을 휘어잡고 있는 센가!"

"공자, 말이 심하……."

"식충이에게는 심하게 말해도 돼."

사일도와 엽위상의 눈길이 허공에서 부딪쳤다.

파파팟!

전율이 일었다.

허공에서 눈길이 얽히는 순간, 짜릿한 전율이 전신을 관통했다.

'이 사람…… 강하다!'

엽위상은 끝까지 쳐다보지 못하고 눈길을 피해 버렸다.

사일도의 눈에 야수의 눈이 깃들어 있다. 누구든 적으로 간주되면 당장 달려들어 물어뜯을 준비가 되어 있다.

천악망주라는 신분은 그에게는 아무것도 아니다.

서지단 단주라는 신분도 한낱 허울에 불과할 것이다.

그는 걸리는 자는 무조건 물어뜯는다. 자신이 한마디만 더 하면, 검이 날아온다. 틀림없다. 그를 한 번 더 건드린다는 건 싸워보자는 말과도 같다.

엽위상은 미간을 잔뜩 찡그리며 물러섰다.

"쯧! 여기도 식충이가 있었군."

등 뒤에서 비아냥거리는 소리가 들려왔다.

부사영과 오목에게 손님이 찾아왔다.

"너희들 이야기는 들었다."

그는 다짜고짜 반말로 시작했다. 그뿐만이 아니다. 두 사람을 쓸어보며 한 바퀴 빙 돌았다.

"뭐 하는 인간이야?"

"쓸 만하군."

"허! 뭐 이런 인간이……."

"계야부는 아직도 나오지 않았나?"

그가 칠정산을 쳐다봤다.

부사영은 검을 잡아갔다. 정체 모르는 자가 계야부를 입에 담는 건 좋지 않은 현상이다.

"아! 경계할 것 없어. 나, 석지라고 한다. 무총 대공자를 모시는 몸종이야."

그는 스스로를 몸종이라고 불렀다.

"공자님 말씀을 받들어서 너희를 가르치려고 왔다. 세상에 쓸 만한 무재(武才)는 많다. 하지만 공자님께서 원하는 진정한 싸움꾼은 드물어. 거의 찾지 못하는 형편이지."

그가 부사영을 흘깃 쳐다봤다.

"넌 기형장검을 쓰니 일격필살(一擊必殺)이 아니면 곤란하겠군. 타사인(打死刃)이 좋겠어. 넌…… 약삭빠른 자군. 하긴 환수는 아무나 하는 게 아니지."

사내는 두 사람에 대해서 환히 꿰고 있었다.

일신에서 풍기는 기도가 대단하다. 검을 차고 있어서가 아니다. 느낌이 그렇다. 멀리서 걸어오는 모습만 보고도 대단한 무인일 거라는 예감이 든다.

가까이서 마주하고 서면 섬뜩한 느낌에 오금이 저려온다.

미친개가 입에 침을 질질 흘리면서 다가올 때와 똑같은 기분이 든다. 그의 앞에서 말 한 번, 행동 한 번 실수하면 곧장 검을 날릴 것 같아서 마음이 조마조마하다.

부사영은 그런 그를 보고도 코웃음 쳤다.

"야! 너 몇 살이야?"

"……?"

"몇 살이나 처먹었는데 다짜고짜 반말이야! 보아하니 대가리에 피도 안 마른 것 같은데!"

"허!"

그는 부사영의 언사에 기가 막힌 듯 헛바람을 토해냈다.

두 사람에게 비급이 주어졌다.

부사영은 타사인이라는 비급을 건네받았다.

"이걸로 뭘 하라고?"

"수련하라고. 또 말해줘?"

"목적이 뭔데? 이런 걸 왜 주는데?"

"말했잖아. 공자님께서 너희들에게 관심을 가지고 있다고. 흔한 기회는 아냐. 다 너희들 하기에 달렸지만."

"흐흐흐! 누가 관심이나 있고?"

"좋게 말할 때 수련해라. 응!"

석지가 눈을 가늘게 떴다.

부사영은 아무 소리도 하지 못했다.

나이가 얼마나 됐냐고 물었다가 이십여 대를 얻어맞았다.

전장에서 배운 사검은 아무 쓸모가 없었다. 간신히 몇 대는 피했지만 어찌 된 것이 거미줄에 걸린 나비처럼 점점 손발을 움직일 수 없게 되었다. 그리고 급기야 뱃속에 든 것을 게워낼 정도로 지독하게 두들겨 맞았다.

오목은 대들 엄두도 내지 못했다.

"이걸…… 어떻게 수련하라고요?"

오목이 손에 들린 책자를 보며 말했다.

접연십팔타(接聯十八打).

타사인도 그렇고 접연십팔타도 그렇고, 무인들이 봤다면 입에 침을 흘릴 정도로 귀중한 절공들이다. 하나 두 사람은 손에 들린 비급의 가치를 알아보지 못했다.

"수련하는 방법도 가르쳐 줘야 돼?"

"언제 무공이란 걸 수련해 봤어야죠."

석지는 손으로 이마를 짚었다.

골치가 아프다. 그나마 부사영은 싸움터에서 잔뼈가 굵은 탓에 무공이란 걸 이해한다. 무공을 수련하기 더없이 좋을 만큼 골격도 다듬어졌다.

오목은 정말 힘들다. 평생 손놀림밖에 쓰지 않던 자에게 무엇을 가르친단 말인가. 공자는 왜 별 볼일 없는 이들을 주목했을까? 그리고 하필이면 왜 수련하기가 지극히 까다롭다는 두 절공을 가르치라고 했을까?

"너부터 들어. 타사인은 일격필살이야. 두 번째 검식이 없어. 오직 일격으로 끝나. 그렇다고 아무 때나 일격을 날리는 것은 아니지. 상대를 외통수로 몰아넣은 후에 일격을 가해야 해. 이 비급에는 상대를 모는 법과 일격을 가하는 법이 적혀 있어. 나머지는 나도 몰라. 내 무공이 아니거든. 네가 알아내. 다음은 너. 접연십팔타는 타사인과는 반대 개념이야. 시작을 하면 잇달아 십팔 타를 전개한다고 해서 접연십팔타라고 불러."

그는 두 비급을 설명해 나갔다.

3

쒜에엑! 쒜에에엑!

흑의인들의 공격은 성난 파도 같았다.

고통을 벗어나지 못하고 몸부림치는 계야부와 무공을 배우지 않은 사약란은 거센 파도 앞에 마냥 위태로운 작은 촛불이었다.

"끄으으으으......!"

계야부는 안간힘을 다해 고통을 참았다. 그 순간,

푸욱!

검 한 자루가 등을 뚫고 들어왔다.

"커어억!"

역린의 고통인지, 검에 맞은 고통인지 그의 신음은 너무 처참해서 가만히 내버려 둬도 죽을 것만 같았다.

쒜에엑!

검이 흐른다.

이번에 노리는 사람은 계야부가 아니라 사약란이다. 그녀에게서 허점을 찾으라면 수도 없이 찾을 수 있다. 그중에 등과 머리, 그리고 옆구리가 무자비한 검풍 앞에 무방비로 노출되었다.

스읏!

계야부는 이를 악물고 그녀를 바싹 끌어안았다. 그리고 뇌

려타곤(懶騾惰坤)을 써서 바닥을 데굴데굴 굴렀다.

파파팟!

간발의 차이로 그녀가 앉았던 자리에 검흔이 새겨졌다.

계야부는 이를 꽉 깨물고 천천히 일어섰다.

흑의인들은 덤비지 못했다. 느릿느릿, 천천히 일어서는 계야부의 모습에서 숨 막힐 듯한 압박감을 받았기 때문이다.

"됐어요?"

사약란이 근심스런 표정으로 물었다.

그는 대답하지 않았다. 그녀를 쳐다보지도 않았다. 두 눈에 피어나는 건 염라대왕도 고개를 내저을 지옥의 살기. 그런 눈으로 그녀를 쳐다볼 수 없었다.

그녀를 등 뒤로 돌려서 업었다.

헐렁한 장삼 자락을 바싹 끌어당겨서 꽁꽁 묶었다.

"눈 감아."

계야부의 음성에서 잔혹한 죽음의 냄새가 푹푹 풍겼다.

"괜찮아요. 볼 수 있어요."

"눈 감아."

"알았어요."

사약란은 그의 등에 얼굴을 푹 파묻었다.

계야부는 그제야 시선을 돌려 흑의인들을 노려봤다.

파파팟! 파파파팟!

눈과 눈이 허공에서 얽혔다.

흑의인들은 예리한 눈으로 계야부의 상태를 살폈다.

혈도를 풀었나? 진기를 운용할 수 있나? 하면 유령사귀들을 죽일 때의 신위가 그대로 드러날 텐데. 쥐도 새도 모르게 향주를 납치해서 죽인 솜씨가 고스란히 나올 텐데.

흑의인들은 선뜻 다가서지 못했다.

뚜벅! 뚜벅!

계야부가 무거운 걸음으로 그들에게 다가섰다.

두 팔은 축 늘어뜨렸다. 공격하고 싶으면 얼마든지 하라는 듯 전신을 환히 노출시켰다.

그에게서는 싸움의 의지를 읽을 수 없다. 무심히 죽음을 향해 다가서는 사람처럼 보인다. 하나 그의 눈빛을 보는 순간, 그의 허점은 온데간데없이 사라져 버린다.

활활 타오르는 눈이, 굶주린 늑대의 눈빛이 모든 허점을 막아내고도 남는다.

그를 가격한 일 검은 상당히 중한 상처를 남겼다.

등으로 뚫고 들어가 배로 삐져 나오는 관통상을 입혔다.

그의 등과 배는 피로 얼룩졌다. 지금 이 순간에도 붉은 핏물이 줄줄 흘러내린다.

그런데도 공격할 수가 없다.

그를 공격하는 자, 일 검은 성공할지 모른다. 하나 죽는다. 그가 놓아주지 않을 것이다.

"와라. 오지 않으면 내가 간다."

계야부의 말이 진실처럼 여겨졌다. 공격하지 않으면 검 한 번 휘둘러보지 못하고 죽임을 당할 것 같았다.

"타아앗!"

흑의인 중 한 명이 옆구리를 노리고 검을 뻗어왔다. 아니다. 옆구리를 노리는 척하다가 번쩍하는 섬광과 함께 다리를 노렸다.

뚜벅! 뚜벅!

계야부는 태연히 두 걸음을 더 옮겼다.

검이 지척에 다가왔다. 이제 곧 살을 파고든다. 막기도 피하기도 늦었다.

흑의인의 얼굴에 회심의 미소가 흘렀다. 한편으로는 괜히 검에 변화를 주었다고 후회도 했다. 그대로 쳐나갔다면 옆구리에 치명상을 가할 수 있었는데.

그 순간이다. 검이 다리를 베어내려는 순간이다.

계야부는 신형을 빙글 돌렸다.

상대의 검을 보고 취한 행동이 아니다. 본능적으로 피해야 한다는 생각에서 몸을 돌렸다. 하나 이어지는 행동은 본능이 아니다. 싸움을 전전하며 몸에 배인 전투력이다.

쉬이익!

검이 다리를 비켜가는 찰나, 그는 몸을 바짝 붙이며 오른손을 올려쳤다.

퍼억! 우직!

혹의인은 턱뼈가 산산조각 나는 순간, 눈을 질끈 감았다. 무엇인기가 두 눈을 향해 다가왔기 때문이다. 하나 한발 늦었다. 오른손에 이어 곧바로 던져진 왼손 손가락이 그의 두 눈을 움푹 후벼 팠다.

"아아악!"

그는 두 손으로 얼굴을 가리며 처절한 비명을 내질렀다.

계야부는 떨어지는 검을 주워 들었다. 그리고 일말의 사정도 담지 않고 고통에 쩔쩔매는 혹의인을 베었다.

털썩!

커다란 몸이 짚단처럼 쓰러졌다.

더 이상 비명은 들리지 않았다. 바늘 떨어지는 소리도 들릴 만큼 조용했다.

"와라! 오지 않으면 내가 간다!"

계야부는 한 번 했던 말을 또다시 읊조리며 혹의인들을 향해 다가섰다.

혹의인들이 우르르 물러섰다.

정말 위험한 순간이다.

해혈(解穴)은 성공하지 못했다. 충맥을 건드린 대가로 온몸이 갈가리 찢겨 나가는 것 같은 고통이 치민다. 솔직히 숨 쉬며 서 있기도 힘들다.

하나 그런 내색을 하면 그 시간부로 끝장이다.

계야부는 이를 악물고 참았다. 고통에 절절매는 감각을 애써 다독거렸다.

흑의인들은 좀 더 냉철하게 사태를 주시했어야 한다. 그랬다면 계야부가 무공을 사용하지 못한다는 사실을 눈치챘을 것이다.

흑의인을 죽이기는 했지만 본신 무공과는 거리가 멀었다.

흑의인은 계야부가 무공을 되찾았다고 지레짐작했다. 그는 공격을 하면서 망설였고, 찰나의 망설임이 그의 공격을 삼할 정도나 둔화시켰다.

계야부는 본능으로 싸웠다.

전장에서 싸울 때처럼 '재수없으면 죽는 거지' 하면서 하고 싶은 대로 손짓발짓을 했다.

일부러 잔인해지려고 턱뼈를 부수고 눈을 찌른 것이 아니다.

무공을 모르는 그가 무인을 상대하기 위해서는 인체에서 가장 취약한 부위를 공격해야만 했다.

얼굴 쪽을 공격했으니 턱뼈와 눈이었지 그렇지 않았다면 낭심을 걷어찼을 것이다.

요행히 한 명은 죽였다.

다른 자가 또 공격해 오면 어떻게 될지 모른다. 피할 수 있을지, 아니면 검에 맞을지.

그는 상대가 공격하지 못하게끔 자신이 다가섰다.

흑의인들은 이미 기세를 잃었다. 그들 중 한 명이 처참하게 죽은 것으로 싸움의 판도가 완전히 기울었다.

쿠웅! 쿠웅……!

사방에서 석벽이 내려왔다.

"괜찮아요?"

그녀는 계야부의 등에 머리를 묻는 순간, 무엇인가 잘못되었다는 것을 깨달았다.

진기를 끌어올리지 않는다.

피는 급하게 뛰고, 심장 박동 소리는 규칙적이지 못하다.

몸이 굉장히 안 좋은 상태다. 그녀도 확연히 느낄 만큼 기혈(氣血)이 심하게 뒤틀렸다.

그는 그런 상태로 흑의인을 죽였다.

그들은 다시 갇혔다.

사방을 둘러싼 석벽 때문에 한 걸음도 옮길 수 없다.

한데 그런 상태가 오히려 다행으로 여겨진다. 흑의인들과 검을 맞대지 않은 것만도 천만다행이다.

"내려줘요. 다시 한 번……."

"안 돼. 놈들이 지켜보고 있어."

"……."

사약란은 입을 다물었다.

"방법이 없을까?"

이번에는 그가 물어왔다.

사약란은 두 손으로 그의 등을 쓰다듬었다. 머리도 살며시 만졌다. 겨드랑이 사이로 손을 뻗어 가슴도 더듬었다.

등에 업힌 상태에서 만질 수 있는 부위는 모두 만졌다.

"계속할래요? 자신없어요."

"후후후! 서지단 군사는 자신없다는 말 같은 건 하지 않을 줄 알았는데."

"좋아요! 그럼 해요. 아파도 난 몰라요."

그녀는 머리카락 사이에서 세침을 꺼내 건네주었다.

"이걸로 기충혈(氣衝穴)을 찔러요."

"충맥을 또?"

"그러니 자신없다고 했잖아요."

"하지."

"아플 텐데요?"

"내 등에 병 주고 약 주는 사람이 있잖아. 먼젓번에 병을 줬으니 이번에는 약을 주겠지."

"어멋! 그렇게 말하면 섭섭해요."

두 사람은 가벼운 농을 주고받았다.

서로가 서로를 안심시키려는 의도다.

계야부는 사약란의 자신감을 고양시켜 주고 싶었다. 언제나 처럼 자신만만하게 살아갔으면 싶다.

사약란은 충맥 역린도 별것 아니라는 점을 일깨워 주고 싶었다. 역린 때문에 극심한 고통을 받은 후인지라 이번에도 아

플 것을 염려하는 게 사람 마음 아니겠나. 그런 마음을 조금
이나마 누그러뜨리고 싶었다.

푸욱!

계야부는 망설이지 않고 세침을 찔렀다.

"곧바로 역린요."

진기를 끌어올렸다. 그리고 그녀가 말한 대로 충맥을 거슬
러 올라갔다.

원래 충맥은 혈해(血海)라고도 불린다. 피의 바다, 십이경(十
二經)의 바다, 오장육부(五臟六腑)의 바다다.

충맥은 아랫배 내생식기에서 임맥(任脈), 독맥(督脈)과 함
께 일어난다. 기충혈을 시작점으로 족소음신경(足小陰腎經)과
함께 위로 올라가 가슴에서 흩어진다.

역린은 거꾸로 내려오는 것을 의미한다.

흔히 역린이라고 하면 밑에서 위로 거슬러 올라가는 것을
말하지만 충맥의 경우에는 정반대여서 가슴에서부터 내리꽂
히는 것을 역린이라 한다.

시작점은 유문혈(幽門穴)이다.

통곡(通谷), 음도(陰道), 석관(石關)을 지나 단숨에 기충혈까
지 내리꽂혔다.

파아아앗!

기충혈로 들어간 진기가 흔적도 없이 사라졌다.

"진기가?"

"없어졌어요?"

"……"

"호호호! 축하해요. 드디어 해혈했네요."

"이상없는 건가?"

"그런데 왜 반말이에요? 관계를 가진 후부터 계속 반말이네요?"

"그게 남자야. 여자를 무시해서 그러는 게 아니고 편한 게 좋아서 그래."

"좋아요. 봐줄게요. 운기나 해봐요."

계야부는 진기를 끌어올렸다.

이 갑자의 막대한 진기가 사지백해로 흘러들었다.

그리고 그때에야 그는 자신의 처지를 깨달았다.

이 갑자 내공, 세공단, 한 달간의 시한부 생명.

뇌옥에서 보낸 시간이 얼마나 되는지 모르지만 거의 한 달이 다 되어가는 것 같다.

잠시나마 사약란을 자신의 여자로 생각했다.

이런 여자와 살려면 무림을 벗어날 수 없으리라. 그것도 좋다. 무림에서 살면 어떤가. 그녀가 하는 일을 도와서 자잘한 일이라도 처리해 주면 좋지 않은가.

그녀와 함께 사는 것을 생각했다.

웃기지도 않는다.

이제 곧 죽을 놈이 무슨 꿈을 꾸고 있었던 겐가.

그녀를 안은 보답에서라도 이 지옥만큼은 벗어나게 해주
련다.

"곧 연기가 피어날 거야. 방법이 없나?"

"제가 뭐 요술 주머니예요? 어려운 것만 있으면 제게 묻네
요?"

"……."

"호흡법 중에 신망정식(身亡停息)이라는 게 있어요. 그냥
정식이라고 해도 돼요. 숨을 멈추는 방법인데, 우선 코 주위
와 입 주위의 십사 개 혈을 봉쇄해야 돼요."

그녀는 급히 신망정식법을 설명했다.

석벽 틈새에서 연기가 피어나고 있었다.

"할 수 있겠어요?"

"해야지. 다시 잡힐 수는 없으니까."

"전 잠시 자야겠어요."

사약란이 연기에 취해 잠이 들었다.

정식이라는 건 참으로 힘들다.

먼저 호흡 기관을 닫아야 한다. 그리고 인체의 기능을 멈춰
야 한다. 생존에 필요한 최소한의 움직임만 남겨놓고 나머지
는 꾹꾹 눌러 닫아버린다.

뇌의 기능도 중단시켜야 한다.

뇌는 덩치도 작은 놈이 가장 많은 공기를 소모한다. 몸 전

체가 쓰는 공기보다 뇌가 쓰는 공기가 더 많다. 뇌의 활동을 억제시키되, 외부에서 움직임이 일어나면 즉각 반응할 수 있도록 최말단의 신경은 살려놓는다.

굶주린 사람에게 쌀 한 톨을 주면서 한 달을 버티라고 하면 미친놈 소리를 들을 게다.

신망정식법이 바로 그것이다.

큰 호흡 한 번으로 사나흘을 버틸 수 있는 절공이다.

그렇기에 정식이라는 말 앞에 신망(身亡)이라는 말이 붙는다.

신망이 뭔가? 육신이 망한다는 뜻이다. 여기서는 죽을 망 자로 쓰여 육신이 죽는 것을 의미한다.

호흡을 정지하는 정도가 죽음과 비슷한 상태여야 한다.

꾸르르릉!

요란한 소리가 지축을 흔들었다.

계야부는 즉시 깨어났다. 지축은 그의 몸도 흔들었고, 움직임에 반응한 신경은 곧장 뇌에게 위험을 경고했다.

"얌전해졌군. 후후후!"

흑의인들이 웃으며 들어왔다. 그 순간,

쒜에엑!

한줄기 검기가 검은 옷자락 사이를 파고들었다.

"커억!"

비명 소리는 다른 비명을 끌어냈다.

"크윽!"

그들은 비명밖에 지르지 못했다. 다른 말을 하려고 했지만, 육신을 파고드는 검기가 너무 강렬해서 비명부터 새어 나왔다.

단숨에 여섯 명을 벤 그의 검이 낯익은 흑의인을 겨눴다.

자신의 배에 일 검을 틀어박은 자와 체형이 똑같다. 무엇보다도 전신에서 방출되는 기도가 딱 그자를 연상시킨다.

"향주인가?"

"어떻게……? 신착산(神錯散)을 흡입했는데 어떻게……?"

"향주인가!"

"호, 호법. 유명단주의 호법이다."

그는 떨리는 음성을 간신히 감췄다.

"사일이 왔나?"

"아, 아직. 내일이나 모레쯤."

계야부의 입가에 미소가 배었다.

순간, 흑의인은 죽음을 감지했다. 계야부의 웃음이 사정없는 손속을 예고했다.

"에잇!"

그는 이를 악물고 검을 날려왔다.

쉐에에엑!

혈도가 막혔을 때는 한없이 빨라 보였는데, 지금 보니 너무나 늦다. 이렇게 늦어서야 어디 맞아주겠나. 이보다 배 정도는 빨라야 맞아주는 시늉이라도 하지.

쒜엑! 까앙! 푸욱!

뒤늦게 전개한 그의 검이 한발 앞서 나갔다. 호법의 검을 위로 튕겨내고, 곧장 짓쳐 나가 목 한가운데를 꿰뚫었다.

"끄륵!"

그는 호법의 죽음을 확인하지 않았다.

그럴 틈이 없다. 이곳에는 흑의인이 적어도 십여 명 이상 살아 있다. 그리고 그들은 목숨을 구하기 위해 숨거나 도주하려고 한다.

가도록 내버려 둘 수 없다.

이들이 지하를 벗어나는 순간 곧바로 천혼탈망이 가동된다.

피곤한 싸움이 다시 시작되는 것이다.

그러기 전에 지하를 장악해야 한다. 잔인하다고 해도 할 수 없다. 살아 있는 목숨은 모두 끊어야 한다.

그리고 밤이 되기를 기다렸다가 은밀히, 아주 은밀히 칠정산을 벗어난다.

이미 한 번 경험해 본 천혼탈망이다.

싸우는 것이라면 몰라도 은밀히 빠져나가는 것은 자신있다.

쉐에에엑!

"아아악!"

전각 지하에서 비명 소리가 처절하게 울렸다.

第十二章
대공자(大公子)

1

그에게는 열한 명의 수하가 있다.

세인들은 그들을 십일영자(十一影子)라고 부른다. 열한 명
의 그림자라는 뜻이다.

십일영자 중 열 명이 칠정산으로 들어섰다.

쒜에엑! 파파팟!

사방에서 보이지 않는 검이 불쑥불쑥 튀어나온다. 분명히
아무것도 없었는데, 느닷없이 장창이 솟구친다. 화살도 날아
온다. 표창을 비롯하여 수리도까지, 온갖 암기가 총동원되었
다.

십일영자는 몸을 슬쩍 움직이는 정도의 아주 가벼운 행동

만으로 폭우처럼 쏟아지는 공세를 피해냈다.

이 정도는 천악망도 해냈다.

일직선으로 날아오는 공격은 피하기 쉽다.

"주어진 시간은 한 시진. 주공을 실망시켜서야 면목이 안 서지."

"말이라고! 자, 천천히들 오라고!"

십일영자 중 한 명이 쏜살같이 쏘아 나갔다.

"허! 저놈의 성질하고는. 우리 심심한데 누가 먼저 올라가나 내기나 할까?"

"좋지. 한 달 동안 술값 뒤집어쓰기. 어때?"

"이런 기회가 흔한 것도 아닌데 왕창 뜯어보자고. 석 달 어때?"

"좋아, 석 달로 하지."

"하하하! 그럼 나도 좀 서둘러야겠는걸."

또 한 명이 치달려 올라갔다.

그들은 천혼탈망 정도는 안중에도 두지 않았다.

'우물 안 개구리였다.'

엽위상은 열한 줄기의 빗살을 보면서 한없이 초라해지는 자신을 느꼈다.

중원을 사 등분하는 서지단에서 상당히 비중있는 천악망을 맡을 정도면 중원무림에서 그를 모르는 사람은 없다고 할 것이다.

반면에 십일영자에 대해서는 알려진 것이 거의 없다.

석지 정도가 큰 사건을 일으킨 까닭에 알려졌을 뿐이다.

한데 오늘 보니 그들의 무공이 결코 자신보다 못하지 않다.

그들은 칠정산을 거침없이 올라간다. 검이고 도고 창이고 밀려오는 것은 모조리 튕겨낸다. 천악망에게 막대한 타격을 안겨준 녹색 인간들도 형편없이 무너진다.

그들의 발길을 묶어놓을 것은 없을 듯싶다.

'며칠 동안 두들겨도 무너지지 않던 칠정산이 하루 만에…… 후후후! 사일도, 역시 큰소리칠 만했소.'

무총 본단에는 사람이 없다고 여겼다.

중원 일을 모두 지단에서 도맡아하고 있는 까닭이다.

실제로 본단은 중원 전체를 떠들썩하게 만드는 사건에나 끼어드는데, 그런 일은 백 년에 한두 번이나 일어날까 말까 한다. 사실상 본단은 허수아비나 마찬가지다.

총주가 있고, 또 누가 있나?

한데 아니었다. 본단이 일어서면 지단 정도는 하루아침에 날려 버릴 수 있었다. 굳이 총주나 대공자가 나설 필요도 없었다. 기타 기구들을 들먹거릴 필요도 없었다. 이들 십일영자만 내보내도 극심한 타격을 입힐 게 뻔했다.

"보기 좋지 않나?"

그의 등 뒤에서 묵직한 음성이 들려왔다.

"보기 좋소이다."

그는 솔직하게 말했다.

이런 점에서는 구질구질하고 싶지 않다. 자신보다 훨씬 약했던 계야부에게조차 장족의 발전을 한 무공을 칭찬한 그다.

인정할 것은 인정하고 숨길 것은 숨기며 이룰 것은 이룬다.

"솔직하군."

대공자 사일도가 옆에 와서 섰다.

"아직도 약란이를 위해서 목숨을 버릴 생각은 없나?"

"오해가 있는 듯한데…… 소저를 위해서라면 이깟 목숨 아깝지 않소이다. 단지 대공자가 천악망을 좌지우지하는 일은 월권이라 생각되는바……."

"안 되겠군."

사일도가 웃으며 엽위상을 쳐다봤다.

"혹시나 하고 다시 한 번 살펴본 건데, 자넨 안 돼."

"뭐가 안 된다는 말이오?"

"약란이 짝으로는 불합격이야."

"……."

"이깟 목숨이라…… 참으로 건방진 소리 아닌가. 이깟 목숨이라니. 하늘이 주신 하나뿐인 목숨을 그리 가볍게 여겨서야 어디 큰일인들 하겠나."

순간, 엽위상은 자신이 두 가지 시험에서 떨어진 걸 깨달았다.

하나는 사일도가 말한 대로 사약란의 짝으로 부족하다는 것이고, 다른 하나는 사일도의 측근이 될 수 없다는 뜻이다.

그는 십일영자만 보낼 사람이 아니다.

다른 일도 아니고 동생을 구하는 일인데 손수 나서지 않을 리 없다. 뒤에 남아서 특별히 할 일이 있는 것도 아니고. 그렇다. 특별히 할 일이 있었기에 뒤에 남은 것이다.

엽위상, 자신을 살피고 있었다.

측근으로 쓸 수 있는 자인가?

가능성이 있기에 남았던 거다. 쓸 만하다고 판단했기에 한 번 더 지켜본 것이다. 그리고 최종적으로 곁에 두고 쓰기에는 부족한 점이 많다고 결론 내렸다.

그의 수하 되기가 하늘에 별 따기라더니.

"목숨을 아껴. 하늘이 주신 하나뿐인 목숨 아닌가. 하하하!"

사일도는 호탕하게 웃으며 걸어갔다.

십일영자는 누가 먼저 정상에 도착하나 내기를 했다. 그리고 무풍지대(無風地帶)를 거닐 듯 사람의 벽을 뚫고 나가는 데 하등 어려움이 없었다.

하지만 그들은 일제히 걸음을 멈췄다.

정상까지는 아직도 절반이나 남았다.

이제 겨우 녹색 인간들을 떨쳐 내는 중이다. 흑색 인간들과는 검도 섞어보지 않았다.

"기분 나쁜데."

붕비(鵬飛)가 말했다.

"너무 싱거워. 마치 길을 열어주는 것 같지 않나."

소예(蘇藝)가 말을 받았다.

"결국 함정이란 이야기군."

양소명(楊小明)이 주위를 예리하게 훑어보며 말했다.

그들은 싸움 경험이 풍부하다.

석지가 난리를 일으키는 통에 무총을 빠져 나와 중원을 떠돌았지만, 그 기간 동안 십일영자는 각기 백전(百戰) 이상을 쌓았다. 보름에 한 번씩은 목숨을 걸었던 것이다.

살이 되고 피가 된 참으로 유익한 기간이었다.

그런 경험이 그들의 발길을 멈추게 만들었다.

"이런 산에는 함정을 파도 별것없는데…… 나 같으면 잔머리를 쓰느니 차라리 전력을 다해 싸우겠어. 천혼탈망, 힘을 다하면 대단할 것 같아서 하는 말이야."

홍법(洪法)이 말했다.

그는 불가에 출가했다가 사일도를 만난 후 세속으로 다시 환속한 특이한 경력을 지닌 자였다.

"실제로 대단하지. 천악망을 꼼짝 못하게 묶어놨으니. 공자께서 천악망주를 짓뭉개 놨지만 사실 그도 할 바는 다 했잖아? 더 이상 어떻게 해? 쓰러진 사람을 다독여 일으키지 않고 더욱 짓밟아서 분발케 만드는 것. 공자께서는 참으로 곤란한 취미를 가지셨단 말이야."

량준(梁俊)이 실실 웃으며 말했다.

석지를 제외한 그들 열 명은 한가하게 잡담이나 즐기지는 않았다.

말을 나누는 동안 자연스럽게 한자리에 모였고, 각기 십 방(十方)의 위치를 한자리씩 도맡았다.

그들을 가로막는 건 없다.

그들은 그게 불안한 것이다.

"뭐냐?"

사일도가 뒷짐을 진 채 편안한 모습으로 걸어왔다.

"함정이 있는 것 같습니다. 무슨 함정인가 생각 중이었지요."

붕비가 십일영자를 대신해서 말했다.

"후후! 올라가자."

사일도는 함정 같은 것은 전혀 고려치 않았다.

그는 무모한 사람이 아니다. 오히려 너무 치밀해서 돌다리도 두들겨 보고 건너는 사람이다.

그런 그가 무심히 걸을 때는 두 가지 중 한 가지 때문이다. 사약란에 대한 염려가 발걸음을 재촉했거나, 함정이 무엇인지 알았다는 것이다.

"난 함정."

"난 약란으로 하지."

"흠! 나도 약란. 우리가 모르는 함정은 공자도 몰라."

그들은 또 내기를 했다.

사일도가 듣거나 말거나 개의치 않았다.

그들은 '황학루(黃鶴樓) 사흘 대여'를 조건으로 내기를 성립시켰다.

이제 남은 문제는 사일도의 마음을 아는 것이다. 무엇인가? 약란에 대한 염려인가, 함정을 알아차린 것인가.

"공자, 뜸 들이지 말고 속 시원히 말 좀 해주십시오."

양소명이 바싹 다가붙으며 말했다.

사일도는 앞만 보고 걸으며 말했다.

"화약."

"넷? 화약이라면……?"

"바람을 잘 맡아봐. 바람결에 화약 냄새가 묻어 나올 거야. 이 정도 냄새면…… 후후! 칠정산을 통째로 무너뜨리고도 남을 정도군. 우리 오늘 여기서 뼈를 묻어야겠어."

"뼈는 어디다 묻어도 좋은데, 그럼 제놈들까지…… 아! 이 새끼들! 그래서 내뺐구나!"

량준이 쩌렁쩌렁 울리는 음성으로 말했다.

칠정산에 있는 모든 무인들이 들으라고 한 소리다. 자신들의 상관이 그들까지 폭사시킬 생각이니 숨어서 기습할 생각을 버리고 몸이나 피하라는 뜻이다.

"아미타불! 이자들, 목숨을 버리기로 작정했군."

홍법이 두 손 모아 합장을 하며 말했다.

유령사귀들은 앞을 막지 않았다. 그들이 올라가도록 길을 환하게 터주었다. 대신에 뒤를 막았다. 올라갈 때는 편히 가지만 내려올 때는 혈전을 치르라는 뜻을 노골적으로 내비쳤다.

처음에는 그래도 공격 같은 것을 했다.

전혀 공격을 하지 않으면 의심을 살까 봐 그랬던 모양이다. 그렇게 싸우다 보면 함정이 있다는 것을 눈치채지 못한다. 자신이 강한 줄 알고 산정까지 일로 치달리게 되어 있다.

설마 중간쯤에서 함정을 눈치채고 발걸음을 멈출 것이라고는 꿈에도 생각하지 않았으리라.

그들이 당황해할 때, 사일도가 숨통을 틔워주었다.

내처 올라가기 시작했다.

그들에게는 이것보다 더 잘된 일이 없을 것이다. 또한 함정이 있다는 것까지 발각되었으니 불필요한 싸움을 할 필요도 없어졌다.

그들은 쫙 길을 열었다.

칠정산을 무너뜨릴 정도의 화약이면 이들 역시 죽음을 면키 어려울 텐데, 목숨 같은 건 아랑곳하지 않는다. 오직 동귀어진(同歸於盡)만 염두에 두고 있다.

이런 싸움은 힘들다.

    상대가 강하고 약하고를 떠나서 목숨을 버리기로 작정한 사람들과 싸우는 것은 소름 끼치도록 두렵다.

    그들은 정상을 향해 올라갔다.

    "올라오느라 수고 많았어. 자, 이리 와 앉아. 우선 칼칼한 목부터 축이자고."

    잘생긴 청년이 널찍한 바위에 앉아서 사일도 일행을 맞이했다.

    그의 앞에는 자그마한 소반에 술과 안주가 놓여 있었다. 그리고 맞은편 삼 장쯤 떨어진 곳에 자신과 똑같은 술상이 또 하나 차려져 임자가 나타나기를 기다렸다.

    사일도는 술상 앞에 가서 앉았다.

    "다시 한 번 말하네. 오느라 수고했어. 한잔하지."

    그가 술을 따라 단숨에 들이켰다.

    사일도도 술을 따라 마셨다. 그처럼 단숨에 마시지 않고 조금씩 술맛을 음미하며 마셨다.

    그가 말했다.

    "사일도의 배짱은 하늘도 고개를 내젓는다더니 그 말이 맞군. 화약이 매설된 걸 알면서도 태연히 오고, 술에 뭘 탔는지도 모르면서 쭉 들이켜고."

    "약란이는 어디 있나?"

    "여기 없어."

"후후후! 네 배포도 적은 것 같지 않아서 대작을 해줬다. 한데 이 정도밖에 안 되는 건가?"

"훗! 사람 말을 믿을 때는 믿어야지. 왜? 여기 없다고 하니 믿기지 않나?"

사일도의 눈에서 신광이 번뜩였다.

두 사람은 서로를 알아봤다.

무공의 깊이, 인간 됨됨이, 성장 배경까지 짐작할 수 있는 건 모두 짐작해 냈다.

'거짓이 아니다!'

사일도의 눈썹이 꿈틀거렸다.

"다른 곳으로 옮기지도 않았고 이곳에도 없고. 무슨 일이 있었군."

"하하하! 하하하하! 과연 사일도야. 단번에 알아맞히는군. 맞아. 일이 있었어."

짝! 짝!

그는 말을 하다 말고 손뼉을 쳤다.

그러자 머리부터 발끝까지 흑색 일색인 흑의인이 양손에 하나씩 사람 머리 두 개를 가지고 왔다.

"저놈이 서군사를 놓친 장본인이야. 뇌옥에서 죽어 있더군. 목은 내가 잘랐어."

그가 왼쪽에 있는 머리를 가리키며 말했다.

"저놈은 명색이 단주란 놈이야. 그런 놈이 이번 일에서 가

장 중요한 부분을 놓쳐 버렸어. 상당히 심혈을 기울여 만들었
는데, 저놈 실수로 물거품이 되었지. 성질나서 죽여 버렸는
데…… 아쉽기는 해. 십일영자 중 한 명쯤은 저승 동반을 할
수 있는 놈이었는데."

그는 조금도 서운한 표정이 없었다.

'약란이가 탈출했다!'

사일도는 마음이 더욱 불편해졌다.

어디에 있는지 알았을 때는 오히려 편했다. 비록 적에게 잡
혀 있지만 가서 구하면 되었다. 한데 이제는 어디 있는지 모
른다. 탈출한 것 같기는 한데…….

문제는 칠정산을 벗어나지 못했다는 거다.

그것은 확실하다. 십일영자가 칠정산을 예의 주시하고 있
었다. 감시를 풀고 본격적으로 들이칠 때까지 칠정산을 벗어
난 사람은 아무도 없었다.

사약란은 이곳 어딘가에 숨어 있다.

"약란이를 구한 사람은 누군가? 혹시 계야부?"

"후후후! 자네는 모르는 것이 없군. 산 아래 있으면서도 모
든 걸 환히 꿰고 있었어. 하기는…… 그 정도는 되어야 무총
대공자 소리를 듣지."

사일도는 조금 마음을 놓았다.

계야부라는 자는 믿어도 좋다.

그는 동생을 납치한 장본인이다. 안선의 하수인 노릇을 톡

톡히 했다. 신분도 확인이 어려운 말똥구리 출신이다.

그래도 믿을 수 있다.

사람은 그가 과거에 한 일을 보면 어떤 사람인지 알 수 있다.

계야부가 한 일은 사람을 죽이는 거였다. 그것도 수를 세기 어려울 만큼 상당히 많은 사람을 죽였다. 파리 잡듯이 때려죽였다는 말이 빈말이 아닐 정도다.

냉혹 잔인하다.

그는 생존력이 높다. 말똥구리들의 신화가 되었다.

용기와 무공도 있지만 운과 지혜도 있는 자다.

특히 주목할 부분은 그가 성오 존자를 만났다는 것이다.

그의 영향 때문인지, 아니면 사약란의 미모가 설득력있는 말을 해주었는지 모르지만 그때부터 그의 행동에 변화가 생겼다. 안선을 등지고 사약란을 돕기 시작했다.

그런 변화가 칠정산에 도착할 때까지 쭉 이어졌다.

엽위상은 수하를 삼백여 명이나 데려왔으면서도 칠정산으로 뛰어들지 못했다. 하나 계야부는 같이 온 부사영과 오목마저도 산 밑에 버려두고 단신으로 뛰어들었다.

무모해서가 아니다. 나름대로는 전략을 짠 것이다.

어떤 놈인지 상당히 궁금하다. 한 번쯤 얼굴을 맞대고 이야기를 나누고 싶다.

사일도는 술을 또 한 잔 따랐다.

"소예, 붕비, 점(點)을 쳐라. 일다경(一茶頃)을 넘기지 마라."

그가 막 첫 번째 명을 내렸을 때, 그가 손을 들어 만류했다.

"그럴 필요 없어. 싸움은 끝났어. 지금 이 자리는 그냥 술자리야, 술자리. 술맛 떨어지게 쇠 맛 풍길 필요 없어. 하하하!"

그가 웃었다.

소예와 붕비는 그의 말을 듣지 않았다.

그들은 오직 사일도의 명령만 받는다. 명령이 떨어진 이상 이행하면 된다.

사일도는 명령을 거두지 않았다.

그들은 신형을 날렸다.

"쯧! 갈 필요 없다는데도 애쓰는구먼."

"소안마도. 세상이 소안마도를 잘못 알고 있었군."

"그래, 잘못 알고 있지. 후후후! 앞으로 말이네, 이 세상은 자네와 내 싸움이 될 거야. 누가 이기느냐에 따라서 향후 무림의 진로가 결정되겠지."

그가 일어섰다.

"여긴 자네를 죽일 자리였어. 자네…… 이번에는 잘 빠져나갔는데, 다음에는 쉽게 안 될 거야."

그가 웃으며 몸을 돌렸다.

그런 그를 량준이 막아섰다.

"이봐, 가려고? 우릴 여기까지 초빙해 놓고 그냥 가면 되나."

쒜에엑!

량준은 말이 끝남과 동시에 일 권을 뻗어냈다.

그의 권학(拳學)은 무림 일절이다. 권왕(拳王)에게서 직접 사사한 무학이기에 폭도 넓고 깊이도 있다.

일 권에 담긴 힘이 태산을 압도한다. 한데,

쒜에엑!

소안마도가 권력(拳力)으로 대응해 왔다.

권학의 달인에게 권학으로 응대한 것이다.

퍽! 퍼억!

권과 권이 허공에서 부딪쳤다.

"후읍!"

량준이 오른손을 허공에 탁탁 털며 물러섰다.

그는 패왕권(覇王拳)을 썼다. 세상에 존재하는 모든 권법을 발아래 눕혔다는 뜻에서 지어진 이름이다. 실제로 권왕은 패왕권 하나로 중원의 권법 대가들을 차례로 눕혔다.

한데 이번에는 그가 손해를 봤다.

그와 소안마도의 내공 차이가 현격하게 벌어진다.

소안마도가 사정을 봐주었기에 주먹이 붓는 선에서 그쳤지, 전력을 다했다면 뼈가 으스러졌으리라.

"이제 가도 되겠지? 꼭 시험을 해본단 말이야."

그는 태연히 등을 보이며 걸어갔다.

쒸엑! 쒜에엑! 휘이익……!

여기저기 숨어 있던 유명단 흑의인, 유령사귀 녹의인들이 차례로 몸을 빼기 시작했다.

그의 말대로 정말 싸움이 끝난 것 같다.

사일도는 소안마도의 모습이 완전히 사라질 때까지 지켜보다가 술을 쭉 들이켰다.

"후후후! 량준, 억울한가?"

"소안마도쯤은…… 하하! 제가 너무 오만했나요?"

"아니. 소안마도는 패왕권을 이겨낼 수 없어."

"그럼 저자가 소안마도가 아니라는 겁니까? 허! 세상에…… 어쩌면 저렇게 똑같이 생겼지?"

"아직은 짐작일 뿐이지만 소안마도가 아닌 건 확실해. 왕보(王寶), 저자에 대해서 조사해 줘야겠다."

"그러지요. 한데 저놈…… 지금 잡았어야 되는 것 아닙니까?"

"아니."

사일도가 고개를 내저었다.

"난 지금 그를 잡을 자신이 없다."

그의 말에 십일영자는 깜짝 놀라 서로를 쳐다봤다.

"그도 마찬가지. 나를 잡을 자신이 없었어. 우린…… 서로 상대를 읽는 데 실패했다."

사일도가 술을 또 따랐다.

그는 마음이 무척 심란한 듯했다.

그때, 점, 흑정을 치러 갔던 소예와 붕비가 되돌아왔다.

그들은 빈손으로 오지 않았다. 축 늘어진 사약란을 안아 들고 왔다.

"약에 취한 상태입니다. 목숨에는 지장이 없어요."

소예가 사일도를 안심시켰다.

사일도는 재빨리 그녀를 받아 들었다.

"계야부 그놈이 놓고 갔습니다. 흑정에 들어갈 때만 해도 없었는데 나와 보니 풀밭에 뉘여 있더라고요. 허! 귀신이 곡할 노릇. 그자의 신법이 예사롭지 않습니다. 저뿐이 아니라 붕비의 귀까지 속일 정도예요."

사일도는 그녀의 목에 손을 대어 숨을 살핀 후 완맥을 움켜잡고 맥박을 헤아렸다.

그녀는 무사하다. 단지 잠들어 있을 뿐이다.

"휴우!"

사일도는 비로소 안도의 한숨을 내쉬었다. 한데, 안도의 한숨과 함께 얼굴 가득 번져 가던 웃음기가 일순 싹 가셨다.

그의 눈길이 그녀의 완맥에 머물렀다.

그곳에 있어야 할 수궁사가 없었다. 붉은 홍점이 깨끗이 사라져 버렸다.

"도화선이 이미 제거되어 있던데요. 유명단이 잔뜩 죽어 있는 것으로 보아 상당히 심한 싸움이 있었던 것 같습니다. 계야부, 그 친구…… 말똥구리라고 얕봤는데 다시 봐야겠어요."

등 뒤에서 소예가 뭐라고 중얼거렸지만 귀에 와 닿지 않았다.

"서인을…… 약란이가…… 처녀를 잃었어."

차앙! 창! 쉐에엑!

사일도의 말이 떨어지기가 무섭게 십일영자가 신속하게 움직여 사일도를 에워쌌다.

"그 말이 정말입니까?"

그들은 사방을 주시하며 물었다.

사일도에게서는 대답이 들려오지 않았다.

"그럼 계야부가 공자의 천적이란 말입니까?"

"공자, 정말 그 빌어먹을 서인의 저주에서 풀려날 방도는 없는 겁니까?"

"쯧! 한때 어린아이의 치심(穉心)이었다고 하기에는 운명이 너무 가혹하지 않은가."

십일영자가 툭툭 한마디씩 내뱉었다.

사일도는 사약란이 입고 있는 장삼을 곱게 여며주었다. 장삼이 워낙 커서인지 틈새가 벌어지며 알몸이 비쳤다.

"그것보다…… 소안마도가 어떻게 해서 내 약점을 알게 되었는지 그게 궁금해. 이 비밀을 아는 사람은 거의 없는데."

"거의가 아닙니다. 단언하건대 저희밖에 모릅니다. 다른 사람이 안다고는…… 이 비밀은 약란 소저도 모를 겁니다. 이 비밀이 새어나간 근원을 따지자면 저희부터 조사하셔야 할 겁니다."

"후후! 그만두지. 너희를 조사할 마음은 없어. 그러나저러나…… 하하하! 계야부가 서인을 취했으니 이제 난 놈의 밥이 된 건가? 놈을 만나면 조심해야겠군. 하하하!"

사일도가 낭랑하게 웃어 제쳤다.

2

산을 내려온 소안마도는 마차에 올랐다.

평범한 이두마차에는 한 사람이 앉아 있었다.

"폭발이 없는 것으로 보아 실패했다 생각했습니다."

굵직한, 거침없는 음성. 십교사였다.

"그런가? 쯧! 정말 아까워. 사일을 제거할 수 있는 좋은 기회였는데. 쯧쯧!"

소안마도는 정말 아까운지 연신 혀를 차며 손을 목 뒤로 가져갔다.

찌이익!

그의 얼굴 가죽이 쭉 찢어졌다.

소안마도는 간데없었다. 새로 나타난 사람은 칠순쯤 되어 보이는 노인이다.

만변천자다.

"전 계야부 그놈이 더 두렵습니다. 그놈은…… 허! 어떻게 살아났는지."

"자네가 그러니 난 어떻겠나? 놈이 살았다는 말을 듣는 순간 심장이 덜컥 내려앉더군. 참으로 오랜만에 놀래킨 놈이야."

"확실히 죽이는 게 낫지 않을까요?"

따각! 따각! 따각!

마차가 움직이기 시작했다.

마차는 빨리 달리지 않았다. 시골 노인이 세상 구경을 할 때처럼 천천히 움직였다. 빨리 가는 게 목적이 아니다. 사람 이목을 끌어당기지 않으면서 움직여야 한다.

"힘들게 손을 쓸 필요는 없어. 기껏해야 닷새면 죽을 놈인 걸. 그보다 놈의 시신은 찾아야겠지. 놈이 죽기 전에 서인을 빼낼 수 있으면 좋으련만."

"그건 힘들지 않겠습니까? 놈이 죽는 것만 확인하는 선에서 그치는 게 나을 듯싶습니다."

"사일을 제거하는 확실한 방도가 서인이기에 하는 말이었네. 다시 생각해도 너무 아깝지. 이럴 줄 알았으면 엽위상에게 길을 열어줄 걸 그랬어. 그놈이었다면 악착같이 발버둥 치지 않고 얌전히 사약란을 내놨을 텐데."

만변천자가 고개를 휘휘 내저었다.

"엽위상이라면 그랬을 겁니다. 하지만 강도는 많이 떨어지지요. 엽위상 정도로는 사일도에게 타격을 주기 힘들지요. 둘 중에 하나라면 역시 계야부 쪽에 힘을 실어줄 수밖에 없는 상황이었습니다. 잘 선택하셨어요."

"내가 죽였던 놈일세. 그런 놈이 살아서 내 눈앞에 나타났어. 허! 허허! 그놈 참……."

계야부가 살아 있다는 소식을 접했을 때 기절초풍할 정도로 놀랐다.

자신이 직접 죽인 놈이다. 놈의 몸에 불까지 덮어씌웠다. 일편화해를 써서 영혼마저도 불태워 버렸다.

그런 놈이 살아 있다니 얼마나 놀랐겠나.

그때 생각했다. 이놈은 반드시 죽여야 할 놈이구나. 다시 만나면 몸에서 머리를 떼어내어야 할 놈이구나. 그런 후에도 완전히 불태워 재가 된 것까지 확인해야 안심할 놈이구나.

"한데 놈을 다시 보는 순간 탐욕이 생기더라고."

"당연합니다. 서인을 취한 엽위상과 사일도가 맞싸우면 사일도 승(勝). 엽위상은 어느 정도 깊은 타격을 주는 선에서 끝날 것이고. 칠정산을 날려 버리더라도 사일도를 죽일 가능성은 팔 할밖에 되지 않습니다."

"팔 할이면 충분했지. 한데 그때 놈이 나타난 거야. 서인을 취한 계야부와 사일도가 싸움을 벌이면 정말 재미있지 않겠나? 사일도도 피깨나 흘릴 것 같지 않아?"

십교사는 고개만 끄덕였다.

어떤 결과가 나올지 모르지만 엽위상보다 훨씬 나은 것만
은 틀림없다. 거기에 칠정산 폭파까지 더하면 사일도를 죽일
가능성은 십 할이 된다.

계야부는 너무도 확실한 패였다.

그래서 치밀어 오르는 살심(殺心)을 꾹 눌러 참고 합방까지
시켜줬는데, 놈이 서인만 취한 후 달아나 버렸다.

그냥 달아난 것도 아니다. 자신이 사일도에게 신경을 쓰는
동안 혹정에 남아 있던 수하들을 도륙하고 화약 도화선을 몽
땅 제거한 후에 사라졌다.

서인도 없고 화약도 없다. 터뜨릴 수 없는 화약과 자신만
남겨졌다. 끝까지 싸움을 이어가자면 사일도와 무공 대 무공
으로 겨뤄야 하는데, 그것은 승부를 장담할 수 없다.

불확실성, 투명하지 않은 앞날이야말로 만변천자가 제일
싫어하는 것이다.

그는 물러서는 것밖에 할 것이 없었다.

유령사귀들에게 순순히 길을 열어주라고 명령한 것도 그
때문이다. 사실 그때 이미 싸움은 끝나 버렸다.

합궁이 끝나는 대로 사약란만 끌어내면 되는데, 그걸 못해
서 이 꼴이 됐다. 이 년 넘는 기간, 막대한 은자가 투입된 일
이었는데 하찮은 놈이 실수를 저지르는 바람에 끝나 버렸다.

그게 그렇게 어려웠을까?

계야부는 혈도가 제압되었다. 여자는 무공을 모른다.

저항할 수 없는 두 연놈을 제압하는 게 그리 힘들었던가. 여자는 죽이고, 사내는 풀어주라는데. 어린아이도 할 수 있는 일을 못하는 인간들은 뭔가.

지금 생각해도 아깝기 그지없다.

계야부란 놈은 더욱 사람을 질리게 한다.

죽음에서 살아온 것만도 놀랍거늘, 혼자서는 해혈이 불가능한 자신의 폐혈수(廢穴手)를 풀어냈다.

심장 한가운데서 독버섯이 피어나고 있는데 까마득히 몰랐다.

온 신경을 사일도와 십일영자에게만 쏟아부은 탓이지만, 사람 같지 않은 놈이 사람 같지 않은 짓을 한 탓이 더욱 크다.

그래서 놈의 목숨을 끊지 않은 것이 마음에 걸린다.

사일도에게 신경 쓰느라고 놈을 등한시한 것이 결정적인 실수. 그렇다면 지금이라도 놈을 완전히 죽이는 것이 낫다.

하나 그도 여의치 않았다. 그를 죽이기 위해 사일도와 드잡이질을 할 수는 없었다. 살심을 다시 한 번 눌러 참아야만 했다. 어차피 닷새 후면 죽을 놈이지 않나.

십교사가 말했다.

"계야부의 시신만 찾으면 당분간 잠적해야겠습니다. 너무 노출이 많이 되었어요. 무총이 어떤 놈들입니까. 여기서 한

발짝만 더 나아가면 안선이 여지없이 드러납니다."

"그러지. 잠적한다면…… 자네 임무는 누구에게 맡길 참인
가?"

"구교사가 낫지 않겠습니까?"

"구교사보다는 팔교사에게 부탁하도록 해. 구교사, 그 친
구…… 예전에는 안 그랬는데 요즘 들어서 내게 각을 세우더
군. 나보다는 사교사가 더 마음에 드나 봐. 허허허!"

"그럴 리가요. 제 임무는 팔교사께 맡기도록 하지요. 육교
사께서는 어찌시겠습니까? 육교사께서도 당분간 쉬시지요."

"그러려고 해. 오교사가 추진하는 게 있는데, 그거나 도와
야겠어. 쯧! 그것보다는 이게 확실했는데."

"손 뗄 때는 확실히 떼는 것이 좋습니다."

"그래, 좀 쉬어야겠어."

만변천자가 힘든 듯 몸을 뉘었다.

3

이 갑자 내공은 날이 갈수록 육체의 신비를 벗겨낸다.

처음 세공단을 복용한 두 달 전에 비하면 괄목할 만큼 모든
게 바뀌었다.

신법이 빨라지고 힘이 강해지는 정도가 아니다.

우주와 일체가 되는 듯한, 알지 못하던 미지의 세계에 발걸

음을 들여놓은 듯한 느낌이 들었다.

나무가 말을 한다. 풀이 재잘거리고 바람이 노래를 부른다.

그중에 만변천자와 십교사의 대화도 섞여 있었다.

'닷새……'

그는 자신의 생명이 얼마나 남았는지 알게 되었다. 막연히 거의 다 되었을 것이라고 생각했는데, 정확히 닷새 남았다.

세공단에 의한 죽음은 어떤 식일까?

이 갑자 내공이 갑자기 사라지면서 진기가 고갈되는 것일까? 아니면 이 갑자 내공이 체내에서 폭발이라도 일으키나? 전자는 상당히 고통스러울 것 같고, 후자는 뼛조각조차 추리기 힘들 것 같다.

"훗!"

그는 피식 웃었다.

남은 생명을 어떻게 쓸까 생각했다.

원래는 사약란을 서지단까지 데려다 줄 생각이었다. 하지만 사일도와 십일영자를 먼발치에서 보는 순간, 그럴 필요가 없다는 것을 깨달았다.

그들은 지옥에서도 사약란을 지켜줄 사람들이다.

남은 삶을 그녀를 위해 쓰려고 했건만 하늘은 그마저도 용납하지 않는 것 같다.

그는 그녀를 눈에 잘 띄는 곳에 내려놓았다. 그리고 하산하는 소안마도의 뒤를 밟았다.

안선은 비밀 조직이다.

겉으로 드러난 조직은 언제라도 칠 수 있지만 점조직 형태
의 비밀 집단은 여간해서는 치기 어렵다.

그는 그의 뒤를 밟았다.

닷새 동안 얼마나 캐낼 수 있을지 모르지만 안선에 대해 많
이 알면 알수록 사약란이 일하기 편해질 것이다.

그렇다. 그의 모든 초점은 사약란에게 맞춰졌다.

사랑이란 것은 감정을 통해서만 오는 게 아니다. 육체를 통
해서도 온다.

그와 사약란은 사는 세계가 너무 달랐기에 마음을 주고받
을 생각도 하지 않았다. 한데 몸을 섞게 되었고, 사랑해도 괜
찮을 것 같다는 생각이 들었다.

자신만의 일방적인 생각일지도 모른다.

그가 그녀를 원했을 때, 그녀는 순순히 옷을 벗었다.

서로가 처해진 환경을 알았기 때문이다. 정사를 갖는 것만
이 시간을 버는 길임을, 기회를 포착할 수 있는 유일한 수단
임을 깨닫고 있었다.

어쩔 수 없는 환경이 만들어준 정사였기에, 그녀의 마음이
어떤 식으로 움직일지 알 수 없다.

계야부는 모든 것을 놓았다. 그녀를 놓았다.

얼마 남지 않은 삶에 사랑 타령은 또 뭔가. 여인의 정을 받

왔다고 달라지는 건 뭔가. 정작 자신이 원한 대로 그녀가 자신에게 모든 것을 던져 온다면 그때는 받아줄 수나 있는가. 사약란같이 부족함없이 살아온 사람을 거둘 수나 있는가.

그는 놓았다. 그리고 소안마도의 뒤를 밟는 데 전념했다.

그가 만변천자라는 건 뜻밖이다.

자신이 만변천자의 뒤를 밟을 수 있다는 사실에 놀랍기도 하다.

그처럼 영악하고, 눈치 빠르고, 무공이 높은 사람을 뒤쫓을 수 있다는 게 신기하게만 느껴진다.

이 갑자 내공이 좋긴 좋다.

다른 점도 알았다.

사약란과 합궁하면서 몸 안으로 흘러든 서인이 사일도에게 어떤 작용을 한다는 것이다.

만변천자와 십교사는 사일도에게 상당한 충격을 줄 것이라고 확신했다.

그 말은 틀리지 않을 것이다.

만약 사일도가 처참하게 죽어 있는 사약란의 모습을 봤다면 칠정산은 지금쯤 피바다가 되어 있을 것이다. 그리고 그 속에 자신도 포함되지 않을 수 없다.

자신은 결국 사일도와 손속을 겨루게 된다.

동생의 정조를 유린한 자.

사일도가 계야부의 처리를 십일영자에게 맡길 수 없는 이유다.

자신은 죽고, 사일도는 중상을 당하고, 그때 칠정산이 폭발하며 모두 죽음을 맞는다.

사일도가 강하다는 말은 들었지만 만변천자가 이토록 고심할 만큼 강할 줄은 몰랐다. 아니면 위험을 감수하지 않으려는 만변천자의 조심성 때문인지도 모르고.

모든 사실을 알게 되자 마음이 한결 편해졌다.

사약란은 서인의 기운을 빼냈으니 앞으로 납치당하는 일은 없을 것이다. 적어도 사일도의 제거와 관련해서 죽음의 위협을 받지는 않을 게다.

'훗! 잘살 거야.'

그녀를 생각하자 웃음이 피어났다.

한 사람에게 미행이 둘이나 붙었다.

이건 곤란하다. 자칫하면 둘 다 닭 쫓던 개 신세가 되고 만다.

계야부는 상대의 미행 솜씨를 주시했다.

상당히 독특하다. 미행이라고는 생각할 수 없을 만큼 멀리 떨어져서 형체만 쫓는다. 산으로, 들로…… 뒤돌아봤을 때, 도저히 찾을 수 없는 곳만 골라 다닌다.

그러자면 체력 소모가 만만치 않다.

관도로 편히 걷는 것과 길이 없는 산속을 헤집고 가는 것은 체력 소모가 세 배 이상 차이가 난다.

미행을 놓칠 우려도 많다.

지금은 마차가 천천히 움직이고 있지만 속력을 내어 달리기라도 하는 날에는 멍하니 지켜보는 수밖에 없다.

그는 왜 실패할 가능성이 높은 미행법을 택한 것일까? 실패보다 안전을 선택한 것이다.

이런 선택을 할 때는 두 가지 이유가 있다.

하나는 마차에 타고 있는 자들을 두려워하는 경우다. 발각되면 죽음이 확실시될 때 안전을 고려하게 된다.

두 번째는 미행 사실을 알리고 싶지 않을 때다.

미행을 놓치더라도 미행했다는 사실만은 모르게 하려고 할 때 이런 미행법을 쓴다.

미행을 하는 자는 믿을 수 있을 만큼 능숙하다.

하지만 인생에서 마지막 일일 수도 있다. 만에 하나라도 다른 사람 때문에 망칠 수는 없다.

산은 시야를 넓게 확장시켜 준다.

산이 있는 곳에는 골짜기가 있다. 그리고 길은 골짜기에서 골짜기로 이어진다. 중간에 빠질 길이 없다면 가만히 앉아서 마차의 이동을 지켜볼 수 있다.

들도 시야를 넓혀준다.

들이 있다는 것은 평야가 있다는 뜻이다. 평야까지 가지 않더라도 탁 트인 공지 정도는 있다.

역시 가만히 앉아서 이동 상황을 지켜볼 수 있다.

산과 들 모두 한곳에 앉아서 넓게 볼 수 있다는 장점이 있다.

반면에 지켜보는 망점(望點)을 옮길 때 굉장히 신속해야 한다는 단점도 지닌다. 망점에서 망점으로 이동하는 동안 목표물을 예의 주시해야 하는데, 그게 또 쉽지 않다.

장점보다는 단점이 훨씬 크게 부각된다.

하나 단점을 보완할 능력이 된다면 이보다 편하고 확실한 미행법도 없다.

마차가 굽잇길을 돌았다.

앞으로 백 장 정도 더 나아가면 또 다른 굽잇길이 나오고 그때부터는 시야가 차단된다.

망점을 옮길 시점이다.

옮겨갈 망점은 이미 생각해 놓았다.

하산하고 관도를 가로질러 반대편 산 중턱까지 올라간다.

이 모든 것을 마차가 백 장을 나아가는 동안 해내야 한다.

보통 사람이라면 생각도 못할 일이다. 신법이 빠르다는 자도 혀를 내두를 게다. 하나 그는 할 수 있다.

"움직여 볼까."

그가 엉덩이를 툭툭 털며 일어섰다. 그때,

휘이익!

머리를 향해 무엇인가가 세차게 날아왔다.

그는 급히 머리를 숙여 날아오는 물체를 피했다. 보통 같으면 날아오는 물체를 봤을 것이고, 무엇인지 판단한 후에 잡거나 튕겨내거나 피할 것이다.

이번에는 무조건 피했다. 날아오는 기세가 너무 강해서 쳐다볼 시간이 없었다.

타악!

물체는 그의 머리를 지나 등 뒤에 있는 나무에 틀어박혔다.

물체가 나무에 박히며 나무껍질을 분분히 튕겨냈다.

그는 고개를 들어 나무를 봤다. 그리고 거기에 박힌 것이 작은 돌멩이라는 걸 알았다.

'내공이 엄청난 자다!'

작은 돌멩이를 던지는 건 쉽다. 나무에 틀어박는 일도 쉽다. 문제는 어느 정도의 거리에서 어떻게 던졌느냐다. 이십 장 거리에서 날아오는 걸 쳐다보지도 못할 만큼 빠르게 던져내는 사람은 흔치 않다.

"누구요?"

그는 식은땀을 훔치며 물었다.

피로 떡칠을 한 사내가 걸어온다.

얼마나 사람을 죽였으면 온몸이 피투성이다. 새빨간 피도 아니다. 거무죽죽한 피로 아예 도배를 했다. 사람을 죽인 지 하루 정도 지났다는 뜻이다.

"누구냐?"

사내도 똑같은 질문을 해왔다.

'안선! 제길! 발각됐나? 어떻게 발견했지? 도저히 발견할 수 없는데. 일생일대의 치욕이군.'

'십일영자.'

두 사람은 같은 질문을 던졌으나 생각은 전혀 달랐다.

"십일영자 중 누군가?"

"……!"

왕보는 말문이 턱 막혔다.

십일영자를 알아보는 사람은 흔치 않다. 말 그대로 공자의 그림자가 되어 살아왔기 때문이다.

"십일영자 중 누구냐고 물었는데?"

그가 재차 물어왔다.

"왕보요."

"신법이 굉장히 빠르더군."

"그쪽은 더 빠른 것 같소이다."

"믿을 수 있겠어. 사일도가 믿고 심부름시킬 만해."

"당신, 누구요?"

왕보는 사내를 뚫어지게 응시하면서 기억을 뒤졌다.

이 정도의 고수라면 기억 속에 있어야 한다. 이미 무림에 널리 알려진 고수일 텐데……. 그것도 젊은 나이이고 기도는 대공자 뺨친다. 별호가 없을 리 없다.

하나 그의 기억은 아무 대답도 들려주지 않았다.

"너 때문에 일 망치는 것 싫다. 돌아가."

"일…… 망쳐? 다, 당신…… 계야부?"

그는 간신히 한 사람을 찾아냈다.

사내의 모습이나 말투, 행동 등이 요 근래 한참 주목받고 있는 계야부일 것이라는 생각이 들게 만든다.

아니다. 그럴 리 없다. 계야부가 이토록 고절한 무공을 지녔을 리 없다.

그가 말했다.

"돌아가라. 계속 뒤쫓으면 두 번 다시 신법을 쓰지 못하게 될 터. 본의는 아니지만 방해받는 건 싫다."

쉬익!

계야부는 신형을 날려 사라졌다.

왕보는 계야부의 무공이 어디에 근원하는지 안다.

안선이 건네준 사전투광신보다.

사전투광신보는 무당파의 절학으로 철저히 비인부전(非人不傳)될 만큼 소중히 관리된다.

사전투광신보는 딱 한 번, 만변천자에게 필사(筆寫)되었다.

그리고 오늘, 계야부의 몸에서 재현되었다.

왕보는 멍청하게 서서 멀어져 가는 계야부를 쳐다봤다.

"불가능…… 해."

힘없이 새어 나온 말이다.

계야부는 말 그대로 한 마리 새가 되어 훨훨 날았다. 새처럼 체중이 가볍고, 뱃속에 공기 주머니가 들어 있는 것처럼 보였다.

사전투광신보의 빠름을 익히 알고 있는 왕보였지만 계야부의 몸놀림을 보고 있자니 탄식만 흘러나왔다.

"난 뭐 했나. 난……."

그는 털썩 주저앉았다. 그리고 두 무릎 사이에 머리를 묻었다.

그는 현임 무당파 장문인의 직전제자(直傳弟子)라는 경력을 갖고 있다.

사일도를 만나지 않았으면 계속 심신을 수양하며 무당 절학을 수련했을 터이고, 차기 장문인으로 내정됐을 터였다.

그는 무당파를 등지고 사일도의 몸종이 되었다.

사람들은 그의 선택을 이해하지 못했다.

특히 무당파의 분노는 하늘을 찔렀다. 파문령(破門令)이 떨어진 건 물론이다.

다른 사람 같았으면 벌써 죽거나 무공을 폐지당했을 것이다.

그가 무총에, 사일도 곁에 머물기 때문에 무공을 폐하는 것만은 면했지만 도가(道家)의 성역에 한 걸음도 들여놓아서는 안 된다는 금족령(禁足令)을 받아야만 했다.

왕보, 그가 쓰고 있는 신법이 바로 사전투광신보다.

무당파에서 비급 진본을 보고 수련했다. 장문인으로부터 직접 사사했다.

계야부는 필사본을 봤다. 누구에게 사사하지도 않았다.

그가 훨씬 빠르다. 자신은 따라잡지 못할 만큼 빠르다. 내공의 차이만 있는 게 아니다. 사전투광신보를 이해하는 면에서 그가 자신보다 훨씬 낫다.

왕보는 고개를 푹 수그린 채 해가 떨어질 때까지 움직이지 않았다.

하루, 이틀…….

금쪽같은 시간이 무심히 흘렀다.

마차는 좀처럼 서지 않았다. 그들은 참으로 여유가 많은 듯 다루(茶樓)에 들러 차도 마셨고, 저녁이 되면 객잔에 들어 아침 늦게까지 나오지 않았다.

그들은 이제 쉰다고 했다.

더 움직이다가는 정체가 드러날 위험이 있으니 당분간 잠적한다고 했다.

그래서인가? 그들은 도무지 급한 게 없다.

삼 일째 되는 날 저녁.

'이렇게 갈 수는 없다.'

계야부는 결심을 굳혔다.

자신에게 주어진 목숨은 오늘까지 포함해서 이제 겨우 사흘밖에 남지 않았다.

그 기간 동안 이들이 자신들의 본거지로 들어간다는 보장이 없다.

지금까지 왔던 방식대로 길을 간다면 앞으로 얼마나 더 걸릴지 알 수 없는 노릇이다.

그는 왕보를 보낸 걸 처음으로 후회했다.

그를 보낼 때까지만 해도 하루나 이틀이면 미행이 끝날 줄 알았다. 이렇게 오래 걸릴 줄은 진정 몰랐다.

조금이라도 이런 기미를 알았다면 이들에 대한 미행은 왕보에게 맡기고 자신은 한적한 곳에서 조용히 삶을 마감했을 것이다.

그는 허리에 차고 있던 검을 꺼내 반으로 분질렀다.

손에 익지 않은 삼 척 장검보다는 무게와 크기는 다르지만 짧게 자른 단검이 거리 감각을 유지하는 데 좋다.

그는 날을 갈기 시작했다.

쉐에엑!

허공을 가르는 바람 소리가 섬뜩할 만큼 아름답다.

히힝! 꿰에엑!

말 두 필이 돼지 멱따는 비명을 지르더니 풀썩 꼬꾸라졌다.

쉐에에엑!

바람 소리가 다시 이어졌다.

"꺼어억!"

어자석에서 말을 몰던 마부가 숨넘어가는 비명을 토해냈다.

만변천자와 십교사는 누가 먼저랄 것도 없이 마차 밖으로 신형을 튕겨냈다.

그곳에 이제 막 마부의 심장에 검을 틀어박은 계야부가 징그러운 미소를 지으며 서 있었다.

그는 지옥에서 온 악귀였다.

그의 몸은 새빨갰다. 그의 피인지 남의 피인지 모를 피로 범벅이 되어 비릿한 냄새까지 풍겼다.

"뭐 하는 놈이냐!"

만변천자가 물어왔다.

"후후후! 죽으려고 환장한 놈이구나!"

십교사가 음침한 괴소를 터뜨렸다.

순간, 계야부는 멍청해졌다.

어찌 만변천자와 십교사가 자신을 알아보지 못한단 말인가. 다른 사람은 다 몰라도 그들만은 알아야 하지 않는가.

그는 지금까지 마차가 지나온 경로를 다시 떠올렸다.

사람을 바꿔치기할 곳은 많다. 다루도 있고 객잔도 있다. 그들을 쫓기는 했지만 일거수일투족을 감시한 것은 아니다. 뒷간까지 따라가서 볼일 보는 것까지 감시할 수는 없지 않은가.

사람이 바뀌었다.

"좋게 묻겠다. 만변천자와 십교사는 어디로 갔나?"

순간, 마차에서 내린 두 사람은 한 걸음씩 물러섰다.

온몸에 피칠을 한 자는 자신이 누구에게 검을 겨눴는지 정확히 안다. 육교사와 십교사를 노리고 왔다. 일전을 불사할 각오로 말을 죽였고, 마부까지 베었다.

중원에 이토록 무모한 놈이 누가 있나.

"계야부……."

만변천자가 파르르 떨리는 입술로 말했다.

"말해라. 만변천자와 십교사는 어디로 갔나?"

"후후후! 멍청한 놈. 그런 걸 말해줄 성싶으냐!"

차앙! 창!

그들의 발검(拔劍)은 눈부셨다.

비록 두 사람의 대역 노릇을 하고 있지만 범상치 않은 무공을 지닌 자들이다.

"권주를 마다하고 벌주를 들겠다면……."

쉐에에엑!

계야부는 한달음에 달려나가 일 검을 뻗어냈다.

"어림없다! 컥!"

싸움을 할 때는 말이 필요없다. 자신이 지닌 모든 것을 적에게 쏟아부어야 한다. 조금이라도 여유가 생겼다면 집중을 하지 못했다는 뜻이니 자신을 질책해야 한다.

계야부를 향해 말을 던졌던 십교사는 배를 움켜잡고 털썩 무릎을 꿇었다.

그들이 상대하기에는 사전투광신보가 너무 빨랐다.

"말해라. 만변천자는 어디로 갔나?"

그의 검이 만변천자에게 겨눠졌다.

"모, 모른다!"

"알게 될 거다. 비교적 상세히 말해줄 것이라 믿는다. 결국 넌…… 그렇게 된다. 지금부터 벌어질 일은 너도 알고 나도 안다. 지금 말하면 놓아줄 수도 있다. 만변천자, 어디 있나!"

계야부의 협박에는 진실이 담겨 있다.

만변천자는 자신의 몸이 조각도로 파이는 느낌을 받았다.

그는 눈동자를 데구루루 굴렸다. 죽음을 각오하기 전에 보이는 마지막 반응이다.

쉐엑!

계야부가 이상함을 느끼고 달렸을 때는 이미 늦었다.

"크윽!"

그는 입으로 검붉은 피를 토하며 쓰러졌다.

"이런!"

만변천자의 눈동자는 이미 위로 돌아가 흰자위밖에 남지 않았다. 심장은 고동을 멈췄고, 피는 흐름을 중지했다.

무척 빠르고 강한 독성이다.

옆에 무릎을 꿇고 앉아버린 십교사도 같은 현상을 보였다.

안선에 대해 토설하느니 차라리 죽는다.

그들은 자신의 신념을 몸으로 보여주었다.

도대체 이들의 정신병적 신념은 어디에서 기인하는 것일까? 뭐가 이들을 이렇게 만드는 것일까.

"휴우!"

계야부는 한숨을 쉬며 일어섰다.

第十三章
기사회생(起死回生)

1

　"그 사람을 찾아주세요."

　사약란은 자신에게 벌어진 일을 묻지 않았다. 정신이 들자마자 주위를 쓸어봤고, 계야부가 보이지 않자 모든 것을 알아차린 듯 담담하게 말했다.

　"오랜만에 만난 오라비에게 안부조차 건네지 않는 거냐? 이거 섭섭한걸."

　"죄송해요. 잘 계실 줄 알았어요."

　"어찌 더 섭섭해지는데?"

　"지금은 그 사람을 찾아주셔야 해요. 십일영자를 모두 동원하는 한이 있어도 꼭 그 사람을 찾아줘요."

"서인을 가져갔기 때문이냐?"

순결을 가져갔기 때문이냐는 물음이다.

사약란은 피식 웃었다.

"오라버니나 저나 평범하게 살지 못한다는 건 알잖아요. 남들처럼 사랑을 하고 가정을 꾸리고…… 저희에게는 꿈같은 일이라는 것, 알아요."

"한데?"

"그 사람, 곧 죽어요. 세공단을 복용했는데, 한 달이 거의 다 되어가요. 보름이 되면……."

"허!"

말을 듣고 있던 황욱(黃峰)이 탄식을 토해냈다.

"왜요?"

"보름이래야 이제 겨우 이틀 남았는데, 세공단을 복용했다면…… 세공단이 없는 한 그를 구하기는 힘들 것 같아."

황욱이 머리를 긁적이며 말했다.

"알아요."

사약란은 담담하게 말했다.

"그 사람은 죽을 거예요. 피할 수 없겠죠. 만변천자가 다시 세공단을 줄 리도 없으니까요. 하지만 죽더라도 제 곁에서 눈을 감게 하고 싶어요."

"후후후!"

사일도가 고소를 흘렸다.

"그놈 무공이 괄목상대(刮目相對)해서 깜짝 놀랐는데, 세공단의 약효를 완전히 흡수한 거였군. 대단한 몸이야. 보통 일갑자 조금 넘게 얻는 것으로 그치는데. 모두 찾아봐라. 보름이 되기 전에 그자를 데려와. 정중히."

사일도가 미간을 찡그리며 말했다.

"찾아와 봤자 마음만 아플 뿐인데, 진정입니까?"

"찾아와."

"허어! 공자는 정말 나쁜 버릇이 있다니까요. 마음 아플 일을 뭐 하러 하는지. 차라리 눈으로 본 게 없으면 죽었겠거니 생각하고 말 것 아닙니까."

"자식이 겁간당하지 않았어."

"······?"

"그 자식······ 겁간당한 게 아니란 말이다."

"그 말씀은 약란 소저가 연심(戀心)이라도?"

"데려와라. 사정이 어떻든 조금이라도 마음을 준 놈이라면 그 자식 곁에서 죽게 하고 싶다. 하하하! 엊그제까지만 해도 천방지축 날뛰던 어린애가 어느새 어른이 되었구나."

"하하하! 그럼요. 세월이 얼마나 빠른데요. 데려오긴 쉬울 것 같습니다. 왕보한테서 연락이 왔는데 그놈을 만났답니다. 따라오지 말라고 협박해서 주저앉았다고요."

"왕보가?"

"네. 자식이 왕보를 질리게 만든 모양입니다."

"왕보를 질리게 만들었다. 후후후! 어떤 자인지 나도 보고 싶군. 꼭 데려와."

사일도는 다시 미간을 찡그렸다.

계야부 같은 자는 상당히 곤란하다.

음식으로 말하면 향이 아주 짙은 나물이다. 너무 짙어서 입에 넣기만 하면 중독이 되고 만다. 그보다 훨씬 맛있는 나물을 내놔도 맛을 모르게 된다.

계야부는 개성이 강하다. 성격이 강할 뿐만 아니라 삶의 방식도 독특하다.

그런 자와 인연을 맺으면 다른 자는 눈에 들어오지 않는다. 특히 여자의 경우에는 더욱 그렇다.

사약란은 한 몸까지 되었다.

그를 어찌 잊을 것인가. 앞으로 다른 사내에게 정이라도 붙일 수 있겠나. 한 가지 위안이라면 그와 만난 기간이 길지 않다는 것이다. 한 몸이 된 것도 칠정산에서 벌어진 일이니 한 번 내지 두 번으로 그쳤으리라.

짧은 인연에 기대를 걸 수밖에 없다.

빨리 잊고 빨리 일어서기를.

그는 사약란의 앞길이 험난할 것 같아서 미간을 찌푸리지 않을 수 없었다.

서지단에는 그녀만의 비고(秘庫)가 있다.

비고라고 해봐야 무슨 영물이나 영단이 있는 건 아니다. 헤아릴 수 없을 정도로 많은 책이 있을 뿐이다. 그곳을 출입하는 사람은 그녀밖에 없으니 비고라고 부른다.

그녀는 책을 수집하는 것이 취미다.

책에서 풍기는 은은한 향기가 좋다.

고서(古書)만이 지니는 세월의 향기는 더더욱 좋다.

수많은 잡서(雜書) 중에서 구하기 힘든 진품을 발견했을 때의 기쁨은 이루 말할 수 없다.

그녀는 사서 모은 책들을 보기 쉽도록 분류해 놓았다.

의서(醫書)만 해도 백 권이 넘는다.

세상에서 벌어지는 기문이사(奇聞異事)를 다룬 책도 서른 권은 넘는 것으로 알고 있다.

그것들을 뒤져 보면 세공단에 대한 말이 나오지 않을까?

세공단은 인간이 만들었다. 만변천자는 세공단을 주물럭거려서 사람을 꼭두각시로 만들어놓는다.

제작 방법이 존재한다는 뜻이다.

세공단으로부터 벗어나는 것까지는 바라지 않는다. 한 알, 단지 한 알만이라도 만들었으면 좋겠다. 이대로 죽게 하기에는 너무나 아쉽다. 나쁜 감정 반, 좋은 감정 반이다. 초반에는 무척 나쁘게 봤고, 지금은 좋게 본다.

그러고 보니 감정을 정리할 시간조차 없었다.

이것도 생각뿐이다.

칠정산에서 서지단까지는 천 리 길이다.

그녀가 애써 모은 책도 지금과 같은 상황에서는 전혀 도움이 되지 않는다.

의원에게 보일 수도 없다.

의원은 세공단 자체를 이해하지 못한다. 약 하나 입에 털어 넣었다고 이 갑자 내공이 생긴다는 걸 믿지 않는다. 어쩌다 물어보면 그런 건 신선 세계에 가서나 물어보라는 대답이 돌아온다.

그를 살릴 방도가 정말 없단 말인가.

뚜벅! 뚜벅!

창밖에서 묵직한 발걸음 소리가 들렸다.

"자지 않으면 들어가겠다."

오라버니다.

"네, 안 자요."

그녀는 멍하니 의자에 앉아 있다가 벌떡 일어나 오라비를 맞았다.

"밤이 깊었는데."

"찾았어요?"

"너도 알다시피 워낙 고집이 센 놈 아니냐."

"안 온대요?"

"묻지도 않았다, 바쁜 것 같아서."

"……?"

"같이 가자. 네가 직접 가는 게 더 빠를 것 같다."

"찾았군요!"

그녀의 얼굴이 환하게 밝아졌다.

그만 그렇게 본 것일까, 아니면 불빛 아래 비친 얼굴이라 예뻐 보인 것일까? 얼굴빛이 도홧빛으로 물들며 활짝 벌어진 해바라기처럼 밝게 보이는 게 진정 환상인가.

'자식……'

사일도의 마음은 납덩이를 얹어놓은 듯 무거웠다.

계야부는 검을 내려놓았다. 아니, 버렸다.

개울에 들어가 깨끗이 목욕을 하고, 피에 전 옷도 박박 문질러 빨았다.

아쉽지만 자신이 할 일은 없었다.

그는 몸의 때를 벗겨낸 후 모닥불을 피웠다. 그리고 팔베개를 하고 드러누웠다.

별이 총총하다.

전장(戰場)에서 보는 별은 많은 말을 한다.

길도 가르쳐 주고, 외로움도 달래주고, 밝은 횃불이 되어 사방을 비춰주기도 한다.

지금 다시 보니 그녀의 눈동자를 옮겨놓은 것 같다.

죽음은 두렵지 않다. 언제든 죽을 수 있다는 생각으로 살아왔기 때문에 담담히 받아들일 수 있다.

자신이 죽었다고 슬퍼할 사람도 없다.

아주 작은 인연조차 만들어놓지 않았으니 무슨 낙으로 살아왔나 싶다.

'됐어. 한세상 잘산 거야.'

불행히도 그의 생명은 하루 더 남았다.

날이 밝으면 해가 뜰 것이고, 그 해가 기울어 서쪽으로 떨어질 때까지 육신은 배고픔을 호소할 것이다.

사사사삿!

공기가 흔들린다.

신경 쓰고 싶지 않은데, 모두 끝났다고 생각했는데 아직도 남은 게 있었나.

그중에 하나, 낯익은 발걸음 소리를 찾아냈다.

타탁! 타타탁! 타탁! 타타탁!

다른 사람은 듣지 못하겠지만 그는 들을 수 있다. 너무 익숙해서 듣자마자 쏙 들어온다.

'사전투광신보!'

왕보를 봤을 때 깜짝 놀랐다.

그가 쓰는 신법이 자신의 것과 동일해서 너무나 놀랐다.

그도 안선 인물인가? 만변천자의 수족인가? 한때는 심한 의심까지 했었다.

그러다가 그가 십일영자 중에 한 명이라는 것을 알았다.

그자야말로 진정한 무당파의 제자, 사전투광신보의 진정한 주인이었다.

그가 왔다.

'물러나라고 했는데 물러나지 않았군. 어지간히 고집 센 사람이야.'

그는 피식 웃었다.

다행히도 주위를 들썩인 여섯 사내는 숨어 있기만 할 뿐 나서지 않았다. 그랬다면 상당히 피곤했을 텐데. 시비가 붙어도 단단히 붙었을 텐데.

'졸립군.'

그는 잠을 청했다.

숫자가 점점 불어났다.

여섯 명에서 일곱 명으로, 그리고 잠시 후에 한 명 더 왔고, 또 한 명이 오고…….

열 명이 채워졌다.

십일영자 중 칠정산에 오른 열 명이 모두 왔다.

두렵지 않다. 귀찮을 뿐이다.

또 이들은 싸울 목적으로 오지 않았다. 자신을 지켜보려고 왔다. 그들에게서 풍기는 냄새가 비교적 온유하다. 날카로운 예기나 살기는 전혀 느껴지지 않는다.

날이 밝아올 무렵, 세 사람이 또 왔다.

그들 중 한 명은 십일영자가 머물고 있는 곳에서 발걸음을 멈췄다. 하나 두 명은 내처 걸어온다.

저벅! 저벅! 저벅!

낯익은 발걸음 소리다.

'부사영?'

고개를 돌리자 예의 긴 칼을 어깨 위에 걸쳐 메고 뚜벅뚜벅 걸어오는 부사영의 모습이 보였다.

일순, 계야부의 눈빛이 반짝였다.

부사영이 변했다. 전보다 훨씬 날카로워졌다. 말똥구리였을 때가 사나운 늑대였다면 지금은 잘 갈아진 칼처럼 보인다.

기연을 만났다.

오목도 변했다. 늘 불안해하던 모습이 사라지고 자신감이 붙었다. 얼굴에 웃음기까지 번져 있다.

역시 기연을 만났다.

그는 이 두 사람이 사일도와 인연을 맺었다는 사실을 눈치챘다.

'잘됐군.'

그는 일어나 두 팔을 활짝 벌렸다.

"죽는다며?"

"대수롭지 않잖아."

"하기는……."

"많이 배워라. 이 무림이라는 곳…… 알면 알수록 힘든 곳인 것 같다. 기왕 여기서 살 바에는 확실하게 살아."

"군으로 돌아가기는 틀렸지?"

"후후후!"

계야부와 부사영은 담담히 말을 주고받았다.

말똥구리들에게는 죽는 자와 남는 자가 항상 존재했다. 누가 죽을지, 누가 남을지는 하늘도 몰랐다. 부지불식간 일이 터지고, 어떤 때는 한 발자국 앞서 있었던 관계로 삶과 죽음이 바뀌는 경우도 왕왕 생긴다.

그들에게 죽음은 으레 찾아오는 친구다.

"너 죽으면 난 군에 갈란다. 네 말대로 이름 바꾸고 성 바꾸고 살아보지, 뭐."

"이곳도 괜찮잖아?"

"죽고 죽이는 게 목적이 없어. 마치 기분 나쁘면 죽이는 것 같아. 그런 걸 보면 군인이 그래도 양심적이야. 그렇지?"

"넌 왜 한마디도 안 하냐?"

"형님들 이야기 듣는 게 좋아요."

세 사람은 부사영이 가져온 술과 안주로 허기를 채웠다.

따각! 따각! 따각……!

급하게 달리는 말발굽 소리가 들려왔다.

"자리를 비켜줘야겠다."

계야부는 그녀가 올 줄 짐작하고 있었다. 십일영자가 모두 모여 있는데 그녀라고 오지 않을 것인가.

부사영이 오고, 오목이 왔다. 그래도 십일영자는 물러가지 않았다.

올 사람이 또 있다는 뜻이다.

그들이 기다리는 사람이라면 사일도와 사약란뿐인데, 사일도는 자신에게 볼일이 없다. 하면 사약란이다.

다각! 다각!

말발굽 소리가 지척에서 들렸다. 그리고 잠시 후, 그녀가 사뿐사뿐 걸어왔다.

그녀는 오자마자 검은 단환 한 알을 내밀었다.

"먹어요."

"……?"

"해약이 아녜요. 세공단도 아니고요. 이 약을 먹으면 오늘 자시까지는 사지가 무력해질 거예요. 제가 마음대로 가지고 놀 수 있죠. 그래도 괜찮죠?"

"소저."

"소저? 절 쉽게 봤군요."

"소저!"

"지켜주겠다고 들었는데 허언이었나요? 제게 소저라는 말을 쓰면 안 되죠. 부인이라는 말은 못 쓸망정 소저라는 말은 안 되는 거예요. 어서 먹어요."

계야부는 그녀가 내민 단환을 받아 입에 넣었다.

검은 단환은 향긋한 냄새를 풍기며 사르르 녹아들었다.

그녀 말대로 사지가 무력해졌다. 진기도 일어나지 않는다.

정신은 말짱하다. 사물이 어질거리지도 않는다. 몸에 닿는 감촉도 또렷하게 느껴진다.

단지 움직일 수만 없다 뿐이지 모든 게 정상이다.

"폐혈수를 해혈했을 때처럼…… 이것밖에 남은 게 없어요. 어떻게든 하지 않고는 제가 견딜 수 없거든요. 이해하죠?"

계야부는 말을 하지 못했다. 정신은 너무도 또렷한데 입이 벌어지지 않는다.

사약란은 그의 옷부터 벗겼다.

백주에 알몸이 환히 드러났다.

그녀는 손을 들어 계야부의 전신을 더듬어 나갔다.

2

해가 중천에 뜰 때까지 낯 뜨거운 광경이 이어졌다.

덕분에 십일영자만 바빠졌다.

그들은 사위로 넓게 퍼져서 사람들의 발길을 차단하기에 급급했다.

계야부가 알몸으로 누워 있는 곳은 관도에서 멀지 않은 곳이다. 관도를 지나가다 보면 한눈에 보인다.

급히 광목을 구해다 빙 둘러 주위를 가렸지만 참으로 보기 힘든 희귀한 풍경임에는 틀림없었다.

"지금 뭐 하는 거지?"

"손으로 더듬고 있잖아."

"저래서 뭘 알 수 있는 거냐고?"

"글쎄…… 경맥이라도 느끼는 건가? 가만히 좀 있어봐. 나도 한번 해보자."

"징그럽게 왜 이래!"

십일영자들은 장난을 하면서도 사약란의 행동을 예의 주시했다.

그녀는 한 번도 허튼 일을 한 적이 없다. 무엇인가를 할 때는 반드시 명확한 이유가 있었다.

지금 그녀의 행동은 정사나 애무와는 거리가 멀다. 오히려 의원의 진맥 쪽에 더 가깝다.

하면 그녀가 의술을 아는 것일까?

아니다. 십일영자가 알기로는 의술을 알지 못한다. 무인들이 아는 것처럼 경혈이나 경맥, 또는 음양오행 정도의 기본적인 지식밖에 갖추지 못했다.

의술을 안다고 해도 그녀의 행동은 어쩐지 괴상하다.

손바닥으로 살갗을 애무하듯이 쓸어내리는 행동에 어떤 뜻이 담겨 있는 것일까?

유일하게 드는 생각이라고는 경맥을 느낀다는 것인데, 촉감으로 경맥을 느낀다는 말은 들어본 적이 없다.

사약란은 신중했다. 진지했다.

머리끝부터 발끝까지, 다시 발끝에서 머리끝까지 왕복에 왕복을 거듭하길 수십 번.

"하아!"

그녀는 탄식인지 신음인지 모를 소리를 흘렸다. 그리고 힘없이 말했다.

"의원으로 데려가야겠어요."

촌동네에 있는 의원은 그리 고명하지 않다. 하나 침을 놓을 줄 알고, 뜸을 뜰 줄 알며, 약을 지을 줄 안다. 명색이 병을 살필 줄 아는 의원이 아닌가.

"부르는 대로 침을 놔라?"

"네."

"아무것도 묻지 말고?"

"네."

"허허!"

의원은 말도 안 된다는 표정을 지었다.

붕비가 전낭을 꺼내 통째로 의원에게 내밀었다.

"열 냥이오, 은자로. 침 한 번 놓아주는 대가치고는 괜찮지 않소?"

의원의 입이 그제야 헤벌쭉 벌어졌다.

"뒤 책임은 없기요."

"물론이에요. 어떤 침을 사용해도 상관없어요. 침을 잘 모르니 알아서 찔러주세요. 하지만 제가 말한 혈도에 정확한 깊이로 찔러주셔야 해요."

"여부가 있겠소."

은자 열 냥이라는 말에 의원의 태도는 완전히 바뀌었다.

"경거혈(經渠穴) 다섯 푼."

의원은 경거혈이라는 말을 듣자 계야부의 손목을 들어 올렸다. 하나 다섯 푼이라는 말이 떨어지자 그의 손이 흠칫하며 멈춰졌다.

"소저, 방금 다섯 푼이라고 들었는데……?"

"네. 다섯 푼이에요."

"침을 놓는 시간은?"

"오늘 밤늦게까지 계속 놔둬야 해요."

의원이 팔을 놓았다.

그의 표정은 상당히 진중했다. 은자 열 냥이라는 말에 실실거릴 때와는 많이 달랐다.

"소저, 보아하니 무인 같은데 경거혈이 무슨 혈인지 알고 있소?"

"대충요."

"경거혈은 혈기(血氣)가 끊이지 않고 흐르는 촌구(寸口)의 요처요. 수태음맥기(手太陰脈氣)가 다니는 도랑[渠]이라서 경거(經渠)라고 부르는 것이오."

"그 정도는 알아요."

"이곳에는 침을 두 푼 깊이로 놓아야 하오. 침을 놓는 시간은 세 번 숨을 쉴 동안. 자칫 잘못 다루면 정신을 상하는 지극히 중요한 혈이오."

"그래서 말했잖아요. 아무것도 묻지 말고 말하는 대로 찔러달라고요. 의술에 맞지 않는 건 알지만…… 저 사람, 의술로는 못 고치거든요. 고칠 수 있으세요?"

의원은 대답을 하지 못했다.

"경거혈이요. 깊이는 다섯 푼."

주문이 재차 떨어졌다.

계야부는 한 식경 만에 고슴도치가 되었다.

단침(短針), 장침(長針), 곡침(曲針)…… 안 쓰인 침이 없었다.

무인이라면 어느 정도 침 정도는 놓을 수 있다. 비상용으로 금창약과 함께 침도 소지하고 다닌다.

의술도 동네 어지간한 의원만큼은 된다.

한데도 사약란은 의원을 고집했다.

그 이유가 여기에 있었다. 다양한 침이 사용되었고, 혈의 깊이가 제각각이라서 숙련된 솜씨가 필요했다.

"죽지 않은 게 천만다행이오."

의원이 식은땀을 훔쳤다.

그는 얼마나 긴장했는지 입술이 새까맣게 타버렸다.

의원이 보기에 사약란의 주문은 너무도 터무니없었다. 의술을 전혀 모르는 사람이 막무가내로 침을 꽂는 것과 똑같았다.

개중에는 상당히 위험한 부분도 있었다. 생사의 갈림길이라고 할 만한 곳이 한두 군데가 아니었다. 이번에는 꼼짝없이 죽겠구나 하고 느낀 곳도 많다.

솔직히 아직까지 숨이 붙어 있는 게 용하다.

"수고하셨어요."

"침은 언제 뽑을 예정인지?"

"자시 넘어서요."

"그럼 그때 다시 오겠수다."

의원이 힘든 표정을 지으며 나갔다.

"저게 뭔지 알겠나?"

사일도는 고슴도치가 되어 있는 계야부에게서 눈을 떼지 못했다.

"글쎄요."

류청지(劉靑志)가 난감해했다.

"저걸로 세공단을 대신할 수 있을까?"

"그게 글쎄……."

류청지는 이번에도 말끝을 흐렸다.

그는 인체에 대해서 탁월한 식견을 가지고 있다.

그의 전직은 살수(殺手)다. 사일도를 만나기 전까지 열일곱 명을 저승으로 보낸 경험이 있다.

그는 사람 몸을 연구했다.

머릿속이 어떻게 생겼는지, 심장은 어떤 식으로 뛰는지 그보다 잘 아는 사람도 드물 게다.

의원처럼 병에 맞는 침은 쓰지 못하지만 사람을 가장 고통스럽게 죽일 수 있는 침법은 안다.

그가 알고 있는 상식 속에 계야부에게 시전한 수법은 들어 있지 않았다. 아니, 그와 비슷한 수법조차 들어보지 못했다.

그런 식으로 따지면 또 있다. 관도 옆에서 사약란이 시전한 특이한 진맥법도 생전 처음 보았다.

"세공단이 죽음을 부른다면 몇 시쯤 될 것 같나?"

"자시(子時)입니다."

이번에는 냉큼 대답했다.

"그럼 자시에 다시 와야겠군."

사일도가 물러났다.

사약란은 계야부 옆에서 움직이지 않았다.

지난밤, 밤을 새워가며 말을 달려왔다. 낮에도 쉬지 못했다. 그런데도 피곤하지 않았다.

'이 남자를 사랑하는 건가?

그녀는 자신에게 물었다.

칠정산에서의 정사는 사랑과는 별개의 것이었다. 안선은 서인을 알고 있었다. 서인을 취한 사내가 오라버니에게 얼마나 위험한지 알고 난 후에 납치가 이루어졌다.

그들이 원하는 것을 줄 수밖에 없었다.

솔직히 그 대상이 계야부라서 쉽게 내준 감도 없지 않아 있다.

다른 자였다면 스스로 자진했을망정 몸을 취하게 내버려 두지는 않았을 것이다.

어쩐지 계야부는 믿음직했다.

그는 다른 자와 다르게 느껴졌다. 그러면 서인을 취해도 오라버니에게 타격을 가하지 않을 것 같았다. 뿐만 아니라 칠정산에 매설된 화약까지 처리해 줄 것 같았다.

그런 믿음은 어디서 나왔던 것일까?

오라버니를 때려잡겠다고 모인 사람들이다. 그들의 무공은 막강하다. 계야부가 온전해도 당하지 못할 판이다. 하물며 폐혈까지 당한 사람을 뭘 믿고 그런 마음이 들었을까?

자신이 돌이켜 봐도 자신의 마음을 알 수 없었다.

단지, 그가 죽어서는 안 될 것 같다는 느낌만 강하게 들었다. 가슴이 아리고 또 아렸다.

사랑이라고는 생각하지 않는다. 그와는 달콤한 밀어 한마디 나눈 적이 없다. 늘 삭막했고, 피투성이였다. 그나마 같이

지낸 날도 며칠 되지 않는다.

그럼 뭘까? 그를 대하는 건 어떤 감정일까?

'그때 그 눈빛……'

대장간에서 십교사에게 당해 무릎을 꿇었을 때, 그는 최선을 다했지만 어쩔 수 없다는 눈빛을 보내왔다.

그를 이해할 수 있을 것 같았다.

그가 목숨을 부지하면 시간이 얼마가 흘렀든 반드시 자신을 찾아올 것이라는 확신이 들었다.

그래서 말했다, 가서 기다리겠다고.

그에 대한 확고한 마음이 그때부터 싹튼 것 같다.

그렇다. 그건 믿음이지 사랑이 아니다. 그를 믿는가? 믿는다. 사랑하는가? 글쎄……

그녀는 시간이 흐르기를 기다렸다.

"자시입니다."

류청지가 사일도에게 말했다.

"살아 있는가?"

"기식(氣息)이 엄연합니다."

"그렇겠지."

사일도는 깊은 한숨을 내쉬었다.

여동생의 간절한 마음을 모르지 않지만 침 몇 대로 세공단의 저주를 풀어내지는 못한다. 그럴 수 있다면 누구나 세공단을 복용할 것이다. 복용하지 않는 놈이 미친놈 아닌가. 단숨에 이 갑자의 내공을 얻어 무림을 종횡무진 누비고 다닐 것이다.

계야부는 안타깝지만 죽는다.

이제 남은 사람을 걱정해야 한다.

"붕비, 석지, 소예, 약란이를 서지단까지 데려다 줘. 다른 소리는 하지 마라. 혼자 이겨낼 아이야."

"알겠습니다."

붕비가 읍을 했다.

"장례를 치를 때까지는 기다려 줘야 하지 않을까요?"

소예가 말했다.

"아니야. 그건 너무 아파. 그럴 만한 사이가 아니라는 것을 인식시키는 게 좋아. 오다 가다 만난 사이. 딱 그 정도가 좋아. 장례까지 치르면 영원히 마음에서 지우지 못해."

"그것도 괜찮은 것 같군요. 그러죠."

사일도는 피리를 꺼냈다.

피리는 원망적(願望笛)이란 이름을 가졌다. 무총을 물러날 때, 사약란이 맨발로 달려나오며 건네준 것이다.

아직도 그때의 모습이 생생하게 떠오른다.

"바라고 원하는 것을 마음에 담아요. 그리고 피리를 불면 하늘이 알고 들어주실 거예요. 하루에 한 번씩 저도 생각해야 해요. 알았죠?"

바라고 원하는 것을 마음에 담아라.

'후후후!'

그는 피리를 불었다.

삘리…… 삘리리리…… 삘리…….

청아한 음색이 밤하늘에 퍼져갔다.

"어느 침부터?"

"그냥 뽑으세요. 순서 같은 것…… 없어도 돼요."

사약란의 음성은 축 처졌다.

그녀는 희망을 잃었다.

계야부의 몸에 침을 꽂을 때까지만 해도 어떻게든 살릴 수
있을 것이라고 생각했다. 그때는 희망도 있었다. 그래서 주문
하는 음성도 맑을 수 있었다.

자시를 넘기자 계야부의 육신은 생기를 잃어갔다.

숨이 없다.

그는 죽음을 향해 질주하고 있다.

의원이 차분한 손길로 침을 뽑았다.

무려 삼백여 개에 이르는 침이 뽑히고 난 후에도 계야부는
움직일 줄 몰랐다.

의원이 그의 숨을 살핀 후 말했다.

"운명했소. 운명 시각은 자시요."

3

　사약란은 계야부 곁을 떠나지 못했다.

　"괜찮다면 이놈, 내가 치우겠소."

　부사영이 먹먹한 음성으로 말했다.

　"말똥구리라고 했죠?"

　"그렇소. 이백오십여 회. 이놈이 첨각 정탐에서 살아 돌아온 횟수요. 말똥구리들에게는 신화 같은 놈인데…… 후후! 무림에서는 일 년도 못 버티는군."

　"신화…… 신화면 신화 대접을 해줘야죠. 잠시 저 혼자 있고 싶은데요."

　방에는 많은 사람이 있었다.

　그녀를 서지단까지 데려갈 붕비, 석지, 소예가 있었고, 계야부와는 떼려야 뗄 수 없는 부사영과 오목이 있었다.

　"끊을 건 빨리 끊는 게 좋아. 사람 목숨이란 게 원래 그렇잖아?"

　소예가 말했다.

　"저 혼자 있고 싶어요. 한 시진만. 반 시진만. 반 각이라도."

　사람들은 물러날 수밖에 없었다.

　사약란은 계야부 옆에 누웠다.

칠정산에서처럼 그를 꼭 껴안았다.

시신은 체온이 식는다. 그래서 차다. 손으로 만지는 순간 차다는 느낌이 훅 하고 밀려든다.

지금은 죽은 지 얼마 되지 않아서 아직까지 체온이 식거나 하지는 않았다. 하나 죽었다는 사실만으로도 그의 몸이 차게 느껴진다. 실제로 차서 차게 느끼는 것이 아니라 죽었다는 생각이 차디찬 감각을 불러온다.

그의 몸은 단단하다. 쇠토막 같다. 상처도 많다. 작은 상처는 빼고 큰 상처만 헤아려도 금방 열 손가락을 넘긴다.

참으로 고단하게 살아온 사람이다.

그는 살면서 고단하다는 생각을 했을까?

아닐 것이다. 나름대로는 즐거움도 찾았을 것이다. 사내가 이렇게 사는 것도 멋지게 사는 것이라고 자위도 했을 게다.

군인으로서의 삶은 대성공이다. 하나 무인으로서는 시작도 하기 전에 지고 말았다.

그녀는 계야부의 죽음에 책임을 느꼈다.

그는 자신 때문에 세공단을 복용했다. 자신이 겁없이 만변천자 앞에 섰기 때문에 성오 존자조차도 손을 쓰지 못했다. 그가 세공단을 복용하지 않았다면 자신은 살아 있지 못할 것이다.

그는 자신 대신 죽었다.

"훗!"

그녀는 웃었다.

화가 나는데 화풀이는 못하고 혼자 씩씩대는 계야부를 생각하자 웃음이 흘러나왔다.

"당신 같은 사람, 정말 못 만날 거야."

그녀는 계야부의 가슴에 손을 얹었다.

그녀의 주위에는 사내가 득실거린다.

무총 총주의 손녀라는 신분은 무인들에게는 황제의 딸과 같은 느낌으로 다가선다. 그녀를 부인으로 맞으면 무총을 얻을 수 있다고 생각한다.

하물며 그녀는 머리가 비상하다.

무총 사 개 지단에는 각기 군사가 있다.

군사는 지단주가 임의로 뽑는다. 자신이 느끼기에 가장 지략이 뛰어나다고 생각되는 사람을 군사로 삼는다.

군사는 대단히 중요하다.

지단의 대소사를 관장해야 하는 것뿐만 아니라 각 문파의 알력에도 간여해야 한다.

군사가 잘못 판단하면 작은 불씨가 자칫 큰 싸움으로 번질 수도 있고, 현명하면 큰 불씨도 종짓물로 잡는다.

그녀는 무총 사 개 지단 군사 중에 제일 낫다는 평가를 받는다.

미색은 어떤가. 뛰어난 미녀가 많기로 소문난 소항(蘇杭) 이주(二州)에도 그녀만 한 미색이 없다.

그녀는 많은 사내를 들뜨게 만든다.

솔직히 그녀가 원하기만 하면 어떤 사내든 반려자로 맞을 수 있다.

그 많은 사내들을 모두 마다했는데, 말똥구리에 불과한 사내가 가슴을 비집고 들어왔다.

단 며칠 자신을 납치한 사내이고, 말도 몇 마디 나누지 않았고, 딱딱한 이야기만 주고받았고……

"사랑해요."

그녀는 나직이 속삭였다.

사랑한다는 말 한마디 듣지 못하고 저승길을 가려면 얼마나 적적할까 하는 생각이 불현듯 들었기 때문이다. 한데!

쿵! 쿵! 쿵!

그녀의 손바닥에 작은 울림이 감지되었다.

'이건!'

그녀는 깜짝 놀라 벌떡 일어섰다. 그리고 황급히 계야부의 가슴에 손바닥을 올렸다.

이번에 칠정산에 와서 새로 깨달은 능력이 있다. 그녀 스스로도 자신에게 그런 능력이 있는 줄은 알지 못했다. 좀 더 정확히 말하면, 계야부의 나신을 만지는 순간 그의 모든 것이 느껴졌다.

피의 흐름은 아니었다. 오장육부의 흔들림도 아니었다. 뭐라고 말할 수 없는 미묘한 기운이 손바닥에 전달되어 왔다.

한데 그게 원활하지 않다. 기운이 잘 흐르다가 작은 암초에 걸린 듯 툭툭 막힌다.

암초만 부수면 잘 흐를 텐데.

그녀가 계야부에게 부수라고 말한 게 바로 그것이다.

충맥 역린도 같은 발상이다.

계야부의 충맥은 다듬지 않은 길처럼 거칠었다. 뱀의 비늘처럼 수많은 파편들이 널려 있었다.

순리대로 흐르면 파편을 제거하지 못한다. 역린을 하면 한꺼번에 싹 쓸어버릴 수 있다. 단단하게 파묻힌 파편을 끄집어내는 일이니 무척 아플 것이다.

그녀는 이번에도 자신의 느낌대로 침을 꽂았다.

사실 의원이 맞는 말을 했다. 천 년에 걸쳐 다듬고 또 다듬어 오늘에 전해진 것이 침술이다.

그 속에는 사람에게 좋은 것과 나쁜 것이 명확하게 구분되어 있다. 해서는 안 될 것과 꼭 해야 할 것도 정해져 있다.

하나 그렇게 하면 살지 못하는 걸 어쩌랴.

그녀는 자신의 느낌을 고조시켰다. 계야부의 몸을 살펴서 기운의 흐름을 막는 암초를 찾았다. 그리고 침술로 부숴 버렸다.

어렵게 생각하면 아무것도 못한다. 가장 간단하고 위험하지 않은 방법을 선택하면 된다.

의원은 사람을 죽이는 행위라고 했지만 그녀는 살리는 방법이었다. 실제로 계야부는 자시가 되기 전에는 위독하지 않왔다. 딱 자시가 되는 순간에 절명했다.

'뛴다!'

그녀는 자신이 잘못 느꼈나 싶어서 두 번, 세 번 반복하여 심장 고동을 살폈다. 그의 가슴에 귀를 대고 듣기까지 했다.

통! 통! 통……!

심장이 뛴다.

"뛰어요! 뛰어요!"

그녀는 세상이 떠나가라 고함을 질렀다.

"허! 이런 일이 있나. 분명히 절명했었는데…….'

의원이 눈을 희번덕거렸다.

정상이랄 수 없을 만큼 미약하지만 심장이 뛰기는 한다. 맥도 돌아왔다.

"명이 무척 긴 자군."

사일도가 피식 웃으며 말했다.

"저…… 소저, 제게 불러주신 혈 자리, 다시 한 번 불러주실 수는 없는지요?"

의원이 두 손을 싹싹 비비며 말했다.

그는 사약란이 구술해 준 게 기사회생(起死回生)의 비법이라고 생각한 듯했다.

"그거 사람마다 다른 거예요. 이 세상에서 딱 한 번. 아시죠? 이 사람이 다음에 또 이런 상태가 되어도 똑같은 침술을 쓸 수는 없어요. 그때는 또 다른 침술을 써야죠."

의원의 얼굴이 참혹하게 구겨졌다.

십일영자는 따로 모였다.

그들에게는 계야부의 회생이 반갑지만은 않았다. 아니, 아주 반갑지 않았다.

"어떡한다?"

량준이 말문을 열었다.

"안선이 아직은 모르는 것 같지? 알았다면 이대로 방치했겠어?"

소예가 심란한 표정으로 말했다.

그들의 고민은 서인이다.

서인이 계야부의 미간에 붉은 점으로 남아 있는 한 그는 사일도에게 쥐약이나 다름없다.

"이제 살아나기까지 했으니…… 안선이 생존 사실을 알면 가만있지 않을 텐데 말이야."

붕비가 말했다.

그들의 고민은 서인 전이(轉移)다.

그의 몸에서 서인을 빼내는 방법이 있다.

그가 어떻게 해서 서인을 얻게 되었는지 생각해 보면 잃는 방법도 쉽게 생각할 수 있다.

그렇다. 다른 여인과 정사를 나누면 서인이 사라진다. 아니, 다른 여인의 미간으로 옮겨간다. 서인으로 만든 수궁사는 처음에만 팔뚝에 존재한다. 그 후부터는 미간에서 미간으로 옮겨 다닌다.

석척이나 언전으로 만든 수궁사가 일회성인 데 반해, 서인으로 만든 수궁사는 영원히 사라지지 않는다.

사일도는 서인의 그런 특성을 이용해 장난을 쳤다.

"넌 내 동생이야. 나만 믿으면 돼. 이 세상에서 날 죽일 수 있는 사람은 너밖에 없어."

아주아주 어렸을 때의 그 한마디가 오늘의 고초를 자초했다.

계야부에게서 다른 여인에게로, 그리고 그 여인을 취하는 자는 사일도에게 치명적인 일격을 가할 수 있다.

계야부는 언제 터질지 모르는 화약고인 것이다.

"그런데 왜 안 깨어나는 거지?"

"약란이가 알아서 하겠지. 의원도 못 고치는 걸 고쳤잖아. 세상에…… 세공단에 중독된 자를 일으키다니."

"앞으로 나도 세공단이나 구하러 다녀야 할까 봐."

"누가 침이나 놔주고?"

"나도 머리 좋은 여자 한 명 구해야지."

"장난들 하지 말고, 이 논의부터 끝내자. 어쩌면 좋겠나?"

"정신 차린 후에 할 일이지만, 여자를 붙이는 건 어때? 열 여자 줘서 싫다는 사내 없잖아?"

"그런 후에는? 또 다른 사내가 취하게 내버려 둬? 결국은 여자가 되었든 사내가 되었든 한 명은 죽여야 된다는 거잖아."

그들은 머리를 맞대고 계야부의 처리 문제를 논의했다.

사일도나 사약란이 알게 되면 만류할 것이 뻔한 일이기에 그들끼리만 논의해야 했다.

계야부는 벌써 일어났어야 한다.

그에게 먹인 단환은 자시를 넘기면서 효력을 잃었다. 한데 그때나 지금이나 같은 상태다. 사지를 움직이지 못할 뿐만 아니라 말조차 하지 못한다.

왜 이럴까?

몸속에서 큰 변화가 일어나고 있기 때문이다.

세공단으로 형성된 이 갑자의 내공이 빠져나가고 있다.

이 갑자 내공 중에 얼마가 빠져나가고 얼마가 남아 있을지는 미지수다. 어쨌든 이 갑자의 내공을 가졌을 때처럼 무적에 가까운 신위를 보이지는 못할 것이다.

당분간은 상당히 답답할 게다.

어떤 사람은 이런 정도의 무공 감퇴만으로도 실의에 빠져 허우적거린다.

계야부는 그럴 것 같지 않지만 사람 일이기에 장담할 수는 없다.

혹여 내공이 모두 사라지는 건 아닐까?

이 갑자 내공이나 본신진기나 한데 어울려 있었다. 네 것이 내 것이고, 내 것이 네 것이었다. 그중 하나가 사라지고 있다. 한데 어울렸던 내공까지 가지고 가지 말란 법이 없다.

최악의 경우, 계야부는 물동이조차 들어 올릴 수 없는 폐인이 될 가능성도 남아 있다.

사약란은 모든 가능성을 열어두고 일다경에 한 번씩 점검했다.

"밥은 먹어야지."

"주먹밥 좀 만들어줄래요?"

"꼭 그렇게까지 해야겠니?"

"저 이 사람 깨어나면 말 좀 해야겠어요. 그런 후에 결정할게요. 이 사람과 저, 어떻게 될지요. 그때까지는 봐줘요."

"그러마."

사약란에게 사일도는 한없이 약했다.

그녀는 오라버니의 마음을 안다. 어떤 점을 걱정하는지도 안다. 그리고 오라버니의 걱정은 십분 타당하다. 계야부가 이대로 쓰러진다면 그 짐을 평생 지고 가야 한다.

참으로 견디기 힘든 일이 될 것이다.

머리끝부터 발끝까지 기혈의 움직임을 감지했다.

이제는 정교한 손길이 필요하지 않기 때문에 막힌 부분을 뚫을 사람이 많다. 주위에 있는 사람 중 아무나 붙잡고 추궁과혈(推宮過穴)을 부탁하면 된다.

불룩하게 솟아 있던 단전이 푹 꺼졌다.

'도대체 얼마나 빠져나간 거야?'

계야부는 자다가 깨고 깼다가는 다시 잠들었다.

주위 사람들이 보기에는 항시 잠들어 있는 것처럼 보이지만 하루 중 절반은 의식을 차리고 있었다.

사약란이 중얼거리는 소리를 들었다.

제일 먼저 들은 소리는 '사랑해요'였다.

진심인가, 아니면 죽어가는 사람에 대한 동정인가.

그 후로도 많은 사람이 말을 했지만 가장 크게 와 닿은 말은 역시 사약란이 한 말이었다.

"세공단! 세공단으로 만들어진 내공이 사라지고 있어!"

혼잣말로 중얼거린 말이지만 바로 곁에서 말했기 때문에 똑똑히 들렸다.

그녀는 그 때문에 상당히 많은 고민을 했다.

내공을 살릴 방법이 없는지 이곳저곳을 더듬기도 했다.

사실 계야부도 이 갑자 내공이 사라진다니 섭섭하기는 했

다. 이제 예전처럼 빠르지도 않을 것이고, 무지막지한 거력을
발휘하지도 못할 것이다.

그렇다고 심각하게 생각하지는 않았다.

싸움이란 꼭 힘이 세다고 능사가 아니다. 빠르다고 다 이기
는 것도 아니고, 현란하게 왔다 갔다 한다고 이기지도 않는
다.

정확한 시점에 정확한 타격 한 번이면 끝난다.

내공이 강하면 많은 도움이 되는 건 사실이지만 내 것이 아
니었으니 사라진다 해도 상관없다.

그것보다는 사약란의 능력이 놀랍다.

처음에는 왜 몸을 만지나 싶었다. 그녀에게 특이한 능력이
있구나 하는 생각도 했다.

역시 맞았다. 그녀는 기감(氣感)이 아주 뛰어나다.

자신의 몸을 살펴서 기가 적체되는 부분을 뚫어준다.

굉장한 능력이지 않은가.

세 번째로 그녀는 깊이 생각해야 할 말을 했다.

"이 사람 깨어나면 말 좀 해야겠어요. 그런 후에 결정할게요.
이 사람과 저, 어떻게 될지요."

어떻게 될까?

말똥구리와 서지단 서군사의 만남.

지금까지는 고난을 같이했으니 뜻이 통했지만 앞으로는 사정이 달라질 것이다. 그녀는 앞을 향해 쭉쭉 뻗어나갈 것이고, 자신은 걸림돌이 되어 옆으로 비켜서기 바쁠 것이다.

그는 무림이란 곳이 마음에 들지 않았다.

전장이 속 편했다.

화끈해서 좋다. 싸울 때 싸우고, 쉴 때 쉴 수 있는 곳이기에 좋다.

무림은 이것저것 생각해야 할 것이 너무나 많다. 꼭 장기를 두는 것 같다. 세 수 앞을 보는 사람과 다섯 수 앞을 보는 사람이 속으로 자신만의 미소를 지으며 한 수 한 수 두어나가는 것 같다.

자신의 전역은 사약란의 납치를 위한 것이었다. 그녀의 납치가 목적도 아니었다. 그녀는 사일도를 죽이기 위한 도구였다. 그 시점에서 자신을 쓸모가 없었다. 한데 다시 소용 가치가 있는 인간이 되었다. 사약란을 겁탈한 후 사일도에게 맞아 죽는 역할이다.

이런 빌어먹을 곳이 있나!

사람을 그런 식으로 이용하는 사람은 또 뭔가!

권선징악(勸善懲惡) 같은 건 모른다. 하지만 사람이 사람을 이용하는 건 딱 질색이다.

그런 곳에서 사약란과 함께 살아갈 자신이 없다.

'우선 몸을 회복한 후에……'

그는 회복에 온 신경을 집중시켰다.

           *   *   *

육교사는 예상하지 못한 전서를 받았다.

손톱만 한 종이에 깨알 같은 글씨가 적혀 있었다.

"이게…… 이런 멍청한! 허어! 내가 요즘 망령이 들었나. 하는 일마다 실수투성이군. 그나저나 이놈이 살아나다니, 어떻게 이런 일이! 좌우지간 명 하나는 긴 놈이야. 정말 질긴 놈이야. 허허허!"

그는 전서를 똘똘 말아 입 안에 넣고 꿀꺽 삼켰다.

"계야부가 서인을 얻었다. 놈의 몸에서 서인을 빼낼 방도가 있으니 사로잡아 와."

"저희로서는 역부족입니다. 재고를 부탁드립니다."

"허허허! 이 사람들아, 내가 언제 못할 일을 시키던가? 다 할 수 있는 일이니 시키는 것이야. 지금 계야부는 세공단으로 얻은 내공을 잃어가는 중이라는데, 어떤가? 이제는 해볼 만한가?"

"이 갑자 내공을 잃는다고요? 제가 그 입장이라면 살고 싶은 마음이 들지 않을 겁니다."

"그래도 지금은 힘들 것이야. 사일도와 십일영자가 지키고 있으니. 지켜보고 있다가 기회를 잘 잡아."

대답은 들리지 않았다. 단지 바람이 잠깐 흔들렸을 뿐이
다.

"서인은 사라지지 않는다? 교접을 통해 전이된다? 허허허!
사일도…… 넌 죽은 목숨이었군. 허허허!"

그는 통쾌하게 웃었다.

第十四章
무림(武林)

1

　내공이 얼마나 빠져나갔는지 모르겠다. 세공단으로 얻은 이 갑자 내공 중 상당 부분이 유실된 건 확실하다.

　두 사람은 어색하게 만난 지 십여 일이 지난 후에야 얼굴을 마주 보며 이야기할 수 있었다.

　"몸은 어때요?"

　"괜찮소."

　순간, 사약란의 아미(蛾眉)가 찡긋 올라갔다.

　칠정산에서 그는 자신을 내자로 받아들인 듯했다. 그래서 말투도 당당했다. 왜 반말을 하냐고 따져도 그게 남자라며, 편한 게 좋다며 받아쳤었다.

이제 다시 올림말이 되었다.

그만큼 거리가 벌어졌다는 뜻일 게다.

"전 칠정산이 더 편해요."

은근히 언질을 주었다.

"소저도 알다시피 우린 어쩔 수……."

"어쩔 수 없는 상황이었다? 하면 지금은 아무 상관도 없다
이 말인가요?"

계야부는 답을 하지 않았다. 대신 싸움에 임했을 때처럼 활활
타오르는 뜨거운 눈길로 사약란을 쳐다봤다. 아니, 노려봤다.

"난 군이 좋소."

"군인이 되고 싶어요?"

"군인의 아내가 되어줄 수 있소?"

"좋아요."

사약란은 너무도 순순히 대답했다.

"정말이오?"

"제가 희언(戲言)하는 것처럼 보여요?"

계야부는 고개를 가로저었다.

그녀가 말했다.

"제 할아버지가 무총 총주이신 것 알죠?"

"알고 있소."

"그럼 어디부터 시작할래요?"

"……?"

"군인이 되더라도 무총 총주의 손녀사위 노릇은 해야죠. 설마 다시 말똥구리가 되겠다는 건 아니죠? 시작이니까 종오품(從五品) 정도부터 해요. 무략장군(武略將軍) 어때요?"

계야부의 인상이 일그러졌다.

"이게 저예요."

그녀는 차분하게 말했다.

서로가 상대를 의식만 할 뿐 말은 하지 못할 때부터 마음속에 담았던 말이다.

그녀는 자신의 입장이 어떤지 확실하게 깨우쳐 주었다.

반면에 계야부는 가진 것이 없다. 거치적거리는 사람도 없다.

선택은 사약란이 하는 게 아니라 계야부 몫이었다. 세속적인 기준으로는 백이면 백 사약란이 선택해야 한다. 하나 그들의 기준으로 보면 결정권은 계야부에게 있었다.

"무림에서 살면……."

"서지단 서군사의 남편이에요. 삼 년 내지 사 년, 폐관수련(閉關修練)은 각오해야 할 거예요. 적어도 대문파 장문인 정도 되는 사람이 사부(師父)가 될 거고요. 어디 가서 쉽게 당해서는 안 되잖아요."

"초야(草野)에 묻히는 방법도 있겠군."

"무총을 아직 모르시죠? 어디로 숨든 넉넉잡고 한 달이면 찾아낼 거예요."

"그대의 뜻이 문제겠지."

"한 번 더 깊게 보세요. 무총이 왜 저를 놓지 않는지. 제가 초야에 묻히면 안선이 가만히 있을까요? 저는 당장 달려들 거라고 생각되는데, 어떻게 보세요?"

"무공은 왜 익히지 않았소?"

"아! 그 말도 해야겠네요. 전 무공을 수련할 수 없는 체질이에요. 기혈이 빨리 돌면 폐와 심장이 망가져요. 호호! 평생 조신(操身)하며 살아야 해요."

"많이 불편하겠군."

"호호호! 제 말을 했을 때 그렇게 말하는 사람은 처음이에요. 많이 불편하겠다. 정말 신선해요."

그녀가 고혹적인 미소를 지었다.

양 볼이 푹 파이며 귀여운 보조개가 생겼다.

"모두 안쓰럽다는 표정부터 짓죠. 그다음은 고민을 해요. 이 여자를 어떻게 할 것인가. 버리기는 너무 아깝고 삼키자니 목에 걸리고. 하지만 그런 고민은 얼마 가지 않아요. 간이라도 빼줄 것처럼 가깝게 다가서죠."

"조건이 있어."

깊게 생각할 필요가 없었다. 생각은 너무나 많이 했다. 누워 있는 내내 이 생각도 해봤고 저 생각도 해봤다.

그는 자신에게 딱 하나의 질문만 던졌다.

사약란을 등지고 살 자신이 있는가?

살 수는 있다. 어떻게든 사는 게 인간이다. 하나 후회는 많이 할 것 같다.

그렇다면 그녀의 뜻대로 무림에서 사는 것은 어떤가? 살수 있는가? 그녀에게 장애물이 되지 않을 자신은 있는가?

무림에서 산다는 질문에는 많은 부가 질문이 뒤따랐다.

근본적으로 자신의 모든 것을 뒤바꾸지 않는 한은 참으로 갑갑한 삶이 될 것이다.

이제 마지막이다.

그녀를 버리고 혼자 사는 삶과 그녀와 함께 사는 삶 중에서 어느 것이 더 즐거운가?

고독한 늑대와 우리에 갇힌 늑대.

많은 고민을 했다. 너무 많이 생각했다. 그러다가 꼭 우리에 갇힐 필요는 없다는 생각을 했다.

자신은 장애물이 아니다. 지금까지 누구에게 짐이 되어본 적이 없다. 그렇게 살지 않았다. 필요한 부분은 익힌다. 부족하면 채운다. 그러다 보면 그녀에게 도움이 될 수도 있다.

자신이 알아서 한다.

그가 누워 있는 동안 내린 결론이었다.

그래도 마지막으로 물어봤다. 초야에 묻힐 수는 없는지, 군인의 아낙으로 살 수는 없는 건지.

사약란이 빙긋 웃었다.

계야부의 말투가 칠정산으로 거슬러 올라갔다. 그때처럼 당당하다.

"말해봐요. 어떤 조건요?"

"폐관수련은 하지 않아. 사부도 필요없고. 무공을 다시 배울 생각은 없어. 지금으로도 충분히 만족해."

"이 갑자 내공이 사라진 건 알아요?"

"필요하다면 서지단에서 한 걸음도 나오지 않겠다. 방 안에서만 살라면 그리 살겠다. 단, 내가 그리 살 수밖에 없는 이유를 확실하게 말해줘야 해."

"무공으로 부딪쳐야겠죠? 위지패문이 증명해 보라고 한 말처럼요."

"이 두 다리를 부러뜨리면 확실히 주저앉겠지."

"원망은 없기예요?"

"원망은 안 해."

사약란은 손을 뻗어 투박한 손을 잡았다.

"이제 저는 당신 아내예요."

"많이 손해 보는 장사를 했군. 무총 손녀에게는 가당찮은 신랑이야."

그녀가 고개를 살래살래 흔들었다.

"당신은 숨은 보옥이에요. 아무도 몰라요. 당신이 얼마나 무서운 사람인지. 당신은 양 날의 검. 나쁘게 쓰면 살인 도구가 될 거고요, 좋게 쓰면 마인을 베어 넘길 거예요."

"훗! 결국 사람을 죽일 팔자라는 거군."

"제가 좋게 쓸게요."

두 사람은 오랫동안 서로를 쳐다봤다.

말은 필요없었다. 따뜻한 눈길, 포근한 미소 속에 수많은 밀어가 함축되어 전달되었다.

"서운하지 않나?"

사일도가 계야부의 미간에 찍힌 붉은 점을 보면서 물었다.

"이 갑자 내공을 잃으면 한동안 허전할 거야."

"괜찮소."

"담담하군."

"내 것이 아니니 언젠가 잃을 것이라는 생각을 했었소."

"이 갑자 내공을 그런 식으로 말하는 사람은 드물지. 아니, 없을걸. 나도 그렇게 담담하게 말하지는 못하지. 이미 잃어버렸기 때문에 생각해 봤자 소용없다. 그래서 일찍 포기한 건가?"

계야부는 손과 발을 부지런히 움직였다.

이 갑자 내공만 사라진 것이지 죽은 것은 아니다.

지금 상태도 그리 나쁜 것은 아니다. 군에서 전역할 때에 비하면 훨씬 강해졌다. 그때는 몰랐던 금강반야선공도 알고, 사전투광신보도 안다. 시구각보는 완전히 몸에 붙었다.

이 모든 무공을 한데 뭉쳐서 자신만의 무공을 만들어냈다.

이른바 교혈무공이다.

아직은 투박하기 이를 데 없다. 하지만 참오를 계속하고 날카로운 부분을 부드럽게 가다듬으면 뛰어난 절공이 될 것이라고 믿어 의심치 않는다.

"자네, 내게 매제(妹弟) 된다는 것 아나?"

"알고 있소."

"그럼 형님처럼 편히 대해. 지금은 너무 멀잖아."

"차차 나아지지 않겠소."

"후후후!"

사일도는 오랜만에 즐거웠다.

계야부는 무림을 모른다. 그래서 무총 대공자에 대한 예의
도 알지 못한다.

남들이 계야부처럼 건방지게 그를 대했으면 벌써 십일영
자 손에 절단났으리라.

그래서 설설 긴다.

계야부는 그런 점에서는 아주 편하다. 사약란의 오라버니
이기에 그나마 말을 올려준다는 표정이 역력하니 재미있지
않은가.

그는 또 무총에 바라는 것도 없다.

사약란에게 혼담을 넣은 무가(武家)는 십 중 십 계산을 한다.

그녀와 혼인을 하게 됨으로써 얻게 될 이득을 면밀히 셈
한다.

계야부는 그런 게 없다. 그래서 좋다.

단지 무공이 너무 약하다. 정통 무공을 배울 필요가 있다.
이 갑자 내공을 지녔을 때와는 많이 다르다. 그만한 내공을

다시 얻지 못하는 한 차분하게 쌓아 올라가야 한다.

"폐관수련을 거절했다고 들었는데?"

"내가 알아서 할 생각이오."

"약란이에게 짐이 되면 곤란해."

"그래서…… 부탁이 있소."

"부탁이라……."

사일도의 음성이 심드렁해졌다.

그러잖아도 비급을 가져왔다. 계야부의 신체에 적합한 무공을 생각한 끝에 사전투광신보와 짝을 이루면 아주 좋겠다 싶은 무공을 찾아냈다.

귀영십삼식(鬼影十三式)이다.

무림에 크게 알려진 무공은 아니다.

중원을 떠돌던 사 년 동안 우연히 습득한 무공이 많은데, 그중 하나다.

하지만 귀영십삼식을 절정으로 익힐 경우에 과연 적수가 있을까 싶을 정도로 강한 인상을 남긴 절공이다.

귀영십삼식을 누가 만들었는지, 어느 문파에서 사용한 것인지 알 도리는 없다. 수소문을 해본 적도 있고, 여러 사람에게 물어보기도 했지만 아는 사람이 없었다.

매제에게 좋은 선물이 되지 않겠나.

그는 사약란의 혼인에 상관할 생각이 없었다.

어떤 놈이 되었든 무총의 후광을 생각하고 덤벼든 자일 테니, 그 자가 그 자라고 생각했다.

한데 걸려든 것이 말똥구리 계야부다.

전혀 예상치 못한 일이다. 설마 이런 자가 무총 총주의 손녀사위로 낙점될 줄은 꿈에도 몰랐다.

그는 재미있어졌다.

동생이 사내를 보는 눈도 재미있거니와 놈이 하는 양도 신선한 것이 볼만했다.

그런데 부탁이라……. 역시 무총의 후광인가. 말똥구리는 다를 줄 알았는데.

"십일영자 중에 살수 출신이 있다고 들었소."

사일도의 눈빛이 반짝였다.

"류청지가 살수 출신이지."

"솜씨는 어떻소?"

"최고. 노려서 죽이지 못한 자가 없었지."

"류청지를 한 달만 빌려주시오."

"살수를 부탁하려고? 죽일 사람이 있나?"

사일도는 너무나 재미있었다.

"나요."

예상했던 말이다. 류청지를 물어올 때부터 이런 마음인 것을 짐작하고 있었다. 하지만 안 된다. 계야부는 류청지가 어떤 인물인지 알지 못하기에 이런 철없는 소리를 하는 게다.

그가 노린 사람은 모두 죽었다.

오직 이것만이 진실이다.

"내 일 초를 받아낸다면 그 부탁을 받아주지."

계야부는 고개를 흔들었다.

"받아낼 수 없다는 것, 알고 있소."

"일 초도 받아낼 자신이 없으면서 류청지에게 죽여달라는 부탁을 하는 건가? 하하하! 류청지! 기분이 어떤가!"

"후후후!"

류청지가 가소롭다는 듯 웃었다.

십일영자는 사일도의 곁에서 떨어질 생각을 하지 않았다. 특히 계야부와 만나는 자리는 더욱 악착같이 쫓아왔다.

그들은 두 사람이 말하는 곳에서 일 장 밖에 떨어져 있지 않았다. 당연히 두 사람이 하는 말을 모두 들었다.

"류청지, 당신 상대가 안 된다는 것도 알아. 하지만 난 서 군사의 짐이 되어서는 안 되는 사람이야. 그래서 이렇게 정중히 부탁하는데…… 하루에 최소 세 번, 날 죽여주기 바라. 보름 동안은 타격만, 나머지 보름은 진검을 사용해서."

사일도에게 하는 말이 아니었다. 등 뒤에서 듣고 있는 류청지에게 직접 하는 말이었다.

"공자, 들어줘야 할 것 같은데요?"

소예가 웃음을 억지로 참으며 말했다.

"보름 후부터 진검이라. 보름이면 어떤 공격도 피해낼 자신이 있다는 말인데, 류청지…… 하하하! 자존심 좀 상하겠어."

홍법이 놀려댔다.

그들이 보기에는 계야부가 너무 철없어 보였다.

보름 동안 절학을 수련하면 얼마나 한다고 류청지에게 자신을 청부하는가.

십일영자도 그런 말은 하지 못한다.

정면 공격과 기습 공격은 성격이 완전히 다르다. 무공이 서너 배 높은 사람도 살수의 공격에는 속절없이 무너진다. 치밀하게 짜인 각본대로 움직이면 걸려들지 않을 사람이 없다.

"좋아, 해봐."

사일도가 흔쾌히 승낙했다.

"공자!"

오히려 발끈한 사람은 류청지다. 그가 못마땅한 표정으로 사일도를 불렀다.

"매제 말대로 해. 보름은 타격만, 보름 후부터는 진검을 사용해서 진격(眞擊)해."

"손에 사정을 담겠습니다만 사람 일은 알 수 없는 거지요. 실수도 예상해야 합니다."

"죽여도 좋다잖나."

사일도가 일어서며 말했다.

"이건 틈이 날 때마다 훑어봐. 도움이 많이 될 거야."

사일도조차도 강렬하게 인식한 무공, 귀영십삼식이 계야부에게 건네졌다.

사약란은 사일도에게서 직접 소식을 전해 들었다.

"네가 말리면 지금이라도 그만두라고 하고."

"아뇨. 하세요."

사약란은 무사태평, 환히 웃었다.

"하하하! 그놈은 류청지를 모르니 그런 말을 한다고 치고, 넌 류청지를 알면서도 하라고 하는구나. 모르는 사람이 들으면 서방을 죽이지 못해서 안달난 여자로 알겠어."

서방이라는 말에 사약란은 볼을 붉혔다.

"전 그 사람을 믿어요."

"쯧! 아직도 그런 말을. 무림은 믿음과 상관없는 곳이란 걸 모르는 바도 아닐 텐데."

"저와 연을 맺으면 그 사람…… 무림에서 살아야 해요. 제가 무림에 적응할 사람인지 아닌지도 모르고 택했을 것 같아요? 무림에 어울리지 않는 사람이라면 참으로 불행한 삶이 될 거예요. 사랑한다면 그런 삶을 살게 해서는 안 되겠죠?"

"무림에 맞는 인물이라는 거냐?"

"그렇게 보지 않았어요?"

"후후후! 두고 보면 알겠지."

사일도는 동생의 얼굴을 쳐다봤다.

그녀의 얼굴이 나날이 밝아지고 있었다. 예전에는 늘 무심한 표정이었는데, 지금은 입가에 웃음을 달고 산다.

계야부가 일으킨 변화다.

'너의 판단이 옳길 바란다. 저들은…… 계야부를 정말 죽일 거야, 나를 위해서. 이번 기회에 앙금을 해소시키는 것도 좋겠지. 그렇지 않으면 죽을 것이고.'

사일도는 계야부가 이겨내기를 바랐다.

십일영자는 할 말이 없었다.

그러잖아도 계야부 때문에 골머리를 앓고 있었는데, 그가 아주 좋은 해법을 제시해 왔다.

자신을 죽여달라.

이보다 명확한 해법이 어디 있는가.

"보름은 기다려야겠네?"

"후후후!"

"저자…… 정말 끈질긴 자야. 세공단의 저주에서도 풀려났어. 세상에 세공단의 저주에서 풀려났다는 사람 봤어? 류청지, 확실하게. 두 번, 세 번 확인하고."

"석지, 날 모독하지 마라."

"미안, 미안. 저놈이 하도 괴물 같아서 말이야."

"내 신화는 아직 죽지 않았어. 지금도 이어지고 있지. 내가 노린 자, 죽는다."

그들은 나눌 말이 없었다.

계야부는 이미 죽은 목숨이었다.

"괜히 일 벌인 것 아녜요?"

사약란은 사일도에게 말할 때와는 다르게 울먹이기까지 했다.

"믿는다고 했잖아."

"류청지가 어떤 사람인지 몰라서 하는 말이에요. 그는……."

"그만."

계야부는 사약란을 꼭 껴안았다.

"서인을 갖고 있는 한 저들이 노릴 거라며? 그럴 바에는 기회를 주는 게 좋아. 남자들은 서로 한바탕 치고받고 싸우면 친구가 되는 법이야. 나도 그만한 수련은 해야 되고."

"그것도 어느 정도 상대가 되어야 말이죠."

"말똥구리들은 나만 보면 절절맸는데, 이놈의 무림은 날 애 취급 한다니까. 훗! 걱정 마. 살아서 돌아올 테니."

"꼭 살아 돌아와요."

계야부는 자신있게 고개를 끄덕여 주었다.

실제로도 자신있었다.

십일영자 중 누구라도 자신을 벨 능력을 구비했다. 한 달이 아니라 두 달이 지나도 그들과 정면으로 맞붙으면 이길 자신이 없다.

하나 살수는 다른 공격을 한다.

일단은 숨어 있어야 하고, 기회를 노려야 한다.

그가 숨어 있는 곳을 알게 되면 대비도 가능해진다. 또한 살수의 공격은 대부분 일 초에 끝날 터이니, 일 초만 받아내면 된다. 정면에서 공격을 받을 때보다 훨씬 좋은 조건이 되는 것이다.

여유를 갖기 위해서 보름이라는 기간을 두었다.

그동안 류청지의 수법을 세밀히 관찰한다.

그가 어디 숨어 있는지, 어떤 공격을 하는지, 그리고 나머지 보름 동안 최선을 다해서 막아낸다.

"정말 자신있어."

그가 말했다.

2

공정한 싸움을 위해서 모두 물러났다.

사약란은 붕비, 석지, 소예의 호위를 받으며 서지단으로 갔다.

부사영과 오목은 그녀를 따라 같이 서지단으로 갔으며, 사일도와 나머지 십일영자는 무총으로 향했다.

그들은 앞으로 한 달간 두 사람의 소식을 듣지 못할 것이다.

류청지가 실수라도 하는 날에는 한 달이 지나기 전에 급보를 알려올 수도 있다.

일찍 오는 소식은 좋지 않다. 한 달을 꽉 채운 후에 전달되는 소식이래야 반갑다.

"정말로 몰라서 그러는데, 어떤 식으로 싸우는 건가?"

류청지는 어이없다는 듯 쳐다봤다.

"너 하고 싶은 대로 해. 자고 싶으면 자고, 먹고 싶으면 먹고. 하고 싶은 걸 해. 내가 무엇을 하든 신경 쓸 필요 없어."

"하기는 그렇군."

계야부는 말이 끝나기가 무섭게 몸을 돌렸다.

류청지를 생각할 필요가 없다. 지금부터 그는 이 세상 사람이 아니다. 자신은 그를 전혀 모른다. 그가 기습 공격을 가해 온다는 사실조차도 모른다.

그래야 무림에서 말하는 기습 공격을 수련할 수 있다.

그가 고육지책(苦肉之策)을 꺼내 든 것은 십일영자의 마음을 헤아린 것도 있지만 실제로 강해질 필요가 있었기 때문이다.

그는 강함을 실전을 통해 배웠다.

적진을 넘나들고, 적을 한 명 두 명 죽여가면서 몸으로 체득했다. 숙영지에서 배운 것은 아무 도움도 되지 않았다. 오히려 방해 요소만 되었다.

무림도 마찬가지다. 이곳도 사람 사는 세상인데 강함과 약함의 구분인들 다르겠는가. 강해지는 것은 실전으로 얻는 것이 가장 확실하고 빠르다.

우선 병기를 만들어야 한다. 대장간을 찾아서 손에 익은 단검과 자모도를 만든다.

저번처럼 투망 같은 것에 말려들어 가지 않도록 검병(劍柄)에 줄을 묶어놓을 셈이다. 그러면 손목이 끊어질지언정 병기를 놓치는 일은 없겠지.

그는 터벅터벅 걸었다.

*   *   *

그들에게는 생각지도 못한 기회였다.

사일도와 십일영자가 물러나기를 기다리는 것은 상당히 지루했다. 얼마나 더 기다려야 될지도 모르고, 계야부가 사일도를 따라서 무총으로 들어갈 수도 있었다.

그런데 뜻하지 않게 모두들 썰물 빠지듯 사라져 버렸다.

남은 사람은 딱 두 사람이다.

"하필이면 류청지."

"그래도 한 명뿐이잖아."

"류청지라는 게 문제지."

"괜찮아. 한 명이면 기회는 얼마든지 생겨."

그들은 가뿐하기도 했고 찜찜하기도 했다.

계야부를 지키는 사람이 한 명뿐이라는 것은 백번 좋은 일이다. 하나 그가 류청지라는 건 십일영자 중 최악의 사람이 남겨졌다는 뜻이니 좋을 게 없었다.

류청지와 그들은 같은 부류다.

공격 형태가 같다. 매복과 기습에 대해서도 서로가 환하다.

다른 자가 남았다면 약간의 흔적쯤은 남겨놓아도 상관없지만 류청지는 대번에 살수의 등장을 눈치챌 것이다. 하면 그때부터는 그의 공격을 예상해야 된다.

살수들에게는 상당히 피곤한 자가 남겨진 셈이다.

"어중간해서는 안 돼. 정면승부를 벌였을 때, 류청지를 이길 수 있는지부터 말해보자. 이길 수 없다는 사람."

말을 꺼낸 살수가 먼저 손을 들었다.

그들은 모두 다섯 명이다. 들어 올려진 손도 다섯 개다.

"다음은 기습. 기습으로 잡을 수 있다는 사람."

그는 또 손을 들었다.

이번에는 한 명만 그를 따라 손들었다.

"정면으로는 불가, 기습으로는 반반. 하면 우리 능력으로는 류청지를 상대할 수 없다. 류청지는 피한다. 기회를 봐서 류청지가 떨어져 나갔을 때 습격한다."

"마냥 기다릴 수는 없잖아."

먼저 말을 한 살수가 고개를 끄덕였다.

"그러니 전서를 보내야지."

그들은 웃었다.

"류청지라……."

육교사는 연못가에서 몰려든 잉어에게 먹이를 던져 주었다.

류청지만 제거하면 계야부를 손에 넣는다. 연후, 그에게 여자를 붙여주면 모든 게 끝난다. 서인이 수중에 들어온다.

이 년간 공을 들이고, 막대한 은자를 쏟아부은 끝에 사약란을 납치했는데 이렇게 간단한 수가 있었다.

이럴 줄 알았으면 사약란을 빙빙 돌리지도 않았다.

그녀를 자산에 놓아둘 필요가 없었다. 칠정산에 준비가 끝나지 않아서 잠시 놓아두었는데, 그 때문에 십교사가 관리하는 안선주 하나가 사라지고 말았다.

칠정산에 데려온 후에도 살려둘 필요가 없었다.

아무나 시켜서 강간하게 하면 그만이었다.

사내가 서인을 뽑아오면 다시 여자를 붙여서 서인을 옮겨놓고 사일도에게 타격을 가할 만한 자를 기다리면 되는 거였다.

자신이 서인을 취할 수도 있지만 그것만은 내키지 않았다.

서인은 독성이 있다. 보통 사람은 느끼지 못하지만 특정한 일부 몇몇 사람에게는 천하의 극독보다도 무서운 독이 된다.

서인이 자신에게 어떤 작용을 할지 알 수 없다.

그는 모험을 할 생각이 전혀 없었다.

어쨌든 이제 다 끝났다.

계야부만 잡아오면 사일도를 장난감처럼 구겨 버릴 수 있고, 사일도가 사라지면 무총도 끝장이다.

무총이 무너지면, 그때는…… 후후후!

그는 들고 있던 지렁이 통을 통째로 연못 속에 던져 버렸다.

한가하게 잉어에게 먹이나 주고 있을 시간이 없다.

그는 급히 집무실로 돌아가 요대 위에 연검(軟劍)을 찼다.

'아무래도 이번 일은 내가 직접 나서야겠어.'

수하들을 믿을 수 없었다.

십교사 휘하의 안선주들은 폭넓은 정보망을 형성해 주지만 이런 일에 쓸 만한 자는 없었다. 자신의 휘하에 있는 자들도 류청지를 상대하기에는 부족한 점이 많다.

그렇다고 다른 교사들에게 부탁하고픈 생각도 없었다.

여행 삼아 한번 쓱 둘러보고 오면 된다.

그는 집무실을 쓱 둘러보았다.

이곳에 있을 날도 얼마 남지 않았다. 영원히 대업을 이루지 못하는가 싶었더니, 이렇게 기회가 오는구나.

"후후후! 우하하하!"

그는 앙천광소를 터뜨렸다.

3

'온닷!'

느낌이 왔다. 첫 번째 느낌은 피부의 전율이고, 두 번째 느낌은 공기의 파동이다.

파파팟!

그는 시구각보를 한껏 펼쳤다.

날렵한 고양이가 오른쪽 담장을 뛰어올라 갔다. 그리고 곧바로 커다란 저택의 지붕 위로 건너뛰었다. 순간,

사각!

날카로운 검이 앞섶을 그으며 지나갔다.

"사망이다."

음성은 나중에 들렸다.

'오늘로 세 번째.'

계야부는 참담한 심정으로 지붕에 앉아서 뉘엿뉘엿 저물어가는 노을을 바라봤다.

벌써 칠 주야가 속절없이 흘렀다.

이제 다시 팔 일만 지나면 그때부터는 진검 승부가 된다.

계야부는 류청지의 공격을 읽지 못했다. 기습이 시작되는 건 느끼는데 대비를 할 수가 없었다.

검이나 자모도를 쓰는 건 늦었다.

몇 번을 시도해 봤지만 검을 뽑기도 전에 베이기 일쑤였다.

이번에는 피하는 방법을 썼다.

시구각보는 움직임을 예측할 수 없다는 점에서 실전에 아주 탁월한 신법이다.

한데 잡혔다. 첫 번째 시구각보를 펼칠 때까지는 잡히지 않았다. 류청지도 그가 어디로 튈지 몰랐다는 뜻이다. 한데 두 번째, 지붕으로 건너뛰는 순간에 덜미가 잡혔다.

담장에서 지붕까지의 거리가 너무 멀었다.

몸 한 번 뒤척이면 옮겨질 거리지만, 그동안이면 베기에 충분한 시간을 제공한다.

그는 사일도가 웃고, 사약란이 걱정한 이유를 비로소 알았다.

류청지는 살수 중 단연 최고다.

사일도가 건네준 귀영십삼식을 봤다.

귀신의 그림자라는 말이 무색하지 않은 절공이었다.

귀영십삼식을 펼치면 형체가 사라진다.

시구각보처럼 시력의 잔상을 이용한 사라짐이 아니다. 움직임이 너무나 빨라서 눈으로 잡아내지 못하는 경우다. 거기에 상대를 완벽하게 죽일 수 있는 열세 가지 검초가 있다.

귀영십삼식에 걸리면 살 사람이 없다.

문제는 단시일에 익힐 수 없다는 점이다.

불철주야 노력해도 십여 년의 세월은 훌쩍 넘겨야 귀영을 만들어낼 수 있을 것 같다.

그는 비급을 모두 외운 후 불살라 버렸다.

당장은 수련할 수 없는 무공이다. 하지만 지니고 다니다 혹여 잃어버리기라도 하면 무림에 파란을 일으킬 물건임에는 틀림없다.

외우고 태워 버리는 게 낫다.

이것도 안 되고 저것도 안 되고……. 류청지의 살공을 막아낼 방도가 없다.

그는 침묵하고 있다. 하나 내일이 되면 다시 공격을 시작할 것이다.

마치 장난이라도 치듯이 아침 식전에 한 번, 점심 식전에 한 번, 그리고 해가 저물 무렵에 한 번, 시간까지 정확히 맞춰서 공격해 올 것이다.

'안 되는 것에 미련을 가지면 영원히 안 된다. 안 되는 것은 과감히 버린다.'

일단 검과 자모도를 버린다.

버린다고 해서 정말로 버리는 것은 아니다. 마음속에서 지우기만 하면 된다.

'귀영십삼식도 버린다.'

귀영십삼식이면 어떻게 상대해 볼 수 있다는 미련이 남지만 아낌없이 지워 버린다.

사실 이런 식이라면 이 갑자 내공에도 미련이 남아 있어야 한다.

칠정산에 올라갈 때의 무공이라면 그와 싸워볼 만하다. 그때는 사전투광신보만 해도 그야말로 번개를 무색케 했다. 번쩍하는 순간 상대의 몸을 베었다.

왕보가 사전투광신보를 보고 좌절했다고 했다.

금강반야선공이 가미된 탓도 있지만 이 갑자 내공이 받쳐주지 않았다면 그만한 속도를 낼 수 없었다.

모두 지난 과거다.

없는 것에 미련을 갖는 것만큼 허무한 일도 없다.

금강반야선공과 사전투광신보도 버린다. 기습을 느낀 순간 곧장 치달려 봤지만 등을 베이고 말았다.

예전의 속도가 나오지 않는 까닭이다.

교혈무공도 버린다.

막대한 내공이 사라지자 교혈에서 터득한 무공들이 전혀 재현되지 않았다. 형태는 비슷하게 그려냈지만 도무지 그때의 위력이 나오지 않았다.

남는 것은 오직 시구각보뿐이다.

우습게도 군에서 전역할 때 지니고 있던 것만 남았다. 무림에 와서 얻은 것은 모두 내놓았다.

그는 한 자 길이의 검과 자모도를 쳐다봤다.

'사검!'

문득 군에서 쓰던 검초가 떠올랐다.

그때는 무슨 검초를 쓰자고 생각한 적이 없었다. 적과 부딪치면서 어떤 초식을 쓸까 고민한 적이 없었다. 무조건 부딪치면 피하고 공격했다.

그래도 잘만 버텨왔다.

무림에서도 통용된 검초였다.

위지패문이 실력을 증명하라고 할 때, 수많은 무인을 상대로 훌륭히 싸워냈다.

군에서도 마찬가지였다. 자신이 죽인 장군들 중에는 정통 무공을 수련한 무인도 포함되어 있었다. 그들은 신공이라는 것을 끌어올렸고, 검초를 전개했지만 자신에게 죽었다.

이제 와서 안 될 리 없다.

괜히 겉멋만 들었다. 어느새 모양 좋은 것을 추구하고 있었다. 초식이라는 것, 신법이나 신공에 연연해했다.

전장에서 싸울 때는 '시구각보를 펼치자'고 생각한 적도 없었다.

자신이 무엇을 하는지도 몰랐다. 건너뛸 때가 되면 뛸 수 있나 없나를 살폈고, 뛸 수 있다고 생각되면 뛰었다. 도주할 때는 사력을 다했다. 그것뿐이다.

'내 식대로 싸우는 법을 잊고 있었군.'

그는 누구 집인지도 모를 남의 집 지붕에서 팔을 베고 누웠다.

지붕 아래에서 글 읽는 소리가 낭랑하게 들려왔다.

'온다!'

느낌은 똑같았다. 피부의 전율, 그리고 공기의 파동.

그는 움직이지 않았다. 신경이란 신경은 바짝 곤두세운 채 검이 날아오기를 기다렸다.

쒜에에엑!

전에는 들리지 않던 소리가 들렸다.

'위험!'

그는 반사적으로 허리를 숙였다. 동시에 오른손을 뒤로 힘껏 내질렀다.

쒜에엑!

자모도가 날카로운 파공음을 흘리며 뻗어나갔다.

까앙!

처음으로 병기와 병기가 부딪쳤다.

그 순간, 자모도는 움직임을 잃었다. 허리를 숙인 채 뒤로 뻗은 손은 움직이는 데 한계가 있을 수밖에 없었다. 반면에 류청지는 자유자재로 검을 변화시켰다.

싸아악!

검이 등을 훑으며 지나갔다.

"사망!"

사망을 통지하는 류청지의 음성이 흔들렸다.

아마도 병기가 부딪친 일 때문에 약간의 충격을 받은 듯했다.

살수의 검은 조용히 흘러야 한다. 시작부터 끝날 때까지 소리가 나서는 안 된다. 빛이 새어나가서도 안 된다. 형체가 보이면 더더욱 안 된다.

무음(無音), 무광(無光), 무형(無形)이야말로 살수의 검이다.

그는 무음을 놓쳤다. 무형도 깨졌다.

병기가 부딪쳤다는 것은 그가 지닌 능력 중 절반 이상이 무너졌다는 것을 의미한다.

"훗!"

계야부는 실소를 흘렸다.

역시 감각의 검, 사검만이 류청지와 맞설 수 있다.

'다음은 진짜 싸움이다.'

류청지의 공격 형태를 알았다.

그는 전면 공격을 한 번도 하지 않았다. 항시 옆 아니면 뒤에서 쳐왔다. 그리고 자세히 들어보면 옆을 칠 때와 뒤를 칠 때의 소리가 달랐다.

쐐에에엑!

소리가 확실히 들린다. 다소 긴 소리다.

'뒤!'

그는 옆을 칠 때보다 뒤에서 칠 때에 약간 더 긴 호선을 그린다. 옆을 칠 때는 찌르는 검이 많고, 뒤를 칠 때는 베는 검이 많기 때문이다.

반드시 그런 것은 아니지만 거의 칠 할은 그런 식이다.

몸을 반 바퀴 틀며 자모도로 검을 받아쳤다. 동시에 왼손으로 길게 원을 그리며 가슴 한복판을 찍어갔다.

까앙! 까앙!

자모도가 검을 막았다. 검이 단검을 막았다.

자신은 류청지의 공격을 막았고, 그는 자신의 두 병기를 완벽하게 차단했다.

계야부는 공격을 멈추지 않았다. 자모도로 그의 다리를 후려치면서 단검으로는 목을 찔러갔다.

그 순간, 그의 검이 두 병기의 한가운데를 파고들었다.

서걱!

앞섶이 크게 베였다.

한 치만 깊었어도 살이 베일 뻔했다.

"사망이다!"

"후웁!"

계야부는 크게 숨을 들이켜며 물러섰다.

검이 가슴을 훑고 지나갔지만 공포 같은 것은 전혀 느끼지 않았다.

그는 완전히 옛날의 감각을 되찾았다. 말똥구리가 되어 전장을 뛰어다니던 그때의 모습으로 되돌아갔다. 위지패문이 실력을 증명하라고 할 때, 거침없이 그러겠다고 말하던 그때의 계야부가 되었다.

"오늘로 보름이다."

류청지는 여느 때와 달리 공격을 끝낸 후에도 가지 않았다.

"내 검을 막은 건 네가 처음이다."

"많이 봐준 까닭이겠지."

계야부는 지나가는 말로 했다. 한데 류청지는 이상한 말을 해왔다.

"봐주긴 많이 봐줬다만 그래도 장족의 발전을 한 건 사실이지."

그가 빙긋 웃었다. 짙은 살소다. 살기를 듬뿍 담았다.

'이자…… 정말 죽일 생각이군.'

계야부는 공포 대신 투지를 느꼈다.

류청지가 검을 집어넣으며 말했다.

"항상 똑같은 시간에 공격을 한다는 건 살수라는 이름을 쓸 자격도 없는 자나 할 짓이었다."

"그런가?"

"옆을 칠 때와 뒤를 칠 때 귀에 익은 소리를 들려줬다. 그것도 살수가 할 짓이 아니지."

"그랬군."

"네가 잡은 건 속도뿐이다."

"내가 뭘 잡았다고 한 적 없는데? 훗! 방금 사망선고를 받았어. 죽은 자는 잡는 것도 없어."

"내일부터는 진검이다."

"알아."

"겁나면 취소해라."

"괜찮아. 죽일 수 있을 때 죽여."

"……!"

"후후!"

계야부는 낮게 웃으며 손을 들어 미간을 가리켰다.

"날 죽인다 해도 원망은 않는다. 강자존(强者存). 이게 무림의 법칙이니까. 이제야 무림이 어떤 곳인지 조금 알 것 같아. 무림은 내가 살 곳이 아니라 여겼는데, 알고 보니 그게 아냐. 딱 내게 맞는 곳이야. 전장보다 긴장도가 더 높아. 후후! 내일 보자고."

이번에는 계야부가 먼저 등을 보였다.

계야부는 허름한 관제묘(關帝廟)에서 잠을 청했다.

지난 한 달 동안 비바람을 피하게 해주었고, 잠자리까지 제공해 준 곳이다.

그는 깊은 잠을 청했다.

맹수는 쉴 때 확실히 쉰다. 그래야 싸울 때 전력을 다할 수 있다. 먹이를 잡을 때는 본성을 드러내지만 그 외에는 안전한 곳에 누워서 잠만 잔다.

그는 동녘이 밝아올 때까지 깊은 숙면을 취했다.

간밤에 깊은 잠을 청해서인지 몸이 한결 가볍다. 손과 발의 관절도 부드럽다. 허리의 움직임도 좋다.

싸울 준비가 끝났다.

그는 관제묘 밖으로 걸어가 털썩 주저앉았다.

류청지를 읽었다.

그는 최고만 추구하는 살수가 아니다. 절대 살업(殺業)보다는 자신의 주관을 더 중요하게 생각한다.

그가 살수로서 검을 쓴다면 오늘 자신은 죽는다.

그가 무인 대 무인으로 결전을 청해온다면 한바탕 드잡이를 할 수 있다.

그는 후자를 선택할 것이다.

어제 그를 자극했으니 검 대 검의 싸움을 걸어올 게다.

저벅! 저벅……!

가벼운 발자국 소리가 들려왔다.

'훗!'

계야부는 웃었다.

쒜에엑! 쒜에엑!

계야부가 선공을 취했다.

이곳은 전장이다. 류청지는 팔부군이다. 그를 죽이지 않으면 부대로 돌아갈 수 없다.

이기고 지는 싸움이 아니다. 죽이지 않으면 죽어야 한다.

싸아악!

검이 배를 파고들었다.

그는 늘 병기와 병기의 틈을 노린다. 단검을 높이 들고, 자모도를 아래로 향하면 여지없이 배를 갈라온다.

계야부는 급히 자모도를 들어 올렸다.

까앙!

검과 도가 얽혔다. 그리고 그 순간, 단검이 사정없이 그의 가슴팍을 찔렀다.

까앙!

단검이 막혔다. 어느새 자모도를 밀어낸 검이 단검을 쳐올렸다. 뿐만 아니라 밀어낸 위세를 빌어 얼굴까지 찍어왔다.

계야부는 얼굴을 틀며 앞으로 치달렸다.

꽈앙!

그의 몸과 류청지의 몸이 격하게 부딪쳤다.

그 순간, 계야부는 자모도와 검을 놓아버렸다. 그리고 양손으로 그의 어깨를 꽉 붙잡은 후, 무릎을 거세게 차올렸다.

류청지는 올려치는 무릎을 양손을 깍지 껴 막아냈다.

계야부는 순간을 놓치지 않았다. 양손으로는 여전히 어깨를 꽉 잡은 채 두 발을 힘껏 차올려 그의 허리를 감았다. 순간,

타타타타탁!

어느새 풀려진 그의 양손이 계야부의 가슴과 턱, 안면을 사정없이 두들겼다.

계야부는 끈 떨어진 연처럼 휠휠 나가떨어졌다.

"큭! 육박(肉拍)도 안 되는군."

그가 힘들게 상체를 들며 한 말이다.

시간을 하루 더 벌었다.

양 볼이 다 터지고 어금니가 부러져 나갔다. 가슴은 움직일 때마다 욱신욱신 쑤신다.

류청지의 양손에는 막대한 진기가 운집되어 있었다.

그걸 고스란히 맞았으니 혈변(血便)을 싸지 않는 것만도 다행으로 여겨야 한다.

그럼 어떤가. 덕분에 하루를 더 벌지 않았나.

계야부는 단검과 자모도를 챙겼다.

맞은 곳은 아프지만 정신은 더욱 맑아졌다. 이제야 비로소 전신 감각이 팽팽하게 살아나는 것 같다. 맞고, 아픔을 느끼고, 피를 보면서 살아 있다는 감정을 느낀다. 죽어서는 안 된다는 절박감을 가슴에 품는다.

쉐엑! 쒜에엑!

검과 자모도를 즉흥적으로 휘둘렀다.

초식은 없다. 마음이 가는 대로 손짓발짓을 할 뿐이다. 그러면서 검과 자모도에 닿는 공기의 흐름을 감지한다. 검끝에 상대의 육신이 걸렸을 때의 느낌을 절실하게 감지한다.

단검이 손에 찰싹 달라붙었다. 자모도 역시 살 속으로 파고들었다.

몸의 모든 감각이 일깨워지면서 비로소 두 병기가 몸의 일부가 되었다.

'됐어!'

그의 눈이 활활 타올랐다.

그 시간, 류청지는 손님을 맞이했다.

"살수는 살수로 살아야지. 괜히 무인 흉내를 내니까 그런 꼴을 당하지 않나."

칠순 노인은 안쓰럽다는 표정을 지었다.

계야부와의 육박에서 그도 약간의 상처를 입었다.

두 손으로 그의 가슴과 얼굴을 두들기는 동안에 언제 쳤는지 모르게 무릎에 옆구리를 가격당했다.

당시는 별것 아니라고 웃어넘기고 말았는데, 시간이 지날수록 통증이 심해왔다.

계야부 같은 풋내기에게 뜻밖의 상처를 당한 것이다.

이걸 어디 가서 아프다고 하나. 아파도 아프다는 말을 못할 처지다. 그래서 아픈 것을 꾹꾹 눌러 참았다.

그런데 느닷없이 나타난 노인은 단번에 옆구리 상처를 알아봤다.

"절 아십니까?"

"알다 뿐인가. 류청지 아닌가. 자네를 죽이러 왔는데 어찌 자넬 모르겠어. 쯧쯧! 자네 감각도 다 됐구먼. 자신을 죽이러 온 사람도 알아보지 못한 데서야."

"안선……."

류청지가 일어서며 검을 고쳐 잡았다.

"그 몸으로 되겠어? 보아하니 갈비뼈가 부러진 것 같은데."

"죽지 못해 숨만 붙어 있는 노인네 정도야."

그가 검을 들어 올렸다.

계야부에게도 손님이 찾아왔다.

그들은 다섯 명이었다.

이상한 점은 아무런 기운도 내뿜지 않는다는 것이다. 살기

무림(武林) 319

도 투지도 없었다. 그저 맹물처럼 담담했다.

'살수!'

그들 중 한 명이 말했다.

"죽일 생각이었으면 벌써 죽였다. 얌전히 가자."

계야부는 툴툴 웃었다.

"얌전히. 그 말…… 나를 아는 놈들은 그런 말 안 써."

그는 흑의인들을 죽이기로 작심했다.

무총은 그를 공격하지 않는다. 공격할 이유가 없다.

다른 사람들은 그의 존재조차도 알지 못한다.

오직 한 군데, 안선만이 그를 안다.

필요하면 부르고, 필요치 않으면 버리는 철면피 집단이 다시 자신을 찾아왔다.

쒜에엑!

그는 한줄기 바람이 되어 흑의인들을 쳐나갔다.

『패군』 3권에 계속…

공동전인

설경구 新무협 판타지 소설

마교를 재건하라.

혈마옥에 갇히며 마교 장로들의 공동전인이 된 사무진에게 주어진 과제.
역사상 가장 착한 마교의 교주.
하지만 역사상 가장 강한 마교의 교주가 되고 싶다.

고정관념을 버려요.
마교도라고 해서 꼭 나쁜 놈일 필요는 없잖아요.

지금까지와는 다른 마교.

이제 사무진이 만들어가는 새로운 마교가 모습을 드러낸다.

유행이 아닌 자유추구 -
WWW.chungeoram.com

Book Publishing CHUNGEORAM

설봉 新 무협 판타지 소설

歡喜 환희밀공 密功

1

무유칠덕(武有七德), 금폭(禁暴), 집병(戢兵), 보대(保大),
정공(定功), 안민(安民), 화중(和衆), 풍재(豊財), 자야(者也).
〈좌전(左傳), 선공 십이년(宣公 十二年)〉

무에는 일곱 가지 덕이 있다.
첫째, 난폭을 금지한다. 둘째, 무기를 거두어들인다. 셋째, 큰 나라를 보전한다.
넷째, 공적을 정한다. 다섯째, 백성을 편안하게 한다. 여섯째, 대중을 화합하게 한다.
일곱째, 물자를 풍부하게 한다.

섬서성(陜西省) 육반산(六盤山)에 신력(神力)을 바탕으로
패공(覇功)을 구사하는 가문(家門), 육반루가(六盤婁家).
세상에게 외면받고 멸시당하는 환희교(歡喜敎).
육반루가의 후손과 환희교 교주의 운명적인 만남.

"넌 환희교를 지키는 수문장(守門將)이 될 거야.
강하게, 아주 강하게 키워주마."
'아버지처럼 죽지 않을 거야. 아무도 날 죽일 수 없어.
세상에서 최고로 강한 사람이 될 거야.'

유행이 아닌 자유추구 -
WWW.chungeoram.com

Book Publishing CHUNGEORAM

태룡전

『마신』, 『뇌신』에 이은
작가 김강현의 또 하나의 대작!!
『태룡전』

김강현
新무협 판타지 소설

내가 이곳 미고현에 위치한 천망칠십오대에
온 지도 벌써 두 달이 넘었거든.
그런데 아직도 이해하지 못한 일이 하나 있어.
그게 뭐냐고? 우리 대주 말이야.
우리 대주님이 가장 좋아하는 게 뭔지 아나?
바로 침상에서 좌우로 데굴데굴 굴러다니는 거야.
그다음으로 좋아하는 게 그렇게 뒹굴다 잠드는 거고……
나려타곤(懶驢打滾)!
더도 덜도 아닌 딱 우리 대주님을 지칭하는 말일세.

천망칠십오대 대주 단유강!!
격동의 무림은 그에게 휴식을 허락하지 않는다.
단유강, 그의 일보가 천하를 떨쳐 울린다!

유행이 아닌 자유추구 -
WWW.chungeoram.com
Book Publishing CHUNGEORAM

오채지 新무협 판타지 소설

천산도객

마도대종사의 죽음.
마침내 끝이 난 이십 년간의 정마대전.
하지만 전 무림이 까맣게 모르는 것이 있었으니…

대종사가 마지막까지 숨겨두었던 마도백가(魔道百家)의 비밀 병기.
패잔병으로 북방을 떠돌던 어느 날 신비로운 사내 비파랑을 만나는데…

"항주의 금룡관(金龍館)에… 이걸 전해주십시오."
"눈치챘겠지만 난 마인이오."
"어쩐지 당신이라면… 약속을 지켜줄 것 같아서……"

한 편의 짧은 만남이 만든 운명 같은 행보.
그의 위대한 강호행이 시작된다.

유행이 아닌 자유추구 -
WWW.chungeoram.com

Book Publishing CHUNGEORAM